如何读懂
中国古典戏剧

王国维 等 著

应急管理出版社
·北京·

图书在版编目（CIP）数据

如何读懂中国古典戏剧／王国维等著．－－北京：应
急管理出版社，2022

ISBN 978－7－5020－9372－3

Ⅰ.①如… Ⅱ.①王… Ⅲ.①古典戏剧—戏剧研究—
中国 Ⅳ.①I207.37

中国版本图书馆 CIP 数据核字（2022）第 082525 号

如何读懂中国古典戏剧

著　　者　王国维
责任编辑　高红勤
封面设计　郑广明

出版发行　应急管理出版社（北京市朝阳区芍药居 35 号　100029）
电　　话　010－84657898（总编室）　010－84657880（读者服务部）
网　　址　www.cciph.com.cn
印　　刷　北京市兆成印刷有限责任公司
经　　销　全国新华书店

开　　本　710mm×1000mm$^1/_{16}$　印张　15　字数　249 千字
版　　次　2022 年 9 月第 1 版　2022 年 9 月第 1 次印刷
社内编号　20211374　　　　　　定价　49.80 元

目　录

上篇　中国古典戏剧的历史源流

下篇　中国古典戏剧名家名作解析

序一　文学的历史动向

闻一多

人类在进化的途程中蹒跚了多少万年，忽然对近世文明影响最大最深的四个古老民族——中国，印度，以色列，希腊——都在差不多同时猛抬头，迈开了大步。约当公元前一千年左右，在这四个国度里，人们都歌唱起来，并将他们的歌记录在文字里，给流传到后代。在中国，《三百篇》里最古部分——《周颂》和《大雅》，印度的《黎俱吠陀》（Rig-veda），《旧约》里最早的《希伯来诗篇》，希腊的《伊利亚特》（Iliad）和《奥德赛》（Odyssey）——都约略同时产生。再过几百年，在四处思想都醒觉了，跟着是比较可靠的历史记载的出现。从此，四个文化，在悠久的年代里，起先是沿着各自的路线，分途发展，不相闻问，然后，慢慢地随着文化势力的扩张，一个个的胳臂碰上了胳臂，于是吃惊，点头，招手，交谈，日子久了，也就交换了观念思想与习惯。最后，四个文化慢慢地都起着变化，互相吸收，融合，以至总有那么一天，四个的个别性渐渐消失，于是文化只有一个世界的文化。这是人类历史发展的必然路线，谁都不能改变，也不必改变。

上文说过，四个文化猛进的开端都表现在文学上，四个国度里同时迸出歌声。但那歌的性质并非一致的。印度希腊，是在歌中讲着故事，他们那歌是比较近乎小说戏剧性质的，而且篇幅都很长，而中国以色列则都唱着以人生与宗教为主题的较短的抒情诗。中国与以色列许是偶同，印度

1

与希腊都是雅利安人种，说着同一系统的语言，他们唱着性质比较类似的歌，倒也不足怪。

中国，和其余那三个民族一样，在他开宗第一声歌里，便预告了他以后数千年间文学发展的路线。《三百篇》的时代，确乎是一个伟大的时代，我们的文化大体上是从这一刚开端的时期就定型了。文化定型了，文学也定型了，从此以后两千年间，诗——抒情诗，始终是我国文学的正统的类型，甚至除散文外，它是唯一的类型。赋，词，曲，是诗的支流，一部分散文，如赠序，碑志等，是诗的副产品，而小说和戏剧又往往以各自不同的方式夹杂些诗。诗，不但支配了整个文学领域，还影响了造型艺术，它同化了绘画，又装饰了建筑（如楹联，春帖等）和许多工艺美术品。

诗似乎也没有在第二个国度里，像它在这里发挥过的那样大的社会功能。在我们这里，一出世，它就是宗教，是政治，是教育，是社交，它是全面的生活。维系封建精神的是礼乐，阐发礼乐意义的是诗，所以诗支持了那整个封建时代的文化。此后，在不变的主流中，文化随着时代的进行，在细节上曾多少发生过一些不同的花样。诗，它一面对主流尽着传统的呵护的职责，一方面仍给那些新花样忠心的服务。最显著的例子是唐朝。那是一个诗最发达的时期，也是诗与生活拉拢得最紧的一个时期。

从西周到春秋中叶，从建安到盛唐，这中国文学史上两个最光荣的时期，都是诗的时期。两个时期个个拖着一条姿势稍异，但同样灿烂的尾巴，前者的是楚辞、汉赋，后者的是五代宋词。而这辞赋与词还是诗的支流。然则从西周到宋，我们这大半部文学史，实质上只是一部诗史。但是诗的发展到北宋实际也就完了。南宋的词已经是强弩之末。就诗本身说，连尤、杨、范、陆和稍后的元遗山似乎都是多余的、重复的，以后的更不必提了。我们只觉得明清两代关于诗的那许多运动和争论，都是无谓的挣扎。每一度挣扎的失败，无非重新证实一遍那挣扎的徒劳无益而已。本来从西周唱到北宋，足足二千年的工夫也够长的了，可能的调子都已唱完

了。到此，中国文学史可能不必再写，假如不是两种外来的文艺形式——小说与戏剧，早在旁边静候着，准备届时上前来"接力"。是的，中国文学史的路线南宋起便转向了，从此以后是小说戏剧的时代。

故事与雏形的歌舞剧，以前在中国本土不是没有，但从未发展成为文学的部门。对于讲故事，听故事，我们似乎一向就不大热心。不是教诲的寓言，就是纪实的历史，我们从未养成单纯的为故事而讲故事，听故事的兴趣。我们至少可说，是那充满故事兴味的佛典之翻译与宣讲，唤醒了本土的故事兴趣的萌芽，使它与那较进步的外来形式相结合，而产生了我们的小说与戏剧。故事本是民间的产物，不用讳言，它的本质是低级的。（便在小说戏剧里，过多的故事成分不也当悬为戒条吗？）正如从故事发展出来的小说戏剧，其本质是平民的，诗的本质是贵族的。要晓得它们之间距离很大，而距离是会孕育恨的。所以我们的文学传统既是诗，就不但是非小说戏剧的，而且推到极端，可能还是反小说戏剧的。若非宗教势力带进来那点新鲜刺激，而且自己的歌实在也唱到无可再唱的了，我们可能还继续产生些《韩非说储》，或《燕丹子》一类的故事，和《九歌》一类的雏形歌舞剧，但是，元剧和章回小说绝不会有。然而本土形式的花开到极盛，必归于衰谢，那是一切生命的规律，而两个文化波轮由扩大而接触而交织，以致新的异国形式必然要闯进来，也是早经历史命运注定了的。异国形式也许早就来到了，早到起码是汉朝佛教初输入的时候，你可以在几百年中不注意它，等到注意了之后，还可以延宕，踌躇个又一度几百年，直到最后，万不得已的，这才死心塌地，接受了吧！但那只是迟早问题。反正自己的花无法再开，那命数你得承认。新的种子从外面来到，给你一个再生的机会，那是你的福分。你有勇气接受它，是你的聪明，肯细心培植它，是有出息，结果居然开出很不寒伧的花朵来，更足以使你自豪！

第一度外来影响刚刚扎根，现在又来了第二度的。第一度佛教带来的印度影响是小说戏剧，第二度基督教带来的欧洲影响又是小说戏剧（小说戏剧是欧洲文学的主干，至少是特色），你说这是碰巧吗？

不然。欧洲文化正如它的鼻祖希腊文化一样，和印度文化，往大处看，还不是一家？这样说来，在这两度异乡文化东渐的阵容中，印度不过是欧洲的头，欧洲是印度的尾而已。就文化接触的全盘局势来看，头已进来，尾迟早必须来到，应该也是早已料到的事。第一度外来影响，已经由扎根而开花了，但还不算开到最茂盛的地步，而本土的旧形式，自从枯萎后，还不见再荣的迹象，也实在没有再荣的理由。现在第二度外来影响，又与第一度同一种类，毫无问题，未来的中国文学还要继续那些伟大的元、明、清人的方向，在小说戏剧的园地上发展。待写的一页文学史，必然又是一段小说戏剧史，而且较向前的一段，更为热闹，更为充实。

但在这新时代的文学动向中，最值得揣摩的，是新诗的前途。你说，旧诗的生命诚然早已结束，但新诗——这几乎是完全重新再做起的新诗，也没有生命吗？对了，除非它真能放弃传统意识，完全洗心革面，重新做起。但那差不多等于说，要把诗做得不像诗了。也对。说得更准确点，不像诗，而像小说戏剧，至少让它多像点小说戏剧，少像点诗。太多"诗"的诗，和所谓"纯诗"者，将来恐怕只能以一种类似解嘲与抱歉的姿态，为极少数人存在着。在一个小说戏剧的时代，诗得尽量采取小说戏剧的态度，利用小说戏剧的技巧，才能获得广大的读众。这样做法并不是不可能的，在历史上多少人已经做过，只是不大彻底罢了。新诗所用的语言更是向小说戏剧跨近了一大步，这是新诗之所以为"新"的第一个也是最主要的理由。其它在态度上，在技巧上的种种进一步的试验，也正在进行着。请放心，历史上常常有人把诗写得不像诗，如阮籍，陈子昂，孟郊，如华茨渥斯（Wordsworth），惠特曼（Whitmen），而转瞬间便是最真实的诗了。诗这东西的长处就在它有无限度的弹性，变得出无穷的花样，装得进无限的内容。只有固执与狭隘才是诗的致命伤，纵没有时代的威胁，它也难立足。

每一时代有每一时代的主潮，小的波澜总得跟着主潮的方向推进，跟

不上的只好留在港汊里干死完事。战国秦汉时代的主潮是散文。一部分诗服从了时代的意志，散文化了，便成就了《楚辞》和初期的"汉赋"，成就了《铙歌》，这些都是那时代的光荣。另一部分诗，如《郊祀歌·安世房中歌》，韦孟《讽谏诗》之类，跟不上潮流，便成了港汊中的泥淖。

明代的主潮是小说，《先妣事略》《寒花葬志》和《项脊轩志》的作者归有光，采取了小说的以寻常人物的日常生活为描写对象的态度，和刻画景物的技巧，总算是沾上了点时代潮流的边儿（他自己以为是读《史记》读来了的，那是自欺欺人的话），所以是散文家中欧公以来唯一顶天立地的人物。其他同时代的散文家，依照各人小说化的程度的比例，也多多少少有些成就，至于那般诗人们只忙于复古，没有理会时代，无疑那将被未来的时代忘掉。以上两个历史的教训，是值得我们的新诗人书绅的。

四个文化同时出发，三个文化都转了手，有的转给近亲，有的转给外人，主人自己却都没落了，那许是因为他们都只勇于"予"而怯于"受"。中国是勇于"予"而不太怯于"受"的，所以还是自己的文化的主人，然而也只仅免于没落的劫运而已。为文化的主人自己打算，"取"不比"予"还重要吗？所以仅仅不怯于"受"是不够的，要真正勇于"受"。让我们的文学更彻底的向小说戏剧发展，等于说要我们死心塌地走人家的路。这是一个"受"的勇气的测验，也是我们能否继续自己文化的主人的测验。

过去记录里有未来的风色。历史已给我们指示了方向——"受"的方向，如今要的只是勇气，更多的勇气啊！

序二　中国文学的遗产问题

郑振铎

许多人提出了"文学遗产"问题。人类的文明有一部分是以人类的血与肉，泪与汗建筑起来的。当我们徘徊于埃及荒原上的金字塔旁，或踏上了罗马斗兽场的石阶，或踯躅在雅典处女神庙的遗址而不忍离开的时候，我们曾否想到：这些弘伟壮丽的先民的遗产，乃是以无量数的奴隶的血与肉，泪与汗所堆砌而成！这可怕的膏血涂抹的遗产，显示出来的是蹂躏与鞭打，铁锁与饥饿，他们无限凄凉地被映照在夕阳的金光里，仿佛每一支断柱，每一块巨瓦废砖，都会开口诉述出人类是如何的在驱使、鞭策、奴役自己的圆颅方趾的兄弟们。差不多，可以"发思古之幽情"的所在，没有一所不是可以使我们想象到那可怕的过去的。

文学的遗产在其间却是最没有血腥气的——虽然有一部分也会被嗅到一点这种气息，和显露出些过去文士们的谀媚的丑态。

一部人类的历史，便是一本血迹斑斑的相斫书，或可以说，人类的历史，是以血写成的。这相斫书到什么时候才告个了结，这历史，到什么时候才不会再以血去写它，那是，谁也不能知道。——然而有人是在努力着，在呼号着，想要把血淋淋的笔从萨坦手上抢去了；而用自己的和平的心，清莹的墨水，去写成自己的历史；虽然他们还不曾说服了大多数的为魔鬼的狂酒所醉的帝国主义者们。

但在其间，人类的文学的历史，却比较的是以具有伟大心胸的文士们的同情的热诚的笔写成的；——虽然也有一部分是曾被娟嫉、谀媚、愤咒的烟气纠绕于中。

所以在人类的许多遗产里，文学的遗产也许是最足以使我们夸耀自己的文明与伟大的。

我们憧憬于歌中之歌的景色。我们沉醉于《依利亚特》《奥特赛》的歌唱。我们被感动于释迦摩尼的自我牺牲的"从井救人"的精神。我们为希腊悲剧所写的人与运命的争斗，生命与名誉或正义的选择的纠纷，而兴奋，而慷慨悲歌。

我们也为无穷尽的冗长而幻怪百出的印度、阿剌伯的故事所迷惘。我们也为《吉诃德先生传》而笑乐，而被打动得欲泣。为《韩米雷德》、为《麦克伯》、为《仲夏夜梦》而惹得悲郁的想，或轻松的笑。为《神曲》、为《新生》、为《失乐园》、为《仙后》、为《刚脱白莱故事》、为《十日谈》而感受到新鲜的弘伟的感觉。

我们也为歌德、席勒、拜仑、雪莱、卢骚、福禄贝尔诸人的作品，而感泣，而奋发，而沉思，而热情沸腾。

我们也为嚣俄、屠格涅夫、托尔斯泰、易卜生、柴霍甫、狄更司、高尔基、高尔斯华绥诸人的小说、戏曲所提醒，所指示，而愤懑，而悲戚，而欲起来做些事。

乃至奥维特的《变形记》，中世纪的《玫瑰与狐狸》，大仲马的《三个火枪手》，史格得的《萨克森劫后英雄略》等等，也各给我们以许多的问题，许多的资料，和许多的愉快的感觉。

这些，都足以表示我们的人群里，自古来，便有许多不是渴欲饮血，"欲苦苍生数十年"的英雄的模式的人物。他们具有伟大、和平的心胸，救世拯溺的热情，精敏锐利的眼光，与乎丰富繁赜的想象，以不忍人之心，发为不忍人之呼号。他们的工作的结果是伟大而永久的。

在人类的历史里，属于他们的一部分是不被嗅出血腥气来的。

而在想从萨坦手里夺去了血淋的那支巨笔，不使他们再以人的血书写

下去的人们里，他们也便是其中的一部分。

在这些世界的不朽的文学遗产里，中国也自有其伟大的可以夸耀的一份儿。

但这所谓"以文立国"的古老的国家，究竟产生了什么呢？

当希腊的荷马、阿士齐洛士，印度的释迦摩尼、瓦尔米基在歌唱，在说道，在演奏他们的伟大的著作的时候，我们的孔子和屈原也已诞生于世。这几千年来，是不断的在产出无量数的诗歌、戏曲、小说、散文来。

在这无量数的诗、剧、小说与散文的遗产里，究竟是有若干值得被称为伟大的，值得永久的被赞许着的。

碎砖破瓦是太多了，简直难得一时清理出那一片文学的古址出来。有如披沙淘金似的，沙粒是无量数的多。

假如把沙粒当作了金砂，那不是很无聊的可悲的情形吗？但金砂是永远的在闪闪作光的，并不难于拣出。

为了几千年来，许多的文人学士们只是把文学当作了宫廷的供奉之具，当作了个人的泄发牢骚，表弄丑态的东西，于是文学便被个人主义与实用主义压迫得透不过气来。

"不学诗，无以言""登高能赋，可以为大夫"，这些便都是浅而狭的实用主义的呼声。这些作品便占了我们文学遗产的一大部分。他们只是皇帝的应声虫，只是皇帝的弄人；被夸称为"文学侍从之臣"的人物，原来也不过是优旃、优孟之流，东方朔自诉得最痛快！杨循吉、徐霖辈受不了那不平的待遇，却硬抽身跑脱了。（其实也只是露骨些的不平的待遇。）

然而被笼络住了的"文学侍从之臣"们，却在自欺欺人的鸣盛世的太平，为皇家作忠实的走狗；还在洋洋得意的训诲、教导着无穷尽的青年们走上他们的道路。

然而"登龙无术"的被淘汰了的文人们，为了身子矮，吃不到葡萄，却只好嚷着葡萄酸，其实是一样的热衷！在那谈穷诉苦的呼声里面，我们看出了他们的希求。只要抛下了一块骨头，他们还不争着抢吗？尤侗写他的《钧天乐》传奇的时候，是那样愤懑不平；然而不久异族的皇帝，招他来做"侍臣"了，他便贴然地跪拜嵩呼，而且还将那些"胡服胡冠"，图而传之久远！这还不够使人见了感到浑身不舒服么？

这些纯以个人主义或个人的利禄功名的思想为中心的作品，又占了我们的文学遗产的一大部分。

那么，我们所留下的有些什么呢？还不该仔细的拣选、表彰着他们么？

在无量数的黄沙堆里，金砂永远是闪闪的在作光，并不难以把他们拣出。

假如我们把黄砂也当作了金粒，而呼号的鼓吹着，那么这错误是可以补救的么？

我们要放大了眼光，在实用主义与个人主义以外的作品里去拣。我们不需要供奉文学，也不需要纯以个人的富贵功名为中心的牢骚文学，我们所需要的是更伟大的更具有永久生命的作品。而这些伟大的作品，在我们的文学遗产里，却并不是少！

所以，提出了文学遗产问题，并不是说，一切的丑态百出的东西，都可以算作遗产，我们真正的伟大的遗产，足以无愧的加入世界文学的宝库中者，还要待我们用敏锐博大的眼光去拣选！至于怎样的拣选以及拣选的标准的问题，那是另外一会事，需要许多人来合作的。

上 篇

中国古典戏剧的历史源流

中国古典文学中的戏曲传统

郑振铎

一　戏曲的形式与其类别

（一）形式

戏曲是舞蹈与歌曲溶汇起来的东西，是人类感情的自然流露，是表现人类欢欣鼓舞的情绪的。最早起源于古希腊，当时人民为了庆贺葡萄熟了而载歌载舞，内容主要是歌唱古代英雄的故事，模仿古人的动作，后来演变为歌唱史诗。如荷马的史诗就是唱出来的。在唱时难免有动作，于是史诗就戏剧化了，后来又逐渐发展成为舞台上正式演出的戏剧。

戏剧是一种高度发展的复杂的综合艺术。古代的歌、舞是分家的，即所谓歌者不舞，舞者不歌。如西洋歌剧只唱，不带动作；再一种是舞剧（巴蕾舞）只舞不唱；近代的话剧则是只有对白、动作，不唱也不舞；近来在资本主义国家里又有一种音乐喜剧，把歌唱、动作、说白、舞蹈合在一起，很流行，苏联也有。其实这种形式在中国早就出现过了，如京戏就是说白、动作、歌唱、舞蹈连在一起的形式。

中国戏曲发展较晚，最古的歌舞（如日本的剑舞，就是唐朝时传去的，至今还保留着中国最早的戏曲形式），舞的人不唱，另外有一批人在旁边唱歌。如元曲中的《刀会》是：关羽主唱，而由周仓随着关羽的唱词来舞刀。这就说明中国的歌、舞最早也是分家的。而后中国的戏曲

多是属于乡下草台戏，由于舞台场面的限制，所以象征性的动作很浓厚，但是这种形式已经把歌、舞、白、科连在一起是很不容易的。歌、舞、白、科连在一起是中国戏曲的特点，也是戏剧中的最高形式。

（二）类别

有三：

1.戏文：是南方的戏曲，或叫南戏，也就是后来的传奇，如《琵琶记》《杀狗记》等是。始自永嘉（温州），曾称"温州杂剧"。永嘉戏曲风气现在仍很盛行，当时经常有几个戏班同时表演，进行比赛。南戏的组织规格很严，开头有戏提调，称副末登场，介绍戏的内容，戏文很长，每部要二三十出戏，普通要演一昼夜，唱戏的人吃不消，因此每出戏就要有重点，角色要分配的均匀，不使主角偏劳。如第一出是生唱，第二出就是旦唱，第三出再生旦混唱……只有这样轮流唱，才能使主角支持得住。

2.杂剧：是北方的戏曲，用北方的调子唱的，因北方的曲调声音高亢，唱起来很累，不能太长，所以一般都是四折，偶尔也有五折。它是从诸宫调演变来的，诸宫调是一种说唱的弹词形式，有男班，有女班，因此杂剧则分末本、旦本两种，前者为男主角唱的，后者为女主角唱的，一个人连唱到底。如《风雨还牢末》便是由男主角唱的。配角只能说白不能唱。如果戏中的主角很多，就由一个人在每折中扮演不同的角色，只换衣服，唱的却还是他一个。如《关大王单刀赴会》一折是乔国老唱，二折是司马德操唱，三、四折是关羽唱，但实际上还是一个演员唱的。杂剧中还有不是一个人唱到底的，如《西厢记》，很长，分五本。第一本是张生唱，第二本是莺莺唱，第三本是红娘唱，第四本是张生唱，第五本是合唱，这样旦末轮唱劳逸比较平均。杂剧的另一个特点是叙述成分很浓厚，这仍带有诸宫调的遗风。北曲现在舞台上还可以看见，如《林冲夜奔》《刀会》等是。

3.地方戏：有的已失传，尚流传至今的有弋阳腔，亦即所谓高腔，四川、湖南的地方戏属于此类，今日演唱的《秋江》便是。明时有所谓潮州戏，亦曾盛行一时，现在已变成古典戏，不能演唱了。

再是梆子调，有各种形式，在明末清初乾隆年间非常流行，在《缀白裘》中十一册全是梆子调，梆子调亦称秧腔或秧歌调，多为单出，现在仍到处流行。还有曾流行一时的"时剧"，如《尼姑思凡》《贵妃醉酒》等，也包括梆子调、弋阳调等。

（三）角色的典型化

中国戏曲的另一个特点是角色的典型化，这表示了广大人民的爱憎分明，分生、旦、净、丑、末各有不同，用脸谱来表现人物的性格，表现好人坏人，青衣一出来就是正派人，而花旦一出来就知道是不正派的，红脸的就是好人，如关羽等，而白脸的就是坏人，如曹操、严嵩。

古时称"粉墨登场"，当时化妆用品比较简单，明末清初的脸谱都是极其简单的，这种典型化有它的好处，教育鼓舞作用很大。但到乾隆年间，宫廷之间演唱连续十天十夜的大本戏，因登场人物多了，所以脸谱也就千变万化起来，变得古怪复杂了。到今天更加复杂，如孙悟空登场，脸上就画一个桃子，还带一个叶子，太无聊，我是非常反对的。这种过于典型化是有很大毛病的，它减弱了或失去了原来戏曲画脸谱的教育、鼓舞的意义和作用。

画脸谱是最原始社会中的一种习惯，在战国吴越时代，不仅画脸，而且还要"纹身"，在外国如非洲红印第安人，也画脸画的很厉害，这是原始社会野蛮的表现；再如澳洲有晒人头的习惯（把人头晾干，用药使缩的很小），拿来当作装饰品，放到手杖上，这是非常野蛮的，不人道的。因此，今日画的古里古怪的脸谱我认为是蛮性的复现。

二 中国最早的戏剧——宋朝的戏曲

宋时已有"杂剧"，是歌舞剧，还不能算是一种戏曲，称"宋金杂剧词"。中国很早就有穿古人衣服、模仿古人动作的形式，如《史记》

所载优孟说楚庄王的故事。王国维的《优语录》中也记载了许多这样的事情，但这些都不是真正的戏曲。

真正的戏曲是从宋之戏文开始（始于温州戏），时间约在十一世纪与十二世纪，即北宋末南宋初。其原因可能是受到外来的影响。当时中印交通非常频繁，印度的戏曲很发达，随之传入中国，故受其影响。有人说中国戏很像希腊古典戏剧，这可能因印度戏受希腊戏剧影响，而我们又受印度影响之故。

宋朝的戏文，现在没有流传下来，但我们知道《王魁负桂英》《赵贞女蔡二郎》等在当时是很盛行的。在明《永乐大典》中有《张协状元》，内容歌词都很古，作者是温州人，可能是元代最早的作品。内容类似《琵琶记》，写得很沉痛。其中还有一篇为《宦门子弟错立身》，称"古杭才人编"（古杭是元人称谓），由此可见是元人的作品。其内容活泼、生动，情节曲折，艺术价值很高。再一篇是《小孙屠》，称"古杭书会编"（书会是专给演员编剧本的组织），可知也是元人的东西。情节也是非常复杂的。从这些作品里可以看出我国最早戏曲的情况。

《永乐大典》中戏文有三十三种之多，现只存三种。

戏文是南戏。这时在北方又有另外一派戏剧产生出来，这就是杂剧。

三　元人杂剧（元曲）

现存有一百六十多种，有目录可查的有五百多种，是十三世纪到十四世纪产生的东西，比莎士比亚的出现还早一百多年，当时的作家、作品非常之多。

研究元曲应该注意的几点：1.元曲一般有一个特点，即曲子极好，而说白极其庸俗、重复。这是因为原来只有曲子，而说白是明人后加的。《元刊杂剧三十种》中就只有曲无白，白只是"云云了"，这是让演员自己根据当时的情节自由发挥的。2.要了解元曲产生的时代背景，才能更进一步了解元曲的现实意义。当时，中国的封建经济基础已发展到最高峰，还是游牧民族的蒙古族的入主中原，引起了翻天覆地的变化。A.蒙古人贵族，在各处随便作威作福，掠夺杀伤汉人。元曲中写了很多无恶不作、无所不为的"衙内"，他们是"嫌官小不做，嫌马瘦不骑"（见关汉卿的《鲁斋郎》），但却抢别人的马，夺别人的财物，霸占别人妻子的，这就是指蒙古贵族的行为。B.元朝做官的大都是不懂汉语的蒙古人，当时便有一批不能中举的丧尽天良的汉人，在衙内做翻译，他们也操生杀予夺之权，到处胡作非为，无恶不作。在元曲中所谓的"吏"就是指这些人。在元曲中有许多公案剧，专写官怎样糊涂，吏怎样恶劣，人民寄望于清官，向往以清官的力量铲除一切恶霸。当时对包公就抬举的非常高，这一方面反映了社会的黑暗，同时也反映了人民的愿望。清官不可得，则求其次，把希望寄托在比较有正义感的吏身上，碰到较好的吏也歌颂不已。官不好，吏不好，便把希望寄托在梁山泊好汉身上，或其他路见不平拔刀相助的草莽英雄身上（元曲中黑旋风李逵的戏极多，当时就有描写李逵的专家出现）。

这时统治者排斥汉人，又曾废科举多年，许多文人不得官做，无出路（当时做官的多是蒙古人或不识字的汉人，文人只可做一个马官），就产生了退隐求仙的思想，因此元曲中神仙佛教的故事很多。以上是社会黑暗的一面。另外好的一面，即传统的封建道德被打破了，反映在作品中就有许多反抗封建观念的东西产生。当时经济繁荣，版图很大，国外交通发达，同欧洲意大利等国来往密切，贸易繁盛，商人市民生活富庶，农产品销售量大，农民生活也提高，许多大城市如苏州、杭州、大都（北京）等都非常繁荣。人民生活提高，便要求文娱活动，看戏的人特别多，戏曲因而发达；同时有许多文人求官不成便专门给剧团写剧本，如关汉卿、郑德辉等人，这也更加促成了戏曲的迅速发展。

现在讲几个重要作家：

1.关汉卿：他的年代大概是1210年到1280年左右，是最早的戏剧作

家，其作品最多也最好，可能是创造杂剧体裁的人。他原是做医生的，因为医生接触社会面广泛，所以他的作品内容也非常广泛。一共写了六十五本戏曲，最能深刻的描写和反映社会生活，所写的人物表现了不屈的反抗精神，他还擅长描写女子的性格。如《窦娥冤》是关汉卿一个最成功的作品，一面极深刻的暴露了当时社会的黑暗；一面将窦娥的强烈的反抗意志描写的非常沉痛动人。在元朝社会中像这样冤枉死去的人是很多的（此戏后人改编成《金锁记》，价值就大不相同了）。再如《玉镜台》一剧也描写了一个个性很强的女性。《救风尘》中的女主角赵盼儿，不但个性很强，而且很有斗争性，智慧很高。《诈妮子调风月》一戏中的女主角燕燕，也是一个很有才智、很明朗爽快、很泼辣倔强而且反抗性很强的封建时代的丫环。《蝴蝶梦》是公案传奇，把一个老太婆的感情矛盾描写的好极了。此外如《谢天香》《望江亭》《金线池》等也都是以女主角为中心的，人物也都写的有血有肉。

关汉卿不仅善于写女性，同时也善于写英雄，《鲁斋郎》是写包公怎样运用智慧铲除恶霸，他把衙内鲁斋郎的名字改成鱼齐即，骗过皇帝杀掉了。另外还写了很多"三国"戏，如《单刀会》《西蜀梦》，把关羽、张飞的英雄气概都写得非常好。他的六十五种戏中，流传下的只有十八种，把当时翻天覆地的社会，表现得非常深刻。

2.王实甫：也是反映了当时社会的作家。《西厢记》是他的代表作（金圣叹把他的地位提得很高，而贬低了关汉卿是不妥当的）。《王西厢》是从《董西厢》来的，它表现了反抗封建道德的情绪，写得很好。除此以外，他还写了《丽春堂》《破窑记》，但都不大重要。

3.武汉臣：是一个不大被人注意的作家，他的作品不仅写作技巧和结构都非常高超，而且还描写了当时社会的真情实况，他所写的《老生儿》是公认的杰作。此外，《玉壶春》《生金阁》等亦都写得很好。

4.康进之：他的《李逵负荆》是个很优秀的作品，深刻地表现出李逵的耿直的有正义感的个性。

四　明朝初年的戏曲

戏文在南方流行着。在明初有四大传奇："荆（《荆钗记》）、刘（《刘知远》，也叫《白兔记》）、拜（《拜月亭》）、杀（《杀狗记》）。"《荆钗记》描写了恶霸如何坏，好人如何得救护团圆，把穷书生王十朋的流浪的痛苦写得很生动。《刘知远》写李三娘的困苦沉痛的生活，"磨房产子"一段写得很凄惨。《拜月亭》是描写蒋世隆、王瑞兰的悲欢离合的故事，写得委婉动人。《杀狗记》即《杀狗劝夫》，描写封建社会中普遍存在的事情，情节复杂，为老百姓所欢迎。

再有当时流行最广的是《琵琶记》，描写赵五娘如何忍痛忍苦的去找她的丈夫，每段都写得很沉痛，"琵琶上路"一段写得最好，现在全部都能唱。不过其唱法、动作都较机械，是一个比较初期的剧本的典型。

明朝写杂剧的人很多，最著名的是周宪王朱有燉（朱元璋的孙子），所写戏曲三十一种，今全部存在，说白也都存在，比关汉卿的作品流传下来的还多，但恐怕不是他自己作的，而是他的门客替他写的。其中大部分是王家的供奉戏，但里面也有些真正好的东西，如《豹子和尚自还俗》，描写鲁智深的故事，写他当过强盗、小偷，也当过英雄，与《水浒传》的内容很不相同，由此也可看出当时《水浒传》还未定本。

明朝中叶王九思、康海两人都写了中山狼的故事，写得都非常好。康海以亲身经历过的事情写了人救狼，反为狼所食的故事，来表现他的社会经验。

明朝以后杂剧、戏文很多。当时剧本的特点就是多写古代的故事，和现实联系很少，多表现为写戏曲而写戏曲的倾向。

明朝初期的戏文如"荆、刘、拜、杀"本是句句通俗，人人可懂的，但到明中叶以后则越来越文雅，曲词讲究对偶，句句用典故，老百姓出场也是四书五经，谁也听不懂，不知唱了些什么。直到十六世纪明万历年间，沈璟才大胆的提出戏曲是要人懂，否则就失其作用的改革意见，提倡戏曲的"本

色"，说不应用太多的典故和对偶文章。他写了十七种戏曲，现存五六本。与他同时，受他影响很深的是汤显祖，他出身很苦，做过小官，满腹牢骚。但文才很高，进一步提倡"本色"，纠正了过去用典故过多的毛病，每一剧本都像诗一样，写得很漂亮。《牡丹亭》就是他的名著。

总之，明朝的剧本多写历史故事，表现时代不够，技巧方面有少数好的。

五　清朝的戏曲

清初戏曲非常发达，一个人写几十部东西不算稀奇，他们不仅写故事，而且还多是影射当时社会的，写作范围既广，魄力又大，许多戏曲家产品之多不下于莎士比亚。如李玉写了二十九种戏，都是为演出而写的，有的至今还能演。传说李玉是家人出身，是苏州申相国家里的奴隶（弹词《玉蜻蜓》就是叙述申家的故事，相国的母亲原是尼姑）。在明朝，家人不能应试科举，永远做不了官，主人有生杀予夺之权，即使是家人赎身以后发了财，见了旧主人，也还要必恭必敬。李玉的才能不能发挥，便集中到戏曲上来。当时在苏州正是昆腔全盛的时代，清初之时昆曲遍于天下，代替了明朝的弋阳腔。昆腔班多是苏州人，编剧本的也是苏州人，李玉既在苏州，当然也很受影响，也就专为剧团的演出而写剧本。他的四部著名剧作是"一（《一捧雪》）、人（《人兽关》）、永（《永团圆》）、占（《占花魁》）"，他不但能写喜剧而且也能写悲剧，这充分表现作者的才能是多方面的。《一捧雪》是悲剧，描写封建社会统治阶级的黑暗情况，情节非常沉痛。《占花魁》则是喜剧，表现恋爱的曲折故事，写得很漂亮。再还有《千锺禄》（亦叫《千锺会》），也是清末最流行的戏，其中一段称"八阳"（又叫"惨睹"八段，每段都以阳字为结尾），学昆曲的人首先就要学这一段，声调异常高亢、流利，其中还有"搜山""打车"两段写得也不错，不但情节紧张，而且很沉痛感人。还有《秦琼卖马》《麒麟阁》，写得也都极好。

其《眉山秀》虽写得不太好，但从这里也可以看到李玉的写作范围是非常广泛的。

朱佐朝写了三十三种戏。其《渔家乐》等都充分地反映了社会的黑暗。

朱素臣写了十九种戏。最有名的叫《十五贯》（取材于《醒世恒言》），它是以明朝故事为题材，影射了清朝政治的腐败情况，描写人民怎样受压迫，写得相当好。

到了乾隆时，戏曲有很大的变化。唱全本戏不能满足观众的需要，于是就分成两派：一派专演"零出"戏。因为全本戏常连演几天几夜，老百姓没有那么多时间去看。于是便挑出些精彩的段落来演。如把水浒故事分成"武十回"（武松的故事）、"石十回"（翠屏山故事）、"宋十回"（宋江的故事）等分别演出。又有的在一夜中把文戏、武戏、生戏、旦戏夹杂起来演（在鲁迅的《社戏》中可看出这种情况），以满足观众的各方面的要求，当时这种形式非常流行，《纳书楹》与《缀白裘》等零出戏的集子就随之而出现了。

再一派是唱大本戏的，清朝王公贵族不满足于一天演一出戏，要求看更长的戏，于是连演十天十夜的大本戏就出现了。如张照，他就专编供应皇帝看的大本戏。最著名的是《目莲救母》，又叫《劝善金科》。剧中牛头马面能下台表演，演员和观众混和在一起。把所有《三国演义》的故事凑在一起，成一大本称《鼎峙春秋》；把所有杨家将的故事凑成一大本叫《昭代箫韶》；把所有《水浒传》的故事凑成一大本叫《忠义璇图》；把所有《西游记》的故事凑成一大本叫《莲花宝筏》。这五大本戏在当时是最流行的。但其中只有《劝善金科》及《昭代箫韶》刻出来了。这种大戏在技术上是有创造的，如戏台是转台，戏台又分三层楼。神仙可以从空中降下来，这样演戏需要很大的经费，所以此种技术就不能流传到民间去。

张照只是改编、整理别人的作品，所以他不是创造而是编纂。作为一个戏曲作家是不够的，只有在《劝善金科》中还有一点创造。至今民

间还流传着的如《尼姑思凡》《和尚下山》等就是大本戏中的一段。

大本戏规模很大，需要几十甚至一百多人一起出场，仅是简单的"粉墨登场"就无法分别各个人物的面貌，于是各式各样的脸谱就出现了，而且越画越稀奇古怪。这其实正表现了想象力的贫乏。大本戏只适合在宫廷内演出，不能在民间流传，只有脸谱流传到民间来了。可见这个改革是有头无尾的。

昆曲在清乾隆年间非常流行。有几个很重要的作家，如杨潮观，是一个很著名的讽刺家，写了三十二个小戏，其中有些是非常好的，充分表现了他的高度的天才。如《吟风阁传奇》中的"偷桃"一段最著名，是写东方朔偷王母娘娘桃子吃的故事。不但对话很有风趣，而且表现了反抗黑暗统治的意识。

同一时期的作家还有唐英，写了《古柏堂传奇》共十七种，他是汉军旗人，家中很有钱，养了许多戏班子，他的作品可能是由这些戏班子里的人替他写的，但其戏曲有一个特点，就是能够收集民间故事与歌曲加以改编运用，如把梆子腔改成昆曲，最著名的是《面缸笑》，故事性强趣味浓厚，对封建统治者讽刺得很厉害。

再有蒋士铨写了十三种戏曲，都是讲忠、孝、节、义维持封建道德的东西，不过其中《冬青树》一出，还有爱国主义思想。

昆曲的唱词老百姓都听不懂，不能为老百姓所欢迎，于是戏曲就分成了两派，即"花部""雅部"。"雅部"多演昆曲和古典戏。"花部"则演地方戏，范围非常广，包括梆子腔、四平调，还有其他各种调子，在《纳书楹》中选了二十三种（其中多四平调），称之为"时剧"，如梅兰芳唱的《贵妃醉酒》，就是时剧中最流行的一种，它是梆子调，又称秧调（或秧歌调），由此可见与民间关系很密切。《缀白裘》第十一集全部收集梆子调，这是因为人民不愿意再看那些古典文雅的昆曲，所以才使梆子调获得这样的发展。同时川调、汉调、徽调等在民间也都流行起来。到了清末逐渐产生了皮簧戏（即京戏），它是汉调、徽调的混合物，其中还夹杂了北曲、甚至昆曲等东西。那时"花部"又称"乱弹"，爱唱什么就唱什么，随着演唱者的嗓子，高调、低调可以混合唱，没有一定的曲谱和调子。这在昆曲就不成，昆曲调子有一定的高低。

清末戏曲改良风气很盛，余治是改革戏曲的创始人，他主张戏曲应传忠传孝，尽力维护封建道德，曾写《庶几堂今乐》共二十八种（他预定要写三十二种，但只写了二十八种就死了），内容虽不可取，但有的技巧还好，完全是皮簧戏。现在还流传的一部叫《朱砂志》，其余多是陈腐不堪的东西。

由此我们可以看出戏曲发展的大概倾向，就是任何一种戏曲如果不是从民间来的，或不是生根于人民的土地中就一定会失传，凡不是与人民密切结合而为群众所喜闻乐见的就一定被淘汰，昆曲中初期的"荆、刘、拜、杀"所以流行得很广，主要是因为广大人民所喜爱，但后来一般文人专在戏曲中发牢骚，如尤侗因为做不了官，就写了一部戏来泄愤，这些不能代表人民说话、不是反映人民喜怒哀乐的东西，老百姓是不感兴趣、不愿意看的，所以也就不能流传下来。再如皮簧戏开始产生于民间，经文人改编，老百姓还爱好，但后来变成文人玩弄笔墨的东西，逐渐离开了人民，就开始衰落下去。不但戏曲如此，任何一种文学形式都如此。如果它离开了人民就变成了无本之木、无源之水。像《五伦全备记》这样脱离人民、迂腐不堪的东西，不能演出不能流传是很自然的。

补充：杂剧（元曲）是北曲，戏文是南曲。昆曲是从戏文中来的，当然是南曲，它同元曲是有分别的。北曲是以弦乐为主体，南曲是以管乐（笛）为主体。但昆曲是管弦合奏，这在音乐上是一个很大的发展，昆山魏良辅是很伟大的作曲家，管弦合奏就是他创造的。北曲是老老实实的唱，而昆曲则花腔很多，声调缓慢，一字可唱几个音，故又称"水磨腔"。

上古至五代之戏剧

王国维

　　歌舞之兴，其始于古之巫乎？巫之兴也，盖在上古之世。《楚语》："古者民神不杂，民之精爽不携贰者，而又能齐肃衷正。（中略）如此，则明神降之。在男曰觋，在女曰巫。（中略）及少皞之衰，九黎乱德，民神杂糅，不可方物。夫人作享，家为巫史。"然则巫觋之兴在少皞之前，盖此事与文化俱古矣。巫之事神，必用歌舞。《说文解字》（五）："巫，祝也，女能事无形，以舞降神者也。象人两褒舞形，与工同意。"故《商书》言："恒舞于宫，酣歌于室，时谓巫风。"《汉书·地理志》言："陈太姬妇人尊贵，好祭祀，用史巫，故其俗巫鬼。"《陈诗》曰："坎其击鼓，宛邱之下，无冬无夏，值其鹭羽。"又曰："东门之枌，宛邱之栩，子仲之子，婆娑其下。"此其风也。郑氏《诗谱》亦云。是古代之巫，实以歌舞为职，以乐神人者也。商人好鬼，故伊尹独有巫风之戒。及周公制礼，礼秩百神而定其祀典。官有常职，礼有常数，乐有常节，古之巫风稍杀。然其余习犹有存者，方相氏之驱疫也，大蜡之索万物也，皆是物也。故子贡观于蜡，而曰"一国之人皆若狂"，孔子告以"张而不弛，文武不能"。后人以八蜡为三代之戏礼（《东坡志林》）非过言也。

　　周礼既废，巫风大兴，楚、越之间，其风尤盛。王逸《楚辞章句》谓："楚国南部之邑，沅、湘之间，其俗信鬼而好祠，其祠必作歌乐鼓舞以乐诸神。屈原见俗人祭祀之礼、歌舞之乐，其词鄙俚，因为作《九

13

歌》之曲。"古之所谓巫，楚人谓之曰"灵"。《东皇太一》曰："灵偃蹇兮姣服，芳菲菲兮满堂。"《云中君》曰："灵连蜷兮既留，烂昭昭兮未央。"此二者，王逸皆训为巫，而他"灵"字则训为神。案《说文》（一）："灵，巫也。"古虽言巫，而不言灵，观于屈巫之字子灵，则楚人谓巫为灵，不自战国始矣。

古之祭也必有尸，宗庙之尸，以子弟为之。至天地百神之祀，用尸与否虽不可考，然《晋语》载"晋祀夏郊，以董伯为尸"，则非宗庙之祀固亦用之。《楚辞》之灵，殆以巫而兼尸之用者也。其词谓巫曰灵，谓神亦曰灵。盖群巫之中，必有象神之衣服形貌动作者，而视为神之所冯依，故谓之曰灵，或谓之灵保。《东君》曰："思灵保兮贤姱。"王逸《章句》，训灵为神，训保为安。余疑《楚辞》之灵保，与《诗》之神保，皆尸之异名。《诗·楚茨》云："神保是飨。"又云："神保是格。"又云："鼓钟送尸，神保聿归。"《毛传》云："保，安也。"《郑笺》亦云："神安而飨其祭祀。"又云："神安归者，归于天也。"然如毛、郑之说，则谓神安是飨，神安是格，神安聿归者，于辞为不文。《楚茨》一诗，郑、孔二君皆以为述绎祭宾尸之事，其礼亦与古礼《有司彻》一篇相合，则所谓神保，殆谓尸也。其曰："鼓钟送尸，神保聿归。"盖参互言之，以避复耳。知《诗》之神保为尸，则《楚辞》之灵保可知矣。至于浴兰沐芳，华衣若英，衣服之丽也；缓节安歌，竽瑟浩倡，歌舞之盛也；乘风载云之词，生别新知之语，荒淫之意也。是则灵之为职，或偃蹇以象神，或婆娑以乐神，盖后世戏剧之萌芽，已有存焉者矣。

巫觋之兴，虽在上皇之世，然俳优则远在其后。《列女传》云："夏桀既弃礼义，求倡优侏儒狎徒为奇伟之戏。"此汉人所纪，或不足信。其可信者，则晋之优施、楚之优孟，皆在春秋之世。案《说文》（八）："优，饶也；一曰倡也，又曰倡乐也。"古代之优本以乐为职，故优施假歌舞以说里克。《史记》称优孟亦云楚之乐人。又优之为

言戏也，《左传》："宋华弱与乐辔少相狎，长相优。"杜注："优，调戏也。"故优人之言，无不以调戏为主。优施鸟乌之歌、优孟爱马之对，皆以微词托意，甚有谑而为虐者。《穀梁传》："颊谷之会，齐人使优施舞于鲁君之幕下。"孔子曰："笑君者罪当死，使司马行法焉。"厥后秦之优旃、汉之幸倡郭舍人，其言无不以调戏为事。要之，巫与优之别：巫以乐神，而优以乐人；巫以歌舞为主，而优以调谑为主；巫以女为之，而优以男为之。至若优孟之为孙叔敖衣冠，而楚王欲以为相；优施一舞，而孔子谓其笑君，则于言语之外，其调戏亦以动作行之，与后世之优颇复相类。后世戏剧当自巫、优二者出，而此二者，固未可以后世戏剧视之也。

附考：古之优人，其始皆以侏儒为之，《乐记》称优侏儒。颊谷之会，孔子所诛者，《穀梁传》谓之优，而《孔子家语》、何休《公羊解诂》均谓之侏儒。《史记·李斯列传》："侏儒倡优之好，不列于前。"《滑稽列传》亦云："优旃者，秦倡侏儒也。"故其自言曰："我虽短也，幸休居。"此实以侏儒为优之一确证也。《晋语》："侏儒扶卢。"韦昭注："扶，缘也；卢，矛戟之秘，缘之以为戏。"此即汉寻橦之戏所由起。而优人于歌舞调戏外，且兼以竞技为事矣。

汉之俳优，亦用以乐人，而非以乐神。《盐铁论·散不足》篇虽云："富者祈名岳，望山川，椎牛击鼓，戏倡舞像"；然《汉书·礼乐志》载郊祭乐人员，初无优人，惟朝贺置酒陈前殿房中，有常从倡三十人，常从象人（孟康曰："象人，若今戏鱼虾狮子者也。"韦昭曰："著假面者也。"）四人、诏随常从倡十六人、秦倡员二十九人、秦倡象人员三人、诏随秦倡一人，此外尚有黄门倡。此种倡人，以郭舍人例之，亦当以歌舞调谑为事。以倡而兼象人，则又兼以竞技为事。盖自汉初已有之，《贾子新书·匈奴篇》所陈者是也。至武帝元封三年，而角抵戏始兴。《史记·大宛传》："安息以黎轩善眩人献于汉。是时上方巡狩海上，乃悉从外国客，大觳抵，出奇戏诸怪物，及加其眩者之工。而觳抵奇戏岁增变甚盛，益兴，自此始。"按：角抵者，应劭曰："角者，角技也；抵者，相抵触也。"文颖曰："名此乐为角抵者，两两相当，角力，角技艺射御，故名角抵，盖杂技乐也。"是角抵以角技为义，故所包颇广，后世所谓百戏者是也。角抵之地，汉时在平乐观。观张衡《西京赋》所赋平乐事，殆兼诸技而有之。"乌获扛鼎，都卢寻橦，冲狭燕濯，胸突铦锋，跳丸剑之挥霍，走索上而相逢"，则角力角技之本事也。"巨兽之为曼延，舍利之化仙车，吞刀吐火，云雾杳冥"，所谓加眩者之工而增变者也。"总会仙倡，戏豹舞罴，白虎鼓瑟，苍龙吹箎"，则假面之戏也。"女娲坐而长歌，声清畅而委蛇，洪厓立而指挥，被毛羽之襳襹，度曲未终，云起雪飞"，则歌舞之人又作古人之形象矣。"东海黄公，赤刀粤祝，冀厌白虎，卒不能救"，则且敷衍故事矣。至李尤《平乐观赋》（《艺文类聚》六十三）亦云："有仙驾雀，其形蚴虬，骑驴驰射，孤兔惊走，侏儒巨人，戏谑为偶"，则明明有俳优在其间矣。及元帝初元五年，始罢角抵，然其支流之流传于后世者尚多，故张衡、李尤在后汉时犹得取而赋之也。

至魏明帝时，复修汉平乐故事。《魏略》（《魏志·明帝纪》裴注所引）："帝引谷水过九龙殿前，水转百戏。岁首，建巨兽，鱼龙曼延，弄马倒骑，备如汉西京之制。"故魏时优人，乃复著闻。《魏志·齐王纪》注引《世语》及《魏氏春秋》云："司马文王镇许昌，征还击姜维，至京师，帝于平乐观，以临军过中领军许允，与左右小臣谋，因文王辞，杀之，勒其众以退大将军，已书诏于前。文王入，帝方食栗，优人云午等唱曰：'青头鸡，青头鸡。'青头鸡者，鸭也（谓押诏书），帝惧，不敢发。"又《魏书》（裴注引）载司马师等《废帝奏》亦云："使小优郭怀、袁信于广望观下，作辽东妖妇，嬉亵过度，道路行人掩目。"太后《废帝令》亦云："日延倡优，恣其丑谑。"则此时倡优亦以歌舞戏谑为事，其作辽东妖妇，或演故事，盖犹汉世角抵之余风也。

晋时优戏，殊无可考，惟《赵书》（《太平御览》卷五百六十九

引）云："石勒参军周延为馆陶令，断官绢数万匹，下狱，以八议宥之。后每大会，使俳优著介帻、黄绢、单衣。优问：'汝何官，在我辈中？'曰：'我本为馆陶令。'斗数单衣，曰：'正坐取是，入汝辈中。'以为笑。"唐段安节《乐府杂录》亦载此事，云："参军始自后汉馆陶令石耽。"然后汉之世，尚无参军之官，则《赵书》之说殆是。此事虽非演故事而演时事，又专以调谑为主，然唐、宋以后，脚色中有名之参军，实出于此。自此以后以迄南朝，亦有俗乐。梁时设乐，有曲、有舞、有技，然六朝之季，恩幸虽盛，而俳优罕闻，盖视魏晋之优，殆未有以大异也。

由是观之，则古之俳优，但以歌舞及戏谑为事。自汉以后，则间演故事，而合歌舞以演一事者，实始于北齐。顾其事至简，与其谓之戏，不若谓之舞之为当也。然后世戏剧之源，实自此始。《旧唐书·音乐志》云："代面出于北齐。北齐兰陵王长恭，才武而面美，常著假面以对敌。尝击周师金墉城下，勇冠三军，齐人壮之，为此舞以效其指挥击刺之容，谓之《兰陵王入阵曲》。"《乐府杂录》与崔令钦《教坊记》所载略同。又《教坊记》云："《踏摇娘》，北齐有人姓苏，齇鼻，实不仕，而自号为郎中。嗜饮酗酒，每醉，辄殴其妻。妻衔悲诉于邻里。时人弄之：丈夫著妇人衣，徐步入场，行歌。每一叠，旁人齐声和之云：'踏摇和来，踏摇娘苦，和来。'以其且步且歌，故谓之踏摇，以其称冤，故言苦。及其夫至，则作殴斗之状，以为笑乐。"此事《旧唐书·音乐志》及《乐府杂录》亦纪之。但一以苏为隋末河内人，一以为后周士人。齐、周、隋相距历年无几，而《教坊记》所纪独详，以为齐人，或当不谬。此二者皆有歌有舞以演一事，而前此虽有歌舞，未用之以演故事；虽演故事，未尝合以歌舞，不可谓非优戏之创例也。盖魏、齐、周三朝，皆以外族入主中国，其与西域诸国交通频繁，龟兹、天竺、康国、安国等乐皆于此时入中国。而龟兹乐则自隋唐以来，相承用之，以迄于今。此时外国戏剧，当与之俱入中国，如《旧唐书·音乐志》所载《拨头》一戏，其最著之例也。按：《兰陵王》《踏摇娘》二舞，《旧志》列之歌舞戏中，其间尚有《拨头》一戏。《志》云："《拨头》者，出西域，胡人为猛兽所噬，其子求兽杀之，为此舞以象之也。"《乐府杂录》谓之"钵头"，此语之为外国语之译音，固不待言。且于国名、地名、人名三者中，必居其一焉。其入中国，不审在何时。按《北史·西域传》有拔豆国去代五万一千里（按：五万一千里，必有误字。《北史·西域传》诸国，虽大秦之远，亦仅去代三万九千四百里，拔豆上之南天竺国去代三万一千五百里，叠伏罗国去代三万一千里，此五万一千里疑亦三万一千里之误也），隋、唐二《志》，即无此国，盖于后魏之初一通中国，后或亡或隔绝，已不可知。如使"拨头"与"拔豆"为同音异译，而此戏出于拔豆国，或由龟兹等国而入中国，则其时自不应在隋唐以后，或北齐时已有此戏，而《兰陵王》《踏摇娘》等戏，皆模仿而为之者欤？

此种歌舞戏，当时尚未盛行，实不过为百戏之一种。盖汉、魏以来之角抵奇戏，尚行于南北朝，而北朝尤盛。《魏书·乐志》言："太宗增修百戏，撰合大曲。"《隋书·音乐志》亦云："齐武平中，有鱼龙烂漫，俳优侏儒，（中略）奇怪异端，百有余物，名为百戏。周明帝武成间，朔旦会群臣，亦用百戏。及宣帝时，征齐散乐人并会京师为之。至隋炀帝大业二年，突厥染干来朝，炀帝欲夸之，总追四方散乐，大集东都。自是每岁正月，万国来朝，留至十五日，于端门外建国门内，绵亘八里，列为戏场。百官起棚夹路，从昏至旦以纵观，至晦而罢。伎人皆衣锦绣缯彩，其歌舞者多为妇人服，鸣环佩，饰以花眊者，殆三万人。"故柳彧上书谓："鸣鼓聒天，燎炬照地，人戴兽面，男为女服，倡优杂技，诡状异形。"（《隋书·柳彧传》）薛道衡《和许给事善心戏场转韵诗》（《初学记》卷十五）所咏亦略同。虽侈靡跨于汉代，然视张衡之赋西京，李尤之赋平乐观，其言固未有大异也。

至唐而所谓歌舞戏者，始多概见。有本于前代者，有出新撰者，今

备举之。

一、《代面》《大面》

《旧唐书·音乐志》一则（见前）

《乐府杂录》"鼓架部"条有："代面，始自北齐。神武弟，有胆勇，善战斗，以其颜貌无威，每入阵即著面具，后乃百战百胜。戏者，衣紫腰金执鞭也。"

《教坊记》："大面出北齐。兰陵王长恭，性胆勇，而貌妇人。自嫌不足以威敌，乃刻为假面，临阵著之，因为此戏，亦入歌曲。"

二、《拨头》《钵头》

《旧唐书·音乐志》一则（见前）

《乐府杂录》"鼓架部"条："钵头，昔有人父，为虎所伤，遂上山寻其父尸。山有八折，故曲八叠。戏者被发素衣，面作啼，盖遭丧之状也。"

三、《踏摇娘》《苏中郎》《苏郎中》

《旧书·音乐志》："踏摇娘生于隋末河内。河内有人，貌恶而嗜酒，常自号郎中。醉归，必殴其妻。其妻美色善歌，为怨苦之辞。河朔演其声，而被之弦管，因写其夫之容。妻悲诉，每摇顿其身，故号'踏摇娘'。近代优人改其制度，非旧旨也。"

《乐府杂录》"鼓架部"条："《苏中郎》：后周士人苏葩，嗜酒落魄，自号中郎，每有歌场，辄入独舞。今为戏者，著绯、带帽，面正赤，盖状其醉也。即有踏摇娘。"

《教坊记》一则（见前）

四、参军戏

《乐府杂录》"俳优"条："开元中，黄幡绰、张野狐弄参军。始自汉馆陶令石耽，耽有赃犯，和帝惜其才，免罪。每宴乐，即令衣白夹衫，命俳优弄辱之，经年乃放，后为参军，误也。开元中，有李仙鹤善此戏，明皇特授韶州同正参军，以食其禄。是以陆鸿渐撰词，言韶州参军，盖由此也。"

赵璘《因话录》（卷一）："肃宗宴于宫中，女优有弄假官戏，其绿衣秉简者，谓之参军桩。"

范摅《云溪友议》（卷九）："元稹廉问浙东，有俳优周季南、季崇及妻刘采春，自淮甸而来，善弄《陆参军》，歌声彻云。"

（附）《五代史·吴世家》："徐氏之专政也，杨隆演幼懦，不能自持，而知训尤凌侮之。尝饮酒楼上，命优人高贵卿侍酒，知训为参军，隆演鹑衣髽髻为苍鹘。"

（附）姚宽《西溪丛语》（下）引《吴史》："徐知训怙威骄淫，调谑王，无敬长之心。尝登楼狎戏，荷衣木简，自称参军，令王髽髻鹑衣，为苍头以从。"

五、《樊哙排君难戏》《樊哙排闼剧》

《唐会要》（卷三十三）："光化四年正月，宴于保宁殿，上制曲，名曰《赞成功》。时盐州雄毅军使孙德昭等，杀刘季述反正，帝乃制曲以褒之，仍作《樊哙排君难》戏以乐焉。"

宋敏求《长安志》（卷六）："昭宗宴李继昭等将于保宁殿，亲制《赞成功》曲以褒之，仍命伶官作《樊哙排君难》戏以乐之。"

陈旸《乐书》（卷一百八十六）："昭宗光化中，孙德昭之徒刃刘季述，始作《樊哙排闼剧》。"

此五剧中，其出于后赵者一（《参军》），出于北齐或周隋者二（《大面》《踏摇娘》），出于西域者一（《拨头》），惟《樊哙排君难》戏乃唐代所自制，且其布置甚简，而动作有节，固与《破阵乐》《庆善乐》诸舞相去不远。其所异者，在演故事一事耳。顾唐代歌舞戏之发达，虽止于此，而滑稽戏则殊进步。此种戏剧，优人恒随时地而自由为之。虽不必有故事，而恒托为故事之形，惟不容合以歌舞，故与前者稍异耳。其见于载籍者，兹复汇举之，其可资比较之助者颇不少也。

《资治通鉴》（卷二百十二）："侍中宋璟疾负罪而妄诉不已者，悉付御史台治之。谓中丞李谨度曰：'服不更诉者，出之；尚诉未已

者，且系。'由是人多怨者。会天旱，优人作魃状，戏于上前。问：'魃何为出？'对曰：'奉相公处分。'又问：'何故？'对曰：'负罪者三百余人，相公悉以系狱抑之，故魃不得不出。'上心以为然。"

《旧唐书·文宗纪》："太和六年二月己丑寒食节，上宴群臣于麟德殿。是日杂戏人弄孔子。帝曰：'孔子古今之师，安得侮黩。'亟命驱出。"

高彦休《唐阙史》（卷下）："咸通中，优人李可及者，滑稽谐戏，独出辈流。虽不能托讽匡正，然智巧敏捷，亦不可多得。尝因延庆节，缁黄讲论毕，次及倡优为戏，可及乃儒服险巾，褒衣博带，摄齐以升讲座，自称《三教论衡》。其隅坐者问曰：'既言博通三教，释迦如来是何人？'对曰：'是妇人。'问者惊曰：'何也？'对曰：'《金刚经》云：敷座而坐。或非妇人，何烦夫坐然后而坐也？'上为之启齿。又问曰：'太上老君何人也？'对曰：'亦妇人也。'问者益所不喻。乃曰：'《道德经》云：吾有大患，是吾有身，及吾无身，吾复何患。倘非妇人，何患乎有娠乎？'上大悦。又问：'文宣王何人也？'对曰：'妇人也。'问者曰：'何以知之？'对曰：'《论语》云：沽之哉！沽之哉！吾待贾者也。向非妇人，待嫁奚为？'上意极欢，宠锡甚厚。翌日，授环卫之员外职。"

唐无名氏《玉泉子真录》（《说郛》卷四十六）："崔公铉之在淮南，尝俾乐工集其家僮，教以诸戏。一日，其乐工告以成就，且请试焉。铉命阅于堂下，与妻李坐观之。僮以李氏妒忌，即以数僮农妇人衣，曰妻曰妾，列于傍侧。一僮则执简束带，旋辟唯诺其间。张乐命酒，不能无属意者，李氏未之悟也。久之戏愈甚，悉类李氏平昔所尝为。李氏虽少悟，以其戏偶合，私谓不敢而然，且观之。僮志在发悟，愈益戏之。李果怒，骂之曰：'奴敢无礼，吾何尝如此。'僮指之，且出，曰：'咄咄！赤眼而作白眼，讳乎？'铉大笑，几至绝倒。"

孙光宪《北梦琐言》（卷六）："光化中，朱朴自《毛诗》博士登庸，恃其口辨，可以立致太平。由藩邸引导，闻于昭宗，遂有此拜。刘扬之日，面陈时事数条，每言：'臣为陛下致之。'泊操大柄，无以施展，自是恩泽日衰，中外腾沸。内宴日，俳优穆刀陵作念经行者，至御前曰：'若是朱相，即是非相。'翌日出官。"

附 五代

《北梦琐言》（卷十四）："刘仁恭之军，为汴帅败于内黄。尔后汴帅攻燕，亦败于唐河。他日命使聘汴，汴帅开宴，俳优戏医病人以讥之。且问：'病状内黄，以何药可瘥？'其聘使谓汴帅曰：'内黄，可以唐河水浸之，必愈。'宾主大笑。"

钱易《南部新书》（卷癸）："王延彬独据建州，称伪号。一日大设，为伶官作戏，辞云：'只闻有泗州和尚，不见有五县天子。'"

郑文宝《江南余载》（卷上）："徐知训在宣州，聚敛苛暴，百姓苦之。入觐侍宴，伶人戏作绿衣大面若鬼神者，傍一人问：'谁？'对曰：'我宣州土地神也，吾主人入觐，和地皮掘来，故得至此。'"

又（卷上）："张崇帅庐州，人苦其不法。因其入觐，相谓曰：'渠伊必不来矣。'崇闻之，计口征渠伊钱。明年又入觐，人不敢交语，唯道路相目，捋须为庆而已。崇归，又征捋须钱。其在建康，伶人戏为死而获谴者曰：'焦湖百里，一任作獭。'"

观上文之所汇集，知此种滑稽戏，始于开元而盛于晚唐。以此与歌舞戏相比较，则一以歌舞为主，一以言语为主；一则演故事，一则讽时事；一为应节之舞蹈，一为随意之动作；一可永久演之，一则除一时一地外不容施于他处，此其相异者也。而此二者之关纽，实在参军一戏。参军之戏，本演石耽或周延故事。又《云溪友议》谓"周季南等弄《陆参军》，歌声彻云"，则似为歌舞剧。然至唐中叶以后，所谓参军者，不必演石耽或周延，凡一切假官皆谓之参军。《因话录》所谓"女优弄假官戏，其绿衣秉简者谓之参军桩"是也。由是参军一色，遂为脚色之主，其与之相对者，谓之苍鹘。李义山《骄儿诗》："忽复学参军，按声唤苍鹘。"《五代史·吴世家》所纪，足以证之。上所载滑稽剧中，无在不可见此二色之对立。如李可及之儒服险巾，褒衣博带；崔铉家童之执简束带，旋辟唯诺；南唐传人之绿衣大面，作宣州土地神，皆所谓参军者为之，而与之对待者，则为苍鹘。此说观下章所载宋代戏剧自可了然，此非想象之说也。要之，唐、五代戏剧，或以歌舞为主，而失其自由；或演一事，而不能被以歌舞。其视南宋、金、元之戏剧，尚未可同日而语也。

宋之滑稽戏

王国维

今日流传之古剧，其最古者出于金、元之间。观其结构，实综合前此所有之滑稽戏及杂戏、小说为之。又宋、元之际，始有南曲、北曲之分，此二者亦皆综合宋代各种乐曲而为之者也。今欲溯其发达之迹，当分为三章论之：一、宋之滑稽戏，二、宋之杂戏、小说，三、宋之乐曲是也。

宋之滑稽戏，大略与唐滑稽戏同，当时亦谓之杂剧。兹复汇集之如下：

刘攽《中山诗话》："祥符、天禧中，杨大年、钱文僖、晏元献、刘子仪以文章立朝，为诗皆宗李义山，后进多窃义山语句。尝内宴，优人有为义山者，衣服败裂，告人曰：'吾为诸馆职挦扯至此。'闻者欢笑。"

范镇《东齐纪事》（卷一）："赏花钓鱼赋诗，往往有宿构者。天圣中，永兴军进山水石适至，会命赋山水石，其间多荒恶者，盖出其不意耳。中坐，优人入戏，各执笔若吟咏状。其一人忽仆于界石上，众扶掖起之，既起，曰：'数日来作赏花钓鱼诗，准备应制，却被这石头擦倒。'左右皆大笑。翌日，降出其诗，令中书铨定。秘阁校理韩义最为鄙恶，落职，与外任。"

张师正《倦游杂录》（江少虞《皇宋事实类苑》卷六十四引）：

"景祐末，诏以郑州为奉宁军，蔡州为淮康军。范雍自侍郎领淮康节钺，镇延安。时羌人旅拒戍边之卒，延安为盛。有内臣卢押班者，为钤辖，心常轻范。一日，军府开宴，有军伶人杂剧，称参军梦得一黄瓜，长丈余，是何祥也？一伶贺曰：'黄瓜上有刺，必作黄州刺史。'一伶批其颊曰：'若梦见镇府萝卜，须作蔡州节度使？'范疑卢所教，即取二伶杖背，黥为城旦。"

宋无名氏《续墨客挥犀》（卷五）："熙宁九年，太皇生辰，教坊例有献香杂剧。时判都水监侯叔献新卒，伶人丁仙现假为一道士，善出神，一僧善入定。或诘其出神何所见，道士云：'近曾出神至大罗，见玉皇殿上，有一人披金紫，熟视之，乃本朝韩侍中也。手捧一物，窃问旁立者，曰：韩侍中献国家金枝玉叶万世不绝图。'僧曰：'近入定到地狱，见阎罗殿侧有一人衣绯垂鱼，细视之，乃判都水监侯工部也。手中亦擎一物，窃问左右，云：为奈何水浅，献图欲别开河道耳。'时叔献兴水利，以图恩赏，百姓苦之，故伶人有此语。"（江少虞《皇宋事实类苑》卷六十五引此条作《倦游杂录》。）

朱彧《萍洲可谈》（卷三）："熙宁间，王介甫行新法（中略），其时多引人上殿。伶人对上作俳，跨驴直登轩陛，左右止之。其人曰：'将谓有脚者尽上得。'荐者少沮。"

陈师道《谈丛》（卷一）："王荆公改科举，暮年乃觉其失，曰：'欲变学究为秀才，不谓变秀才为学究也。'盖举子专诵《王氏章句》而不解其义，正如学究诵注疏尔。教坊杂戏亦曰：'学诗于陆农师，学易于龚深之（之当作父）。'盖讥士之寡闻也。"

王辟之《渑水燕谈录》（卷十）："顷有秉政者，深被眷倚，言事无不从。一日御宴，教坊杂剧为小商，自称姓赵，以瓦瓶卖沙糖。道逢故人，喜而拜之。伸足误踏瓶倒，糖流于地。小商弹采叹息曰：'甜采，你即溜也，怎奈何？'左右皆笑。俚语以王姓为甜采。"

李廌《师友谈记》："东坡先生近令门人作《人不易物赋》，或戏作一联曰：伏其几而袭其裳，岂为孔子；学其书而戴其帽，未是苏公。（士大夫近年做东坡桶高檐短帽，名曰子瞻样）。麃因言之，公笑曰：'近扈从醴泉观，优人以相与自夸文章为戏者，一优丁仙现曰："吾之文章，汝辈不可及也。"众优曰："何也？"曰："汝不见吾头上子瞻乎？"'上为解颜，顾公久之。"

《萍洲可谈》（卷三）："王德用为使相，黑色，俗号黑相。尝与北使伴射，使已中的，黑相取箭锝头，一发破前矢，俗号劈筈箭。姚麟亦善射，为殿帅十年，伴射，尝蒙奖赐。崇宁初，王恩以遭遇处位殿帅，不习弓矢，岁岁以伴射为窘。伶人对御作俳，先一人持一矢入，曰：'黑相劈筈箭，售钱三百万。'又一人持八矢入，曰：'老姚射不输箭，售钱三百万。'后二人挽箭一车入，曰：'车箭卖一钱。'或问：'此何人家箭，价贱如此？'答曰：'王恩不及垛箭。'"

又："崇宁铸九鼎，帝鼐居中，八鼎各镇一隅。是时行当十钱，苏州无赖子弟冒法盗铸。会浙中大水，伶人对御作俳：'今岁东南大水，乞遣彤鼎往镇苏州。'或作《鼎神附奏》云：'不愿前去，恐一例铸作当十钱。'朝廷因治章绾之狱。"

曾敏行《独醒杂志》（卷九）："崇宁二年，铸大钱，蔡元长建议俾为折十，民间不便之。优人因内宴，为卖浆者，或投一大钱，饮一杯而索偿其余。卖浆者对以方出市，未有钱，可更饮浆。乃连饮至于五、六，其人鼓腹曰：'使相公改作折百钱，奈何？'上为之动，法由是改。又，大农告乏时，有献廪俸减半之议。优人乃为衣冠之士，自束带衣裾，被身之物辄除其半。众怪而问之，则曰：'减半。'已而，两足共穿半裤，趄而来前。复问之，则又曰：'减半。'乃长叹曰：'但知减半，岂料难行。'语传禁中，亦遂罢议。"

洪迈《夷坚志》丁集（卷四）："俳优侏儒，周技之下且贱者，然亦能因戏语而箴讽时政，有合于古矇诵工谏之义，世目为杂剧者是已。崇宁初，斥远元祐忠贤，禁锢学术，凡偶涉其时，所为所行，无论大

小，一切不得志。伶者对御为戏，推一参军作宰相，据坐，宣扬朝政之美。一僧乞给公据游方，视其戒牒，则元祐三年者，立涂毁之，而加以冠巾。道士失亡度牒，闻被载时，亦元祐也，剥其羽服，使为民。一士以元祐五年获荐，当免举，礼部不为引用，来自言，即押送所属屏斥。已而，主管宅库者附耳语曰：'今日在左藏库，请相公料钱一千贯，尽是元祐钱，合取钧旨。'其人俯首久之，曰：'从后门搬入去。'副者举所梃杖其背，曰：'你做到宰相，元来也只要钱！'是时，至尊亦解颜。"

又："蔡京作宰，弟卞为元枢。卞乃王安石婿，尊崇妇翁。当孔庙释奠时，跻于配享而封舒王。优人设孔子正坐，颜、孟与安石侍侧。孔子命之坐，安石揖孟子居上，孟辞曰：'天下达尊，爵居其一，轲近蒙公爵，相公贵为真王，何必谦光如此？'遂揖颜，曰：'回也陋巷匹夫，平生无分毫事业，公为命世真儒，位貌有间，辞之过矣。'安石遂处其上。夫子不能安席，亦避位。安石惶惧拱手，云'不敢'。往复未决。子路在外，情愤不能堪，径趋从礼室，挽公冶长臂而出。公冶为窘迫之状，谢曰：'长何罪？'乃责数之曰：'汝全不救护丈人，看取别人家女婿。'其意以讥卞也。时方议欲升安石于孟子之上，为此而止。"

又："又常设三辈为儒、道、释，各称颂其教。儒者曰：'吾之所学，仁、义、礼、智、信，曰五常。'遂演畅其旨，皆采引经书，不杂媟语。次至道士，曰：'吾之所学，金、木、水、火、土，曰五行。'亦说大意。末至僧，僧抵掌曰：'二子腐生常谈，不足听。吾之所学，生、老、病、死、苦，曰五化。《藏经》渊奥，非汝等所得闻，当以现世佛菩萨法理之妙，为汝陈之。盍以次问我？'曰：'敢问生？'曰：'内自太学辟雍，外至下州偏县，凡秀才读书者尽为三舍生。华屋美馔，月书季考，三岁大比，脱白挂绿，上可以为卿相，国家之于生也如此。'曰：'敢问老？'曰：'老而孤独贫困，必沦沟壑，今所在立孤老院，养之终身，国家之于老也如此。'曰：'敢问病？'曰：'不幸而有疾，家贫不能拯疗，于是有安济坊，使之存处，差医付药，责以十全之效，其于病也如此。'曰：'敢问死？'曰：'死者人所不免，惟贫民无所归，则择空隙地，为漏泽园；无以敛，则与之棺，使得葬埋。春秋享祀，恩及泉壤，其于死也如此。'曰：'敢问苦？'其人瞑目不应，阳若恻悚然。促之再三，乃蹙额答曰：'只是百姓一般受无量苦。'徽宗为恻然长思，弗以为罪。"

周密《齐东野语》（卷二十）："宣和间，徽宗与蔡攸辈在禁中，自为优戏。上作参军趋出，攸戏上曰：'陛下好个神宗皇帝。'上以杖鞭之曰：'你也好个司马丞相。'"

又（卷十）："宣和中，童贯用兵燕蓟，败而窜。一日内宴，教坊进伎，为三四婢，首饰皆不同。其一当额为髻，曰：蔡太师家人也；其二髻偏坠，曰：郑太宰家人也；又一人满头为髻，如小儿，曰：童大王家人也。问其故，蔡氏者曰：'太师觐清光，此名朝天髻。'郑氏者曰：'吾太宰奉祠就第，此懒梳髻。'至童氏者，曰：'大王方用兵，此三十六髻也。'"（三十六计，走为上计，宋人有此俗语。）

刘绩《霏雪录》："宋高宗时，饔人瀹馄饨不熟，下大理寺。优人扮两士人，相貌各异；问其年，一曰甲子生，一曰丙子生。优人告曰：'此二人皆合下大理。'高宗问故，优人曰：'筷子、饼子皆生，与馄饨不熟者同罪。'上大笑，赦原饔人。"

张知甫《可书》："金人自侵中国，惟以敲棒击人脑而毙。绍兴间，有伶人作杂戏云：'若要胜金人，须是我中国一件件相敌，乃可。且如金国有粘罕，我国有韩少保；金国有柳叶枪，我国有凤凰弓；金国有凿子箭，我国有镶子甲；金国有敲棒，我国有天灵盖。'人皆笑之。"

岳珂《桯史》（卷七）："秦桧以绍兴十五年四月丙子朔，赐第望仙桥；丁丑，赐银绢万匹两，钱千万，彩千缣。有诏：'就第赐燕，假

以教坊优伶。'宰执咸与。中席，优长诵致语，退。有参军者前，褒桧功德，一伶以荷叶交椅从之。诙语杂至，宾欢既洽。参军方拱揖谢，将就椅，忽坠其幞头，乃总发为髻，如行伍之巾，后有大巾环，为双叠胜。伶指而问曰：'此何环？'曰：'二圣环。'遽以朴击其首，曰：'尔但坐太师交椅，请取银绢例物，此环掉脑后可也。'一坐失色。桧怒，明日下伶于狱，有死者。于是语禁始益繁。"

《夷坚志》丁集（卷四）："绍兴中，李椿年行经界量田法。方事之初，郡县奉命严急，民当其职者，颇困苦之。优者为先圣、先师，鼎足而坐。有弟子从末席起，咨叩所疑。孟子奋然曰：'仁政必自经界始。吾下世千五百年，其言乃为圣世所施用，三千之徒皆不如。'颜子默默无语。或于傍笑曰：'使汝不是短命而死，也须做出一场害人事。'时秦桧方主李议，闻者畏获罪，不待此段之毕，即以谤褒圣贤，叱执送狱。明日，杖而逐出境。"

又："壬戌省试，秦桧之子熺、侄昌时、昌龄，皆奏名。公议籍籍，而无敢辄语。至乙丑春首，优者即戏场，误为士子，赴南宫，相与推论知举官为谁。指侍从某尚书、某侍郎，当主文柄，优长者非之曰：'今年必差彭越。'问者曰：'朝廷之上，不闻有此官员。'曰：'汉梁王也。'曰：'彼是古人，死已千年，如何来得？'曰：'前举是楚王韩信，彭越一等人，所以知今为彭王。'问者嗤其妄，且扣厥指。笑曰：'若不是韩信，如何取得他三秦！'四座不敢领略，一哄而出。秦亦不敢明行谴罚云。"

明田汝成《西湖游览志余》（卷二十二，此条当出宋人小说，未知所本）："绍兴间，内宴，有优人作善天文者，云：'世间贵官人，必应星象，我悉能窥之。法当用浑仪设玉衡。若对其人窥之，则见星而不见其人。玉衡不能卒办，用铜钱一文亦可。'乃令窥光尧，云：'帝星也。'秦师垣，曰：'相星也。'韩蕲王，曰：'将星也。'张循王，曰：'不见其星。'众皆骇，复令窥之，曰：'中不见星，只见张郡王在钱眼内坐。'殿上大笑。俊最多资，故讥之。"

张端义《贵耳集》（卷一）："寿皇赐宰执宴，御前杂剧妆秀才三人。首问曰：'第一秀才仙乡何处？'曰：'上党人。'次问：'第二秀才仙乡何处？'曰：'泽州人。'次问第三秀才，曰：'湖州人。'又问：'上党秀才，汝乡出何生药？'曰：'某乡出人参。'次问：'泽州秀才，汝乡出甚生药？'曰：'某乡出甘草。'次问：'湖州出甚生药？'曰：'出黄檗。''如何湖州出黄檗？''最是黄檗苦人！'当时皇伯秀王在湖州，故有此语。寿皇即日召入，赐第，奉朝请。"

又："何自然中丞，上疏乞朝廷并库，寿皇从之。方且讲究未定，御前有燕，杂剧伶人妆一卖故衣者，持裤一腰，只有一只裤口。买者得之，问：'如何著？'卖者曰：'两脚并做一裤口。'买者曰：'裤却并了，只恐行不得。'寿皇即寝此议。"

《桯史》（卷十）："淳熙间，胡给事元质既新贡院，嗣岁庚子，适大比。（中略）会初场赋题，出《舜闻善若决江河》，而以'闻善而行，沛然莫御'为韵。士既就案矣。（中略）忽一老儒摘《礼部韵》示诸生，谓沛字惟十四泰有之，一为颠沛，一为沛邑，注无沛决之义。惟它有霈字，乃从雨为可疑。众曰是，哄然叩帘请。（中略）或入于房，执考校者一人驱之，考校者惶遽，急曰：'有雨头也得，无雨头也得。'或又咎其误，曰：'第二场更不敢也。'盖一时祈脱之辞。移时稍定，试司申：鼓噪场屋。胡以其不称于礼遇也，怒，物色为首者，尽系狱。韦布益不平。既折号，例宴主司以劳还，毕三爵，优伶序进。有儒服立于前者，一人旁揖之，相与诧博洽，辨古今，岸然不相下。因各求挑试所诵忆。其一问：'汉名宰相凡几？'儒服以萧、曹以下，枚数之无遗，群优咸赞其能。乃曰：'汉相吾言之，敢问唐三百年间，名将帅何人也？'旁揖者亦诎指英、卫以及季叶，曰：'张巡、许远、田万春。'儒服奋起，争曰：'巡、远是也，万春之姓雷，历考史牒，未有以雷为田者。'揖者不服，撑拒腾口。俄一绿衣参军自称教授，据几，二人敬质疑。曰：'是故雷姓。'揖者大诟，祖裼奋拳，教授遽作恐

惧状，曰：'有雨头也得，无雨头也得！'坐中方失色，知其讽己也。忽优有黄衣者，持令旗跃出稠人中，曰：'制置大学给事台旨：试官在座，尔辈安得无礼。'群优呕敛下，喏曰：'第二场更不敢也。'侠坐皆笑，席客大惭。明日遁去，遂释系者。胡意其为郡士所使，录优而诘之，杖而出诸境。然其语盛传至今。"

又（卷五）："韩平原在庆元初，其弟仰胄为知阁门事，颇与密议，时人谓之大小韩，求捷径者争趋之。一日内宴，优人有为衣冠到选者，自叙履历才艺，应得美官，而流滞铨曹，自春徂冬，未有所拟，方徘徊浩叹。又为日者，敝帽持扇，过其旁，遂邀使谈庚甲，问以得禄之期。日者厉声曰：'君命甚高，但于五星局中财帛宫若有所碍。目下若欲亨达，先见小寒，更望事成，必见大寒可也。'优盖以寒为韩。侍宴者皆缩颈匿笑。"

张仲文白《獭髓》（《说郛》卷三十八）："嘉泰末年，平原公恃有扶日之功，凡事自作威福，政事皆不由内出。会内宴，伶人王公瑾曰：'今日政如客人卖伞，不由里面。'"

叶绍翁《四朝闻见录》（戊集）："韩侂胄用兵既败，为之须发俱白，困闷不知所为。优伶因上赐侂胄宴，设樊迟、樊哙，旁有一人曰樊恼。又设一人，揖问迟：'谁与你取名？'对以夫子所取，则拜曰：'此圣门之高弟也。'又揖问哙曰：'谁名汝？'对曰：'汉高祖所命。'则拜曰：'真汉家之名将也。'又揖恼，曰：'谁名汝？'对以'樊恼自取'。又因郭倪、郭果（按果当作倬）败，因赐宴，以生菱进于桌上，命二人移桌，忽生菱堕，尽碎。其一人曰：'苦，苦，苦！坏了多少生灵，只因移果桌！'"

《贵耳集》（卷一）："袁彦纯尹京，专一留意酒政。煮酒卖尽，取常州宜兴县酒、衢州龙游县酒在都下卖。御前杂剧，三个官人：一曰京尹，二曰常州太守，三曰衢州太守。三人争坐位，常守让京尹曰：'岂宜在我二州之卜？'衢守争曰：'京尹合在我二州之下。'常守问曰：'如何有此说？'衢守云：'他是我二州拍户。'宁庙亦大笑。"

又："史同叔为相日，府中开宴，用杂剧人。作一士人念诗，曰：'满朝朱紫贵，尽是读书人。'旁一士人曰：'非也，满朝朱紫贵，尽是四明人。'自后相府有宴，二十年不用杂剧。"

《桯史》（卷十三）："蜀伶多能文，俳语率杂以经史，凡制帅幕府之燕集，多用之。嘉定中，吴畏斋帅成都，从行者多选人，类以京削系念。伶知其然。一日，为古衣冠服数人，游于庭，自称孔门弟子。交质以姓氏，或曰常，或曰于，或曰吾。问其所莅官，则合而应曰：'皆选人也。'固请析之。居首者率然对曰：'子乃不我知，《论语》所谓常从事于斯矣，即某其人也。官为从事而系以姓，固理之然。'问其次，曰：'亦出《论语》，于从政乎何有，盖即某官氏之称。'又问其次，曰：'某又《论语》十七篇所谓：吾将仕者。'遂相与叹诧，以选调为淹抑。有怂恿其旁者，曰：'子之名不见于七十子，固圣门下弟，盍叩十哲而请教焉？'如其言，见颜、闵方在堂，群而请益。子骞蹙额曰：'如之何？何必改！'兖公应之曰：'然！回也不改。'众怃然不怡，曰：'无已，质诸夫子。'如之，夫子不答，久而曰：'钻遂改，火急可已矣。'坐客皆愧而笑，闻者至今启颜。优流侮圣言，直可诛绝，特记一时之剧语如此。"

《齐东野语》（卷十三）："蜀优尤能涉猎古今，援引经史，以佐口吻，资笑谈。当史丞相弥远用事，选人改官多出其门。制阃大宴，有优为衣冠者数辈，皆称为孔门弟子，相与言吾侪皆选人。遂各言其姓，曰'吾为常从事''吾为于从政''吾为吾将仕''吾为路文学'。别有二人出曰：'吾宰予也，夫子曰：于予与改，可谓侥幸。'其一曰：'吾颜回也，夫子曰：回也不改。吾为四科之首而不改，汝何为独改？'曰：'吾钻故，汝何不钻？'曰：'吾非不钻，而钻弥坚耳。'曰：'汝之不改，宜也，何不钻弥远乎？'其离析文义，可谓侮圣言，而巧发微中，有足称言者焉。有袁三者，名尤著。有从官姓袁者，制蜀颇乏廉声。群优四人，分主酒、色、财、气，各夸张其好尚之乐，而余

者互讥笑之。至袁优则曰：'吾所好者，财也。'因极言财之美利，众亦讥诮不已。徐以手自指曰：'任你讥笑，其如袁丈好此何！'"

又："近者己亥，史岩之为京尹，其弟以参政督兵于淮。一日内宴，伶人衣金紫，而幞头忽脱，乃红巾也。或惊问曰：'贼裹红巾，何为官亦如此？'傍一人答云：'如今做官的都是如此。'于是褫其衣冠，则有万回佛自怀中坠地。其旁者曰：'他虽做贼，且看他哥哥面。'"

又："女冠吴知古用事，人皆侧目。内宴，参军肆筵张乐，胥辈请金文书，参军怒曰：'吾方听觱栗，可少缓。'请至再三，其答如前。胥击其首曰：'甚事不被觱栗坏了！'盖是俗呼黄冠为觱栗也。"

又："王叔知吴门日，名其酒曰'彻底清'。锡宴日，伶人持一樽夸于众曰：'此酒名彻底清。'既而开樽，则浊醪也。旁诮之云：'汝既为彻底清，却如何如此？'答云：'本是彻底清，被钱打得浑了。'"

罗大经《鹤林玉露》（卷三）："端平间，督西山参大政，未及有所建置而薨。魏鹤山督师，亦未及有所设施而罢。临安优人装一儒生，手持一鹤，别一儒生与之邂逅，问其姓名，曰：'姓钟名庸。'问所持何物，曰：'大鹤也。'因倾盖欢然，呼酒对饮。其人大嚼洪吸，酒肉靡有孑遗。忽颠仆于地，群数人曳之不动。一人乃批其颊，大骂曰：'说甚《中庸》《大学》，吃了许多酒食，一动也动不得。'遂一笑而罢。或谓有使其为此以姗侮君子者，府尹乃悉黥其人。"

《西湖游览志余》（卷二，不知其所本）："丁大全作相，与董宋臣表里（中略）。一日内宴，一人专打锣，一人扑之，曰：'今日排当，不奏他乐，丁丁董董不已，何也？'曰：'方今事皆丁董，吾安得不丁董？'"

仇远《稗史》（《说郛》卷二十五）："至元丙子，北兵入杭，庙朝为虚。有金姓者，世为伶官，流离无所归。一日，道遇左丞范文虎，向为宋殿帅时熟知其为人，谓金曰：'来日公宴，汝来献伎，不愁贫贱。'如期往，为优戏，作浑曰：'某寺有钟，寺僧不敢击者数日，主僧问故，乃言钟楼有巨神、神怪，不敢登也。主僧亟往视之，神即跪伏投拜。主僧曰：'汝何神也？'答曰：'钟神。'主僧曰：'既是钟神，何故投拜？'众皆大笑，范为之不怿。其人亦不顾，识者莫不多之。"

附　辽金伪齐

《宋史·孔道辅传》："道辅奉使契丹，契丹宴使者，优人以文宣王为戏，道辅艴然径出。"

邵伯温《闻见前录》（卷十）："潞公谓温公曰：'吾留守北京，遣人入大辽侦事，回云："见辽主大宴群臣，伶人剧戏，作衣冠者，见物必攫取怀之。有从其后以梃朴之者，曰：司马端明耶？君实清名，在夷狄如此。"'温公愧谢。"

沈作喆《寓简》（卷十）："伪齐刘豫既僭位，大宴群臣。教坊进杂剧。有处士问星翁曰：'自古帝王之兴，必有受命之符，今新主有天下，抑有嘉祥美瑞以应之乎？'星翁曰：'固有之，新主即位之前一日，有一星聚东井，真所谓符命也。'处士以杖击之，曰：'五星，非一也，乃云聚耳。一星，又何聚焉？'星翁曰：'汝固不知也，新主圣德，比汉高祖只少四星儿里。'"

《金史·后妃传》："章宗元妃李氏，势位熏赫，与皇后侔。一日，宴宫中，优人玳瑁头者，戏于上前。或问：'上国有何符瑞？'优曰：'汝不闻凤凰见乎？'曰：'知之而未闻其详。'优曰：'其飞有四，所应亦异：若向上飞，则风雨顺时；向下飞，则五谷丰登；向外飞，则四国来朝；向里飞（音同李妃），则加官进禄。'上笑而罢。"

宋、辽、金三朝之滑稽剧，其见于载籍者，略具于此。此种滑稽剧，宋人亦谓之杂剧，或谓之杂戏。吕本中《童蒙训》曰："作杂剧者，打猛诨入，却打猛诨出。"吴自牧《梦粱录》亦云："杂剧全用故事，务在滑稽。"孟元老《东京梦华录》云："圣节内殿杂戏，为有使人预宴，不敢深作谐谑。"则无使人时可知。是宋人杂剧，固纯以诙谐

为主，与唐之滑稽剧无异。但其中脚色较为著名，而布置亦稍复杂。然不能被以歌舞，其去真正戏剧尚远。然谓宋人戏剧，遂止于此，则大不然。虽明之中叶尚有此种滑稽剧，观文林《琅邪漫钞》、徐咸《西园杂记》、沈德符《万历野获编》所载者，全与宋滑稽剧无异。若以此概明之戏剧，未有不笑之者也。宋剧亦然。故欲知宋元戏剧之渊源，不可不兼于宋之小说、杂戏及乐曲方面求之也。

宋之小说、杂戏

王国维

　　宋之滑稽戏，虽托故事以讽时事，然不以演事实为主，而以所含之意义为主。至其变为演事实之戏剧，则当时之小说，实有力焉。

　　小说之名起于汉，《西京赋》云："小说九百，本自虞初。"《汉书·艺文志》：有"虞初周说九百四十四篇"。其书之体例如何，今无由知。唯《魏略》（《魏志·王粲传》注引）言："临淄侯植，诵俳优小说数千言。"则似与后世小说已不相远。六朝时，干宝、任昉、刘义庆诸人咸有著述，至唐而大盛。今《太平广记》所载，实集其成。然但为著述上之事，与宋之小说无与焉。宋之小说则不以著述为事，而以讲演为事，灌园耐得翁《都城纪胜》谓说话有四种：一小说，一说经，一说参请，一说史书。《梦粱录》（卷二十）所纪略同。《武林旧事》（卷六）所载诸色伎艺人中，有书会（谓说书会），有演史，有说经诨经，有小说。而《都城纪胜》《梦粱录》均谓小说人能以一朝一代故事，顷刻间提破，则演史与小说自为一类。此三书所纪，皆南渡以后之事，而其源则发于宋初。高承《事物纪原》（卷九）："仁宗时，市人有能谈三国者，或采其说，加缘饰，作影人。"《东坡志林》（卷六）"王彭尝云：'涂巷中小儿薄劣，为其家所厌苦，辄与钱令聚坐，听说古话，至说三国事。'"云云。《东京梦华录》（卷五）所载京瓦伎艺，有霍四究说三分，尹常卖《五代史》。至南渡以后，有敷衍《复

华篇》及《中兴名将传》者，见于《梦粱录》，此皆演史之类也。其无关史事者，则谓之小说。《梦粱录》云："小说，一名银字儿，如烟粉、灵怪、传奇、公案、朴刀、捍棒、发发、踪参等事。"则其体例，亦当与演史大略相同。今日所传之《五代平话》，实演史之遗；《宣和遗事》，殆小说之遗也。此种说话，以叙事为主，与滑稽剧之但托故事者迥异。其发达之迹，虽略与戏曲平行，而后世戏剧之题目多取诸此，其结构亦多依仿为之，所以资戏剧之发达者，实不少也。

至与戏剧更相近者，则为傀儡。傀儡起于周季，《列子》以偃师刻木人事，为在周穆王时，或系寓言。然谓列子时已有此事，当不诬也。《乐府杂录》以为起于汉祖平城之围，其说无稽。《通典》则云："《窟礌子》作偶人以戏，善歌舞，本丧家乐也。汉末始用之于嘉会。"其说本于应劭《风俗通》，则汉时固确有此戏矣。汉时此戏结构如何，虽不可考，然六朝之际，此戏已演故事。《颜氏家训·书证篇》："或问：'俗名傀儡子为郭秃，有故实乎？'答曰：'《风俗通》云："诸郭皆讳秃"，当是前世有姓郭而病秃者，滑稽调戏，故后人为其象，呼为郭秃。'"唐时傀儡戏中之郭郎实出于此，至宋犹有此名。唐之傀儡，亦演故事。《封氏闻见记》（卷六）："大历中，太原节度辛景云葬日，诸道节度使使人修祭。范阳祭盘，最为高大，刻木为尉迟鄂公突厥斗将之象，机关动作，不异于生。祭讫，灵车欲过，使者请曰：'对数未尽。'又停车，设项羽与汉高祖会鸿门之象，良久乃毕。"至宋而傀儡最盛，种类亦最繁：有悬丝傀儡、走线傀儡、杖头傀儡、药发傀儡、肉傀儡、水傀儡各种（见《东京梦华录》《武林旧事》《梦粱录》）。《梦粱录》云："凡傀儡敷衍烟粉、灵怪、铁骑、公案、史书、历代君臣将相故事。话本或讲史，或作杂剧，或如崖词（中略），大抵弄此，多虚少实，如《巨灵神》《朱姬大仙》等也。"则宋时此戏，实与戏剧同时发达，其以敷衍故事为主，且较胜于滑稽剧。此于戏剧之进步上，不能不注意者也。

　　傀儡之外，似戏剧而非真戏剧者，尚有影戏。此则自宋始有之。《事物纪原》（九）："宋朝仁宗时，市人有能谈三国事者，或采其说加缘饰、作影人，始为魏吴蜀三分战争之象。"《东京梦华录》所载京瓦伎艺，有影戏，有乔影戏。南宋尤盛。《梦粱录》云："有弄影戏者，元汴京初以索纸雕簇，自后人巧工精，以羊皮雕形，以彩色装饰，不致损坏（中略）。其话本与讲史书者颇同，大抵真假相半。公忠者雕以正貌，奸邪者刻以丑形，盖亦寓褒贬于其间耳。"然则影戏之为物，专以演故事为事，与傀儡同。此亦有助于戏剧之进步者也。

　　以上三者，皆以演故事为事。小说但以口演，傀儡、影戏则为其形象矣。然而非以人演也。其以人演者，戏剧之外尚有种种，亦戏剧之支流，而不可不一注意也。

　　三教　《东京梦华录》（卷十）："十二月，即有贫者三教人，为一火，装妇人神鬼，敲锣击鼓，巡门乞钱，俗呼为打夜胡。"

　　讶鼓　《续墨客挥犀》（卷七）："王子醇初平熙河，边陲宁静，讲武之暇，因教军士为讶鼓戏，数年间，遂盛行于世。其举动舞装之状与优人之词，皆子醇初制也。或云：'子醇初与西人对阵，兵未交，子醇命军士百余人，装为讶鼓队，绕出军前。虏见皆愕眙。进兵奋击，大破之。'"《朱子语类》（卷一百三十九）亦云："如舞讶鼓，其间男子、妇人、僧道杂色，无所不有，但都是假的。"

　　舞队　《武林旧事》（卷二）所纪舞队，全与前二者相似。今列其目：《查查鬼》（《查大》）《李大口》（《一字口》）《贺丰年》《长瓠敛》（《长头》）《兔吉》（《兔毛大伯》）《吃遂》《大憨儿》《粗妲》《麻婆子》《快活三郎》《黄金杏》《瞎判官》《快活三娘》《沈承务》《一脸膜》《猫儿相公》《洞公觜》《细妲》《河东子》《黑遂》《王铁儿》《交椅》《夹棒》《屏风》《男女竹马》《男女杵歌》《大小斫刀鲍老》《交衮鲍老》《子弟清音》《女童清音》《诸国献宝》《穿心国入贡》《孙武子教女兵》《六国朝》《四国

朝》《遏云社》《绯绿社》《胡安女》《凤阮稽琴》《扑蝴蝶》《回阳丹》《火药》《瓦盆鼓》《焦锤架儿》《乔三教》《乔迎酒》《乔亲事》《乔乐神》（《马明王》）《乔捉蛇》《乔学堂》《乔宅眷》《乔像生》《乔师娘》《独自乔》《地仙》《旱划船》《教象》《装态》《村田乐》《鼓板》《踏橇》（一作《踏跷》）《扑旗》《抱锣装鬼》《狮豹蛮牌》《十斋郎》《耍和尚》《刘衮》《散钱行》《货郎》《打娇惜》。

其中装作种种人物，或有故事。其所以异于戏剧者，则演剧有定所，此则巡回演之。然后来戏名曲名中，多用其名目，可知其与戏剧非毫无关系也。

古剧之结构

王国维

宋、金以前，杂剧、院本今无一存。又自其目观之，其结构与后世戏剧迥异，故谓之古剧。古剧者，非尽纯正之剧，而兼有竞技游戏在其中，既如前二章所述矣。盖古人杂剧，非瓦舍所演，则于宴集用之。瓦舍所演者，技艺甚多，不止杂剧一种；而宴集时所以娱耳目者，杂剧之外亦尚有种种技艺，观《宋史·乐志》《东京梦华录》《梦粱录》《武林旧事》所载天子大宴礼节可知。即以杂剧言，其种类亦不一。正杂剧之前，有艳段，其后散段谓之杂扮，二者皆较正杂剧为简易。此种简易之剧，当以滑稽戏、竞技游戏充之，故此等亦时冒杂剧之名，此在后世犹然。明顾起元《客座赘语》谓："南都万历以前，大席则用教坊打院本，乃北曲四大套者。中间错以撮垫圈、舞观音，或百丈旗，或跳队。"明代且然，则宋、金固不足怪。但其相异者，则明代竞技等，错在正剧之中间，而宋、金则在其前后耳。至正杂剧之数，每次所演亦复不多。《东京梦华录》谓："杂剧入场，一场两段。"《梦粱录》亦云："次做正杂剧，通名两段。"《武林旧事》（卷一）所载："天基圣节排当乐次。"亦皇帝初坐，进杂剧二段，再坐，复进二段。此可以例其余矣。

脚色之名，在唐时只有参军、苍鹘，至宋而其名稍繁。《梦粱录》（卷二十）云："杂剧中末泥为长，每一场四人或五人（中略）。末泥

色主张，引戏色分付，副净色发乔，副末色打诨。或添一人，名曰装孤。"《辍耕录》（卷二十五）所述略同。唯《武林旧事》（卷一）所载"乾淳教坊乐部"中，杂剧三甲，一甲或八人，或五人。其所列脚色五，则有戏头而无末泥，有装旦而无装孤，而引戏、副净、副末三色则同，唯副净则谓之次净耳。《梦粱录》云："杂剧中末泥为长。"则末泥或即戏头，然戏头、引戏，实出古舞中之舞头、引舞（唐王建宫词"舞头先拍第三声"，又"每过舞头分两向"，则舞头唐时已有之。《宋史·乐志》有引舞，亦谓之引舞头。《乐府杂录·傀儡》条有引歌舞者郭郎，则引舞亦始于唐也），则末泥亦当出于古舞中之舞末。《东京梦华录》（卷九）云："舞旋多是雷中庆，舞曲破擫前一遍，舞者入场，至歇拍，一人入场，对舞数拍，前舞者退，独后舞者终其曲，谓之舞末。"末之名当出于此。又长言之则为末泥也。净者，参军之促音。宋代演剧时，参军色手执竹竿子以句之（见《东京梦华录》卷九），亦如唐代协律郎之举麾乐作，偃麾乐止相似，故参军亦谓之竹竿子。由是观之，则末泥色以主张为职，参军色以指麾为职，不亲在搬演之列。故宋戏剧中净、末二色反不如副净、副末之著也。

唐之参军、苍鹘，至宋而为副净、副末二色。夫上既言净为参军之促音，兹何故复以副净为参军也？曰：副净本净之副，故宋人亦谓之参军。《梦华录》中执竹竿子之参军，当为净，而滑稽剧中所屡见之参军，则副净也。此说有征乎？曰：《辍耕录》云"副净古谓之参军，副末古谓之苍鹘，鹘能击禽鸟，末可打副净"。此说以《夷坚志》（丁集卷四）、《桯史》（卷七）、《齐东野语》（卷十三）诸事证之，无乎不合。则参军之为副净，当可信也。故净与末，始见于宋末诸书，而副净与副末则北宋人著述中已见之。黄山谷〔鼓笛令〕词云："副靖传语木大，鼓儿里且打一和。"王直方《诗话》（《苕溪渔隐丛话》前集卷二十引）载："欧阳公致梅圣俞简云：'正如杂剧人，上名下韵不来，须副末接续。'"凡宋滑稽剧中，与参军相对待者，虽不言其为何色，其实皆为副末。此出于唐代参军与苍鹘之关系，其来已古。而《梦粱录》所谓"末泥色主张，引戏色分付，副净色发乔，副末色打诨"，此四语实能道尽宋代脚色之职分也。主张、分付，皆编排命令之事，故其自身不复演剧。发乔者，盖乔作愚谬之态，以供嘲讽，而打诨，则益发挥之，以成一笑柄也。试细玩滑稽剧，无在不可见发乔、打诨二者之关系。至他种杂剧，虽不知如何，然谓副净、副末二色，为古剧中最重之脚色，无不可也。

至装孤、装旦二语，亦有可寻味者。元人脚色中有孤有旦，其实二者非脚色之名。孤者，当时官吏之称；旦者，妇女之称。其假作官吏、妇女者，谓之装孤、装旦则可，若径谓之孤与旦则已过矣。孤者，当以帝王、官吏自称孤寡，故谓之孤，旦与姐不知其义。然《青楼集》谓张奔儿为风流旦，李娇儿为温柔旦，则旦疑为宋元倡伎之称。优伶本非官吏，又非妇人，故其假作官吏、妇人者，谓之装孤、装旦也。

要之，宋杂剧、金院本二目所现之人物，若姐、若旦、若徕，则示其男女及年齿；若孤、若酸、若爷老、若邦老，则示其职业及位置；若厥、若偌，则示其性情举止（其解均见拙著《古剧脚色考》）；若哮、若郑、若和，虽不解其义，亦当有所指示。然此等皆有某脚色以扮之，而其自身非脚色之名，则可信也。

宋杂剧、金院本二目中，多被以歌曲。当时歌者与演者果一人否，亦所当考也。滑稽剧之言语，必由演者自言之，至自唱歌曲与否，则当视此时已有代言体之戏曲否以为断。若仅有叙事体之曲，则当如史浩《剑舞》，歌唱与动作分为二事也。

综上所述者观之，则唐代仅有歌舞剧及滑稽剧，至宋、金二代而始有纯粹演故事之剧，故虽谓真正之戏剧起于宋代，无不可也。然宋、金演剧之结构虽略如上，而其本则无一存，故当日已有代言体之戏曲否，已不可知。而论真正之戏曲，不能不从元杂剧始也。

元杂剧之渊源

王国维

宋、金之所谓杂剧、院本者，其中有滑稽戏，有正杂剧，有艳段，有杂班，又有种种技艺游戏。其所用之曲，有大曲，有法曲，有诸宫调，有词，其名虽同，而其实颇异。至成一定之体段，用一定之曲调，而百余年间无敢逾越者，则元杂剧是也。元杂剧之视前代戏曲之进步，约而言之，则有二焉。宋杂剧中用大曲者几半。大曲之为物，遍数虽多，然通前后为一曲，其次序不容颠倒，而字句不容增减，格律至严，故其运用亦颇不便。其用诸宫调者，则不拘于一曲，凡同在一宫调中之曲皆可用之，顾一宫调中，虽或有联至十余曲者，然大抵用二三曲而止。移宫换韵，转变至多，故于雄肆之处稍有欠焉。元杂剧则不然，每剧皆用四折，每折易一宫调，每调中之曲必在十曲以上。其视大曲为自由，而较诸宫调为雄肆。且于正宫之〔端正好〕〔货郎儿〕〔煞尾〕，仙吕宫之〔混江龙〕〔后庭花〕〔青哥儿〕，南吕宫之〔草池春〕〔鹌鹑儿〕〔黄钟尾〕，中吕宫之〔道和〕，双调之〔□□□〕〔折桂令〕〔梅花酒〕〔尾声〕，共十四曲，皆字句不拘，可以增损，此乐曲上之进步也。其二则由叙事体而变为代言体也。宋人大曲，就其现存者观之，皆为叙事体。金之诸宫调虽有代言之处，而其大体只可谓之叙事。独元杂剧于科白中叙事，而曲文全为代言。虽宋、金时或当已有代言体之戏曲，而就现存者言之，则断自元剧始，不可谓非戏曲上之一大进步也。此二者之进步，一属形式，一属材质，二者兼备，而后我中国之真戏曲出焉。

顾自元剧之进步言之，虽若出于创作者，然就其形式分析观之，则颇不然。元剧所用曲，据周德清《中原音韵》所纪，则黄钟宫二十四章，正宫二十五章，大石调二十一章，小石调五章，仙吕四十二章，中吕三十二章，南吕二十一章，双调一百章，越调三十五章，商调十六章，商角调六章，般涉调八章，都三百三十五章（章即曲也）。而其中小石、商角、般涉三调，元剧中从未用之，故陶九成《辍耕录》（卷二十七）无此三调之曲，仅有正宫二十五章，黄钟十五章，南吕二十章，中吕三十八章，仙吕三十六章，商调十六章，大石十九章，双调六十章，都二百三十章。二者不同。观《太和正音谱》所录，全与《中原音韵》同。则以曲言之，陶说为未备矣。然剧中所用，则出于陶《录》二百三十章外者甚少。此外百余章，不过元人小令、套数中用之耳。今就此三百三十五章研究之，则其曲为前此所有者几半。更分析之，则出于大曲者十一：

［降黄龙衮］（黄钟）［小梁州］［六么遍］（以上正宫）［催拍子］（大石）［伊州遍］（小石）［八声甘州］［六么序］［六么令］（以上仙吕）

［普天乐］（《宋史·乐志》太宗撰大曲，有《平晋普天乐》，此或其略语也）［齐天乐］（以上中吕）

［梁州第七］（南吕）

出于唐宋词者七十有五：

［醉花阴］［喜迁莺］［贺圣朝］［昼夜乐］［人月圆］［抛球乐］［侍香金童］［女冠子］（以上黄钟宫）

［滚绣球］［菩萨蛮］（以上正宫）

［归塞北］（即词之［望江南］）［雁过南楼］（晏殊《珠玉词》

［清商怨］中有此句，其调即词之［清商怨］）［念奴娇］［青杏儿］（宋词作［青杏子］）［还京乐］［百字令］（以上大石）

［点绛唇］［天下乐］［鹊踏枝］［金盏儿］（词作［金盏子］）［忆王孙］［瑞鹤仙］［后庭花］［太常引］［柳外楼］（即［忆王孙］）（以上仙吕）

［粉蝶儿］［醉春风］［醉高歌］［上小楼］［满庭芳］［剔银灯］［柳青娘］［朝天子］（以上中吕）

［乌夜啼］［感皇恩］［贺新郎］（以上南吕）

［驻马听］［夜行船］［月上海棠］［风入松］［万花方三台］［滴滴金］［太清歌］［捣练子］［快活年］（宋词作［快活年近拍］）［豆叶黄］［川拨棹］（宋词作［拨棹子］）［金盏儿］［也不罗］（原注即［野落索］。案：其调即宋词之［一落索］也）［行香子］［碧玉箫］［骤雨打新荷］［减字木兰花］［青玉案］［鱼游春水］（以上双调）

［金蕉叶］［小桃红］［三台印］［耍三台］［梅花引］［看花回］［南乡子］［唐多令］（以上越调）

［集贤宾］［逍遥乐］［望远行］［玉抱肚］［秦楼月］（以上商调）

［黄莺儿］［踏莎行］［垂丝钓］［应天长］（以上商角调）

［哨遍］［瑶台月］（以上般涉调）

其出于诸宫调中各曲者二十有九：

［出队子］［刮地风］［寨儿令］［神仗儿］［四门子］［文如锦］［啄木儿煞］（以上黄钟）

［脱布衫］（正宫）

［荼蘼香］［玉翼蝉煞］（以上大石）

［赏花时］［胜葫芦］［混江龙］（以上仲吕）

［迎仙客］［石榴花］［鹊打兔］［乔捉蛇］（以上中吕）

　　〔一枝花〕〔牧羊关〕（以上南吕）

　　〔搅筝琶〕〔庆宣和〕（以上双调）

　　〔斗鹌鹑〕〔青山口〕〔凭栏人〕〔雪里梅〕（以上越调）

　　〔要孩儿〕〔墙头花〕〔急曲子〕〔麻婆子〕（以上般涉调）

　　然则此三百三十五章，出于古曲者一百有十，殆当全数之三分之一。虽其词字句之数或与古词不同，当由时代迁移之故，其渊源所自，要不可诬也。此外曲名，尚有虽不见于古词曲，而可确知其非创造者如下：

　　〔六国朝〕（大石）曾敏行《独醒杂志》（卷五）："先君尝言宣和末，客京师，街巷鄙人，多歌蕃曲，名曰〔异国朝〕〔四国朝〕〔六国朝〕〔蛮牌序〕〔蓬蓬花〕等。其言至俚，一时士大夫亦皆歌之。"则汴宋末已有此曲也。

　　〔憨郭郎〕（大石）《乐府杂录·傀儡子》条云："其引歌舞有郭郎者，发正秃，善优笑，闾里呼为郭郎，凡戏场必在俳儿之首也。"《后山诗话》载杨大年《傀儡诗》："鲍老当筵笑郭郎。"则宋时尚有之，其曲当出宋代也。

　　〔叫声〕（中吕）《事物纪原》（卷九）《吟叫》条："嘉祐末，仁宗上仙，四海遏密，故市井初有叫果子之戏。其本盖自至和、嘉祐之间叫〔紫苏丸〕，泊乐工杜人经十叫子始也。京师凡卖一物，必有声韵，其吟哦俱不同，故市人采其声调，间以词章，以为戏乐也。今盛行于世，又谓之吟哦也。"《梦粱录》（卷二十）："今街市与宅院往往效京师叫声，以市井诸色歌叫卖合之声，采合宫商，成其词也。"

　　〔快活三〕（中吕）《东京梦华录》（卷七）：关扑有名者，任大头、快活三之类。《武林旧事》（卷二）"舞队"有《快活三郎》《快活三娘》二种，盖亦宋时语也。

　　〔鲍老儿〕〔古鲍老〕（中吕）杨文公诗："鲍老当筵笑郭郎。"《武林旧事》（卷二）"舞队"中有《大小斫刀鲍老》《交衮鲍老》，

则亦宋时语也。

〔四边静〕（中吕）《云麓漫抄》（卷四）："巾之制，有圆顶、方顶、砖顶、琴顶，秦伯阳又以砖顶服去顶上之重纱，谓之四边净。"则此亦宋时语也。

〔乔捉蛇〕（中吕）《武林旧事》（卷二）"舞队"中有《乔捉蛇》，金人院本名目中亦有《乔捉蛇》一本。

〔拨不断〕（仙吕）《武林旧事》（卷六）唱〔拨不断〕有张胡子、黄三二人，则亦宋时旧曲也。

〔太平令〕（仙吕）《梦粱录》（卷二十）：绍兴年间，有张五牛大夫，因听动鼓板中有〔太平令〕或赚鼓板，遂撰为赚。则亦宋时旧曲也。

此上十章，虽不见于现存宋词中，然可证其为宋代旧曲，或为宋时习用之语，则其有所本，盖无可疑。由此推之，则其他二百十余章，其为宋、金旧曲者，当复不鲜，特无由证明之耳。

虽元剧诸曲配置之法，亦非尽由创造，《梦粱录》谓宋之缠达、引子后只有两腔，迎互循环。今于元剧仙吕宫、正宫中曲，实有用此体例者，今举其例，如马致远《陈抟高卧》剧第一折（仙吕）第五曲后，实以〔后庭花〕〔金盏儿〕二曲迎互循环。今举其全折之曲名：

〔仙吕·点绛唇〕〔混江龙〕〔油葫芦〕〔天下乐〕〔醉中天〕〔后庭花〕〔金盏儿〕〔后庭花〕〔金盏儿〕〔醉中天〕〔金盏儿〕〔赚煞〕

郑廷玉《看钱奴买冤家债主》第二折，则其例更明：

〔正宫·端正好〕〔滚绣球〕〔倘秀才〕〔滚绣球〕〔倘秀才〕〔滚绣球〕〔倘秀才〕〔滚绣球〕〔倘秀才〕〔塞鸿秋〕〔随煞〕

此中〔端正好〕一曲，当宋缠达中之引子，而以〔滚绣球〕〔倘秀才〕二曲循环迎互，至于四次，〔随煞〕则当缠达之尾声，唯其上多〔塞鸿秋〕一曲。《陈抟高卧》剧之第四折亦然，其全折之曲名如下：

〔正宫·端正好〕〔滚绣球〕〔倘秀才〕〔滚绣球〕〔倘秀才〕
〔叨叨令〕〔倘秀才〕〔滚绣球〕〔倘秀才〕〔滚绣球〕〔倘秀才〕
〔三煞〕〔二煞〕〔煞尾〕

元刊无名氏《张千替杀妻》杂剧第二折亦同：

〔端正好〕〔滚绣球〕〔倘秀才〕〔滚绣球〕〔倘秀才〕〔滚绣
球〕〔倘秀才〕〔滚绣球〕〔叨叨令〕〔尾声〕

此亦皆以〔滚绣球〕〔倘秀才〕二曲相循环，中唯杂以〔叨叨令〕
一曲。他剧正宫曲中之相循环者亦皆用此二曲，故《中原音韵》于此二
曲下皆注"子母调"。此种自宋代缠达出，毫无可疑。可知元剧之构
造，实多取诸旧有之形式也。

且不独元剧之形式为然，即就其材质言之，其取诸古剧者不少。兹
列表以明之：

元杂剧		宋官本杂剧	金院本名目	其他
作者	剧名			
关汉卿	姑苏台范蠡进西施		范蠡	董颖〔薄媚〕大曲
关汉卿	包待制三勘蝴蝶梦		蝴蝶梦	
关汉卿	隋炀帝牵龙舟		牵龙舟	
关汉卿	刘盼盼闹衡州		刘盼盼	
高文秀	刘先主襄阳会		襄阳会	
白朴	鸳鸯简墙头马上（一作裴少俊墙头马上）	裴少俊伊州	鸳鸯简墙头马	
白朴	崔护谒浆	崔护六么崔护逍遥乐		
庚天锡	隋炀帝风月锦帆舟		牵龙舟	
庚天锡	薛昭误入兰昌宫		兰昌宫	
庚天锡	封鹭先生骂上元	封陟中和乐		

续表

元杂剧		宋官本杂剧	金院本名目	其他
作者	剧名			
李文蔚	蔡逍遥醉写石州慢		蔡消闲	
李直夫	尾生期女渰蓝桥		渰蓝桥	
吴昌龄	唐三藏西天取经		唐三藏	
吴昌龄	张天师断风花雪月	风花雪月爨	风花雪月	
王实父	韩彩云丝竹芙蓉亭		芙蓉亭	
王实父	崔莺莺待月西厢记	莺莺六么		董解元《西厢诸宫调》
李寿卿	船子和尚秋莲梦		船子和尚四不犯	
尚仲贤	海神庙王魁负桂英	王魁三乡题		宋末有王魁戏文
尚仲贤	凤皇坡越娘背灯	越娘道人欢		
尚仲贤	洞庭湖柳毅传书	柳毅大圣乐		
尚仲贤	崔护谒浆	（见前）		
尚仲贤	张生煮海		张生煮海	
史九敬先	花间四友庄周梦		庄周梦	
郑光祖	崔怀宝月夜闻筝		月夜闻筝	
范康	曲江池杜甫游春		杜甫游春	
沈和	徐驸马乐昌分镜记			南宋有《乐昌分镜戏文》
周文质	孙武子教女兵			宋舞队有《孙武教女兵》
赵善庆	孙武子教女兵			宋舞队有《孙武教女兵》
无名氏	硃砂担滴水浮沤记	浮沤传永成双浮沤暮云归		
无名氏	逞风流王焕百花亭			宋末有《王焕》戏文

续表

元杂剧		宋官本杂剧	金院本名目	其他
作者	剧名			
无名氏	双斗医		双斗医	
无名氏	十样锦诸葛论功		十样锦	

今元剧目录之见于《录鬼簿》《太和正音谱》者，共五百余种。而其与古剧名相同，或出于古剧者共三十二种。且古剧之目，存亡恐亦相半，则其相同者想尚不止于此也。

由元剧之形式、材料两面研究之，可知元剧虽有特色而非尽出于创造，由是其创作之时代，亦可得而略定焉。

元剧之时地

王国维

　　元杂剧之体，创自何人，不见于纪载。钟嗣成《录鬼簿》所著录，以关汉卿为首，宁献王《太和正音谱》以马致远为首。然《正音谱》之评曲也，于关汉卿则云："观其词语，乃可上可下之才。盖所以取者，初为杂剧之始，故卓以前列。"盖《正音谱》之次第，以词之甲乙论而非以时代之先后，其以汉卿为杂剧之始，固与《录鬼簿》同也。汉卿时代，颇多异说。杨铁崖《元宫词》云："开国遗音乐府传，白翎飞上十三弦，大金优谏关卿在，《伊尹扶汤》进剧编。"此关卿当指汉卿而言。虽《录鬼簿》所录汉卿杂剧六十本中无《伊尹扶汤》，而郑光祖所作杂剧目中有之，然马致远《汉宫秋》杂剧中，有云："不说它《伊尹扶汤》，则说那《武王伐纣》。"案：《武王伐纣》乃赵文殷所作杂剧，则《伊尹扶汤》亦必为杂剧之名。马致远时代在汉卿之后，郑光祖之前，则其所云《伊尹扶汤》剧自当为关氏之作，而非郑氏之作。其不见于《录鬼簿》者，亦犹其所作《窦娥冤》《续西厢》等，亦未为钟氏所著录也。杨诗云云，正指汉卿，则汉卿固逮事金源矣。《录鬼簿》云："汉卿，大都人，太医院尹。"明蒋仲舒《尧山堂外纪》（卷六十八）则云："金末为太医院尹，金亡不仕。"则不知所据。据《辍耕录》（卷二十三）则汉卿至中统初尚存，案自金亡至元中统元年，凡二十六年。果使金亡不仕，则似无于元代进杂剧之理。宁视汉卿生于金代，仕元，为太医院尹为稍当也。又《鬼董》五卷末，有元泰定丙寅临安钱孚跋云："关解元之所传。"后人皆以解元即为汉卿。《尧山堂外纪》遂误以此书为汉卿所作。钱氏《元史·艺文志》仍之。案：解元之称始于唐，而其见于正史也，始于《金史·选举志》。金人亦喜称人为解元，如董解元是已。则汉卿得解，自当在金末。若元则唯太宗九年（金亡后三年）秋八月一行科举，后废而不举者七十八年。至仁宗延祐元年八月，始复以科目取士，遂为定制。故汉卿得解，即非在金世，亦必在蒙古太宗九年。至世祖中统之初，固已垂老矣。杂剧苟为汉卿所创，则其创作之时，必在金天兴与元中统间二三十年之中，此可略得而推测者也。

《正音谱》虽云汉卿为杂剧之始，然汉卿同时，杂剧家业已辈出，此未必由新体流行之速，抑由元剧之创作诸家亦各有所尽力也。据《录鬼簿》所载，于杨显之则云："与汉卿莫逆交，凡有珠玉，与公较之。"于费君祥则云："与汉卿交，有《爱女论》行于世。"于梁进之则云："与汉卿世交。"又如红字李二、花李郎二人，皆注教坊刘耍和婿。案：《辍耕录》所载院本名目，前章既定为金人之作，而云教坊魏、武、刘三人鼎新编辑，刘疑即刘耍和。金李治敬斋《古今黈》（卷一）云："近者伶官刘子才，蓄才人隐语数十卷。"疑亦此人，则其人自当在金末，而其婿之时代，当与汉卿不甚相远也。他如石子章，则《元遗山诗集》（卷九）有《答石子璋兼送其行》七律一首，李庭《寓庵集》（卷二）亦有《送石子章北上》七律一首。按寓庵生于金承安三年，卒于元至元十三年，其年代与遗山略同。如杂剧家之石子章，即遗山、寓庵集中之人，则亦当与汉卿同时矣。

此外与汉卿同时者，尚有王实甫《西厢记》五剧，《录鬼簿》属之实甫。后世或谓王作，而关续之（都穆《南濠诗话》、王世贞《艺苑卮言》），或谓关作，而王续之者（《雍熙乐府》卷十九，载无名氏《西

厢十咏》）。然元人一剧，如《黄粱梦》《骋骦裘》等，恒以数人合作，况五剧之多乎？且合作者皆同时人，自不能以作者与续者定时代之先后也。则实甫生年，固不后于汉卿。又汉卿有《闺怨佳人拜月亭》一剧，实甫亦有《才子佳人拜月亭》剧，其所谱者乃金南迁时事，事在宣宗贞祐之初，距金亡二十年。或二人均及见此事，故各有此本欤？

此外元初杂剧家，其时代确可考者则有白仁甫朴。据元王博文《天籁集序》谓："仁甫年甫七岁，遭壬辰之难。"又谓："中统初，开府史公，将以所业荐之于朝。"案：壬辰为金哀宗天兴元年，时仁甫年七岁，则至中统元年庚辰，年正三十五岁，故于至元一统后，尚游金陵。盖视汉卿为后辈矣。

由是观之，则元剧创造之时代，可得而略定矣。至有元一代之杂剧，可分为三期：一、蒙古时代，此自太宗取中原以后，至至元一统之初。《录鬼簿》卷上所录之作者五十七人，大都在此期中（中如马致远、尚仲贤、戴善甫均为江浙行省务官，姚守中为平江路吏，李文蔚为江州路瑞昌县尹，赵天锡为镇江府判，张寿卿为浙江省掾史，皆在至元一统之后。侯正卿亦曾游杭州，然《录鬼簿》均谓之前辈名公才人，与汉卿无别，或其游宦江浙，为晚年之事矣）。其人皆北方人也。二、一统时代，则自至元后，至至顺、后至元间，《录鬼簿》所谓"已亡名公才人，与余相知或不相知者"是也。其人则南方为多，否则北人而侨寓南方者也。三、至正时代，《录鬼簿》所谓"方今才人"是也。此三期，以第一期之作者为最盛，其著作存者亦多，元剧之杰作大抵出于此期中。至第二期，则除宫天挺、郑光祖、乔吉三家外，殆无足观，而其剧存者亦罕。第三期则存者更罕，仅有秦简夫、萧德祥、朱凯、王晔五剧，其去蒙古时代之剧远矣。

就诸家之时代，今取其有杂剧存于今者，著之。

第一期：

关汉卿　杨显之　张国宝（一作国宾）　石子章　王实甫　高义

秀　郑廷玉　白朴　马致远　李文蔚　李直夫　吴昌龄　武汉臣　王仲

文　李寿卿　尚仲贤　石君宝　纪君祥　戴善甫　李好古　孟汉卿　李

行道　孙仲章　岳伯川　康进之　孔文卿　张寿卿

第二期：

杨梓　宫天挺　郑光祖　范康　金仁杰　曾瑞　乔吉

第三期：

秦简夫　萧德祥　朱凯　王晔

此外如王子一、刘东生、谷子敬、贾仲名、杨文奎、杨景言、汤

式，其名均不见《录鬼簿》。《元曲选》于谷子敬、贾仲名诸剧，皆云

元人，《太和正音谱》则直以为明人。案王、刘诸人不见他书；唯贾仲

名则元人有同姓名者。《元史·贾居贞传》："居贞字仲明，真定获鹿

人，官至江西行省参知政事。卒于至元十七年，年六十三。"则尚为元

初人，似非作曲之贾仲名。且《正音谱》宁献王所作，纪其同时之人，

当无大谬。又谷、贾二人之曲，虽气骨颇高，而伤于绮丽，颇于元曲不

类，则视为明初人，当无大误也。

更就杂剧家之里居研究之，则如下表。

大都	中书省所属	河南江北等处行中书省所属	江浙等处行中书省所属
关汉卿	李好古（保定） 陈无妄（东平）	赵天锡（汴梁）	金仁杰（杭州）
王实甫	彭伯威（同） 王廷秀（益都）		范康（同）
庚天锡	白朴（真定） 武汉臣（济南）	陆显之（汴梁）	沈和（同）
马致远	李文蔚（同） 岳伯川（同）	钟嗣成（汴梁）	鲍天祐（同）
王仲文	尚仲贤（同） 康进之（棣州）	姚守中（洛阳）	陈以仁（同）

续表

大都	中书省所属	河南江北等处行中书省所属	江浙等处行中书省所属
杨显之	戴善甫（同）吴昌龄（西京）	孟汉卿（亳州）	范居中（同）
	李寿卿（太原）		
纪君祥	侯正卿（同）刘唐卿（同）	张鸣善（扬州）	施惠（同）
费君祥	史九敬先（同）乔吉甫（同）	孙子羽（同）	黄天泽（同）
费唐臣	江泽民（同）石君宝（平阳）		沈拱（同）
张国宝	郑廷玉（彰德）于伯渊（同）		周文质（同）
石子章	赵公辅（同）		萧德祥（同）
李宽甫	赵文殷（同）狄君厚（同）		陆登善（同）
梁进之	陈宁甫（大名）孔文卿（同）		王晔（同）
孙仲章	李进取（同）郑光祖（同）		王仲元（同）
赵明道	宫天挺（同）李行甫（同）		杨梓（嘉兴）
李子中	高文秀（东平）		
李时中	张时起（同）		
曾瑞	顾仲清（同）		
	张寿卿（同）		
王伯成（涿州）	赵良弼（同）		

由上表观之，则六十二人中，北人四十九，而南人十三。而北人之中，中书省所属之地，即今直隶、山东西产者，又得四十六人。而其中大都产者十九人，且此四十六人中，其十分之九为第一期之杂剧家，则杂剧之渊源地，自不难推测也。又北人之中，大都之外，以平阳为最

多，其数当大都之五分之二。案《元史·太宗纪》："太宗二七年，耶律楚材请立编修所于燕京，经籍所于平阳，编集经史，至世祖至元二年，始徙平阳经籍所于京师。"则元初除大都外，此为文化最盛之地，宜杂剧家之多也。至中叶以后，则剧家悉为杭州人。中如宫天挺、郑光祖、曾瑞、乔吉、秦简夫、钟嗣成等，虽为北籍，亦均久居浙江。盖杂剧之根本地，已移而至南方，岂非以南宋旧都，文化颇盛之故欤？

元初名臣中有作小令、套数者，唯杂剧之作者大抵布衣，否则为省掾令史之属。蒙古色目人中，亦有作小令、套数者，而作杂剧者，则唯汉人（其中唯李直夫为女真人）。盖自金末重吏，自掾史出身者，其任用反优于科目。至蒙古灭金，而科目之废垂八十年，为自有科目来未有之事。故文章之士非刀笔吏无以进身，则杂剧家之多为掾史，固自不足怪也。沈德符《万历野获编》（卷二十五）及臧懋循《元曲选序》均谓蒙古时代曾以词曲取士，其说固诞妄不足道。余则谓元初之废科目，却为杂剧发达之因。盖自唐、宋以来，士之竞于科目者已非一朝一夕之事，一旦废之，彼其才力无所用，而一于词曲发之，且金时科目之学最为浅陋（观刘祁《归潜志》卷七、八、九数卷可知），此种人士，一旦失所业，固不能为学术上之事。而高文典册，又非其所素习也。适杂剧之新体出，遂多从事于此，而又有一二天才出于其间，充其才力，而元剧之作遂为千古独绝之文字。然则由杂剧家之时代爵里，以推元剧创造之时代及其发达之原因，如上所推论，固非想象之说也。

附考：案金以律赋策论取士。逮金亡后，科目虽废，民间犹有为此学者。如王博文，白仁甫《天籁集序》谓："律赋为专门之学，而太素有能声（太素，仁甫字），号后进之翘楚。"案仁甫金亡时不及十岁，则其作律赋必在科目已废之后。当时人士之热中科目如此。又元代士人不平之气，读宫天挺《范张鸡黍》剧第一、二折，可见一斑也。

元剧之结构

王国维

　　元剧以一宫调之曲一套为一折，普通杂剧大抵四折，或加楔子。案《说文》（六）："楔，欚也。"今木工于两木间有不固处，则斫木札入之，谓之楔子，亦谓之欚。杂剧之楔子亦然。四折之外，意有未尽，则以楔子足之。昔人谓，北曲之楔子即南曲之引子，其实不然。元剧楔子，或在前，或在各折之间，大抵用［仙吕·赏花时］或［端正好］二曲。唯《西厢记》第二剧中之楔子则用［正宫·端正好］全套，与一折等，其实亦楔子也。除楔子计之，仍为四折。唯纪君祥之《赵氏孤儿》则有五折，又有楔子，此为元剧变例。又张时起之《赛花月秋千记》，今虽不存，然据《录鬼簿》所纪，则有六折。此外无闻焉。若《西厢记》之二十折，则自五剧构成，合之为一，分之则仍为五。此在元剧中亦非仅见之作。如吴昌龄之《西游记》，其书至国初尚存，其著录于《也是园书目》者云四卷，见于曹寅《楝亭书目》者云六卷。明凌濛初《西厢序》云："吴昌龄《西游记》有六本"，则每本为一卷矣。凌氏又云："王实甫《破窑记》《丽春园》《贩茶船》《进梅谏》《于公高门》各有二本。关汉卿《破窑记》《浇花旦》亦有二本。"此必与《西厢记》同一体例。此外《录鬼簿》所载：如李文蔚有《谢安东山高卧》，下注云："赵公辅次本。"而于赵公辅之《晋谢安东山高卧》下则注六："次本。"武汉臣有《虎牢关三战吕布》，下注云："郑德辉次本。"而于郑德辉此剧下则注云："次本。"盖李、武二人作前本，而赵、郑续之，以成一全体者也。余如武汉臣之《曹伯明错勘赃》、尚仲贤之《崔护谒浆》、赵子祥之《太祖夜斩石守信》《风月害夫人》，赵文殷之《宦门子弟错立身》、金仁杰之《蔡琰还朝》，皆注"次本"。虽不言所续何人，当亦续《西厢记》之类。然此不过增多剧数，而每剧之以四折为率，则固无甚出入也。

杂剧之为物，合动作、言语、歌唱三者而成，故元剧对此三者，各有其相当之物。其纪动作者曰科；纪言语者曰宾、曰白；纪所歌唱者曰曲。元剧中所纪动作，皆以科字终。后人与白并举，谓之科白，其实自为二事。《辍耕录》纪金人院本，谓教坊魏、武、刘三人鼎新编辑，魏长于念诵，武长于筋斗，刘长于科泛。科泛或即指动作而言也，宾白则余所见周宪王自刊杂剧，每剧题目下即有"全宾"字样。明姜南《抱璞简记》（《续说郛》卷十九）曰："北曲中有全宾全白，两人相说曰宾，一人自说曰白。"则宾白又有别矣。臧氏《元曲选》序云："或谓元取士有填词科（中略），主司所定题目外，止曲名及韵耳。其宾白则演剧时伶人自为之，故多鄙俚蹈袭之语。"填词取士说之妄，今不必辨。至谓宾白为伶人自为，其说亦颇难通。元剧之词，大抵曲、白相生，苟不兼作白，则曲亦无从作，此最易明之理也。今就其存者言之，则《元曲选》中百种无不有白，此犹可诬为明人之作也。然白中所用之语，如马致远《荐福碑》剧中之"曳剌"，郑光祖《王粲登楼》剧中之"点汤"，一为辽、金人语，一为宋人语，明人已无此语，必为当时之作无疑。至《元刊杂剧三十种》，则有曲无白者诚多，然其与《元曲选》复出者字句亦略相同，而有曲白相生之妙，恐坊间刊刻时，删去其白，如今日坊刊脚本然。盖白则人人皆知，而曲则听者不能尽解。此种刊本，当为供观剧者之便故也。且元剧中宾白鄙俚，蹈袭者固多，然其杰作如《老生儿》等，其妙处全在于白，苟去其白，则其曲全无意味。欲强分为二人之作，安可得也？且周宪王时代去元未远，观其所自刊杂

剧，曲、白俱全，则元剧亦当如此。愈以知臧说之不足信矣。

元剧每折唱者止限一人，若末，若旦，他色则有白无唱，若唱则限于楔子中，至四折中之唱者，则非末若旦不可。而末若旦所扮者，不必皆为剧中主要之人物，苟剧中主要之人物于此折不唱，则亦退居他色，而以末若旦扮唱者，此一定之例也。然亦有出于例外者，如关汉卿之《蝴蝶梦》第三折，则旦之外，倈儿亦唱，尚仲贤之《气英布》第四折，则正末扮探子唱，又扮英布唱。张国宾之《薛仁贵》第三折，则丑扮禾旦上唱，正末复扮伴哥唱。范子安之《竹叶舟》第三折，则首列御寇唱，次正末唱。然《气英布》剧探子所唱，已至尾声，故元刊本及《雍熙乐府》所选皆至尾声而止，后三曲或后人所加。《蝴蝶梦》《薛仁贵》中倈及丑所唱者，既非本宫之曲，且刊本中皆低一格，明非曲。《竹叶舟》中列御寇所唱，明曰道情，至下〔端正好〕曲乃入正剧。盖但以供点缀之用，不足破元剧之例也。唯《西厢记》第一、第四、第五剧之第四折，皆以二人唱。今《西厢》只有明人所刊，其为原本如此，抑由后人窜入，则不可考矣。

元剧脚色中，除末、旦主唱为当场正色外，则有净有丑。而末、旦二色，支派弥繁。今举其见于元剧者，则末有外末、冲末、二末、小末，旦有老旦、大旦、小旦、旦倈、色旦、搽旦、外旦、贴旦等。《青楼集》云：“凡妓以墨点破其面为花旦。”元剧中之色旦、搽旦，殆即是也。元剧有外旦、外末，而又有外，外则或扮男，或扮女，当为外末、外旦之省。外末、外旦之省为外，犹贴旦之后省为贴也。案：《宋史·职官志》：“凡直馆院则谓之馆职，以他官兼者谓之贴职。”又《武林旧事》（卷四）“乾淳教坊乐部”，有衙前，有和顾，而和顾人中，如朱和、蒋宁、王原全下，皆注云“次贴衙前”，意当与贴职之贴同，即谓非衙前而充衙前（衙前谓临安府乐人）也。然则曰冲、曰外、曰贴，均系一义，谓于正色之外又加某色以充之也。此外见于元剧者，以年龄言，则有若孛老、卜儿、倈儿；以地位职业言，则有若孤、细酸、伴哥、禾旦、曳剌、邦老，皆有某色以扮之，而其身则非脚色之名，与宋、金之脚色无异也。

元剧中歌者与演者之为一人，固不待言。毛西河《词话》独创异说，以为演者不唱，唱者不演。然《元曲选》各剧，明云末唱、旦唱，《元刊杂剧》亦云"正末开"或"正末放"，则为旦、末自唱可知。且毛氏连厢之说，元、明人著述中从未见之，疑其言犹蹈明人杜撰之习。即有此事，亦不过演剧中之一派，而不足以概元剧也。

演剧时所用之物，谓之砌末。焦理堂《易余籥录》（卷十七）曰："《辍耕录》有诸杂砌之目，不知所谓。案：元曲《杀狗劝夫》，只从取砌末上，谓所埋之死狗也。《货郎旦》外旦取砌末付净科，谓金银财宝也。《梧桐雨》正末引宫娥挑灯拿砌末上，谓七夕乞巧筵所设物也。《陈抟高卧》外扮使臣引卒子捧砌末上，谓诏书熏帛也。《冤家债主》和尚交砌末科，谓银也。《误入桃源》正末扮刘晨，外扮阮肇，带砌末上，谓行李包裹或采药器具也。又净扮刘德引沙三、王留等将砌末上，谓春社中羊酒纸钱之属也。"余谓焦氏之解砌末是也。然以之与杂砌相牵合，则颇不然。杂砌之解，已见上文，似与砌末无涉。砌末之语，虽始见元剧，必为古语。案：宋无名氏《续墨客挥犀》（卷七）云："问今州郡有公宴，将作曲，伶人呼细末将来，此是何义？对曰：凡御宴进乐，先以弦声发之，然后众乐和之，故号丝抹将来。今所在起曲，遂先之以竹声，不唯讹其名，亦失其实矣。"又张表臣《珊瑚钩诗话》（卷二）亦云："始作乐必曰丝抹将来，亦唐以来如是。"余疑砌末或为细末之讹，盖丝抹一语，既讹为细末，其义已亡，而其语独存，遂误视为将某物来之意，因以指演剧时所用之物耳。

元剧之文章

王国维

　　元杂剧之为一代之绝作，元人未之知也。明之文人始激赏之，至有以关汉卿比司马子长者（韩文靖邦奇）。三百年来，学者文人，大抵屏元剧不观。其见元剧者，无不加以倾倒。如焦理堂《易余龠录》之说，可谓具眼矣。焦氏谓一代有一代之所胜，欲自楚骚以下撰为一集，汉则专取其赋，魏晋六朝至隋则专录其五言诗，唐则专录其律诗，宋专录其词，元专录其曲。余谓律诗与词，固莫盛于唐、宋，然此二者果为二代文学中最佳之作否，尚属疑问。若元之文学，则固未有尚于其曲者也。元曲之佳处何在？一言以蔽之，曰：自然而已矣。古今之大文学，无不以自然胜，而莫著于元曲。盖元剧之作者，其人均非有名位、学问也，其作剧也非有藏之名山，传之其人之意也。彼以意兴之所至为之，以自娱娱人。关目之拙劣，所不问也；思想之卑陋，所不讳也；人物之矛盾，所不顾也。彼但摹写其胸中之感想与时代之情状，而真挚之理与秀杰之气时流露于其间。故谓元曲为中国最自然之文学，无不可也。若其文字之自然，则又为其必然之结果，抑其次也。

　　明以后，传奇无非喜剧，而元则有悲剧在其中。就其存者言之：如《汉宫秋》《梧桐雨》《西蜀梦》《火烧介子推》《张千替杀妻》等，初无所谓先离后合、始困终亨之事也。其最有悲剧之性质者，则如关汉卿之《窦娥冤》、纪君祥之《赵氏孤儿》，剧中虽有恶人交构其间，而其蹈汤赴火者，仍出于其主人翁之意志，即列之于世界大悲剧中，亦无愧色也。

元剧关目之拙，固不待言。此由当日未尝重视此事，故往往互相蹈袭，或草草为之。然如武汉臣之《老生儿》、关汉卿之《救风尘》，其布置结构亦极意匠惨淡之致，宁较后世之传奇，有优无劣也。

然元剧最佳之处不在其思想结构，而在其文章。其文章之妙，亦一言以蔽之，曰：有意境而已矣。何以谓之有意境？曰：写情则沁人心脾，写景则在人耳目，述事则如其口出是也。古诗词之佳者，无不如是，元曲亦然。明以后其思想结构，尽有胜于前人者，唯意境则为元人所独擅。兹举数例以证之。其言情、述事之佳者，如关汉卿《谢天香》第三折：

［正宫端正好］我往常在风尘，为歌妓，不过多见了几个筵席，回家来仍作个自由鬼；今日倒落在无底磨牢笼内！

马致远《任风子》第二折：

［正宫端正好］添酒力晚风凉，助杀气秋云暮，尚兀自脚趔趄、醉眼模糊。他化的我一方之地都食素，单则俺杀生的无缘度。

语语明白如画，而言外有无穷之意。又如《窦娥冤》第二折：

［斗虾蟆］空悲戚，没理会，人生死，是轮回。感着这般病疾，值着这般时势，可是风寒暑湿，或是饥饱劳役，各人证候自知。人命关天关地，别人怎生替得？寿数非干一世，相守三朝五夕。说甚一家一计？又无羊酒缎匹，又无花红财礼，把手为活过日，撒手如同休弃。不是窦娥忤逆，生怕旁人论议。不如听咱劝你，认个自家晦气。割舍的一具棺材，停置几件布帛，收拾出了咱家门里，送入他家坟地。这不是你那从小儿年纪，指脚的夫妻，我其实不关亲，无半点凄怆泪。休得要心如醉、意似痴，便这等嗟嗟怨怨，哭哭啼啼。

此一曲直是宾白，令人忘其为曲。元初所谓当行家，大率如此。至中叶以后，已罕觏矣。其写男女离别之情者，如郑光祖《倩女离魂》第

三折：

〔醉春风〕空服遍眠眩药不能痊，知他这腌臜病何日起。要好时直等的见他时，也只为这症候因他上得。得，一会家缥缈呵，忘了魂灵。一会家精细呵，使著躯壳。一会家混沌呵，不知天地。

〔迎仙客〕日长也愁更长，红稀也信尤稀，春归也奄然人未归。我则道相别也数十年，我则道相隔着数万里。为数归期，则那竹院里刻遍琅玕翠。

此种词如弹丸脱手，后人无能为役。唯南曲中《拜月》《琵琶》差能近之。至写景之工者，则马致远之《汉宫秋》第三折：

〔梅花酒〕呀，对着这回野凄凉，草色已添黄，兔起早迎霜，犬褪得毛苍。人搊起缨枪，马负着行装，车运着糇粮，打猎起围场。他他他伤心辞汉主，我我我携手上河梁。他部从，入穷荒；我銮舆，返咸阳。返咸阳，过宫墙；过宫墙，绕回廊；绕回廊，近椒房；近椒房，月昏黄；月昏黄，夜生凉；夜生凉，泣寒螀；泣寒螀，绿纱窗；绿纱窗，不思量。

〔收江南〕呀，不思量，便是铁心肠，铁心肠也愁泪滴千行；美人图今夜挂昭阳，我那里供养，便是我高烧银烛照红妆。

〔尚书云〕陛下回銮罢，娘娘去远了也。（驾唱）

〔鸳鸯煞〕我煞大臣行，说一个推辞谎，又则怕笔尖儿那伙编修讲。不见那花朵儿精神，怎趁那草地里风光。唱道伫立多时，徘徊半晌，猛听的塞雁南翔，呀呀的声嘹亮，却原来满目牛羊，是兀那载离恨的毡车半坡里响。

以上数曲，真所谓写情则沁人心脾，写景则在人耳目，述事则如其口出者。第一期之元剧，虽浅深大小不同，而莫不有此意境也。

古代文学之形容事物也，率用古语，其用俗语者绝无，又所用之字数亦不甚多。独元曲以许用衬字故，故辄以许多俗语或以自然之声音形容之，此自古文学上所未有也。兹举其例，如《西厢记》第四剧第四折：

〔雁儿落〕绿依依墙高柳半遮，静悄悄门掩清秋夜，疏剌剌林梢落叶风，昏惨惨云际穿窗月。

〔得胜令〕惊觉我的是颤颤巍巍竹影走龙蛇，虚飘飘庄周梦蝴蝶，絮叨叨促织儿无休歇，韵悠悠砧声儿不断绝，痛煞煞伤别，急煎煎好梦儿应难舍，冷清清的咨嗟，娇滴滴玉人儿何处也？

此犹仅用三字也。其用四字者，如马致远《黄粱梦》第四折：

〔叨叨令〕我这里稳丕丕土坑上迷飚没腾的坐，那婆婆将粗剌剌陈米喜收希和的播，那蹇驴儿柳阴下舒着足乞留恶滥的卧，那汉子去脖项上婆娑没索的摸。你则早醒来了也么哥，你则早醒来了也么哥，可正是窗前弹指时光过。

其更奇绝者，则如郑光祖《倩女离魂》第四折：

〔古水仙子〕全不想这姻亲是旧盟，则待教燠庙火刮刮匝匝烈焰生。将水面上鸳鸯忒楞楞腾分开交颈，疏剌剌沙鞴雕鞍撒了锁鞋，厮琅琅汤偷香处喝号提铃，支楞楞争弦断了不续碧玉筝，吉丁丁珰精砖上摔破菱花镜，扑通通东井底坠银瓶。

又无名氏《货郎旦》剧第三折，则所用叠字其数更多：

〔货郎儿六转〕我则见黯黯惨惨天涯云布，万万点点潇湘夜雨，正值著窄窄狭狭沟沟堑堑路崎岖，黑黑黯黯彤云布，赤留赤律潇潇洒洒断断续续，出出律律忽忽鲁鲁阴云开处，霍霍闪闪电光星注。正值着飕飕摔摔风，淋淋渌渌雨，高高下下凹凹答答一水模糊，扑扑簌簌湿湿渌渌疏林人物，却便似一幅惨惨昏昏潇湘水墨图。

由是观之，则元剧实于新文体中自由使用新言语，在我国文学中，于《楚辞》《内典》外，得此而三。然其源远在宋、金二代，不过至元而大成。其写景、抒情、述事之美，所负于此者，实不少也。

元曲分三种，杂剧之外，尚有小令、套数。小令只用一曲，与宋词略同。套数则合一宫调中诸曲为一套，与杂剧之一折略同。但杂剧以代言为事，而套数则以自叙为事，此其所以异也。元人小令、套数之佳，

亦不让于其杂剧。兹各录其最佳者一篇，以示其例，略可以见元人之能事也。

小令：

[天净沙]（无名氏。此词《庶斋老学丛谈》及元刊《乐府新声》均不著名氏，《尧山堂外纪》以为马致远撰，朱竹垞《词综》仍之，不知何据。）

枯藤老树昏鸦，小桥流水人家，古道西风瘦马，夕阳西下，断肠人在天涯。

套数：

《秋思》（马致远。见元刊《中原音韵》《乐府新声》。）

[双调·夜行船]百岁光阴如梦蝶，重回首往事堪嗟！昨日春来，今朝花谢，急罚盏夜阑灯灭。

[乔木查]秦宫汉阙，做衰草牛羊野，不恁渔樵无话说。纵荒坟横断碑，不辨龙蛇。

[庆宣和]投至狐踪与兔穴，多少豪杰，鼎足三分半腰折，魏耶？晋耶？

[落梅风]天教富，不待奢，无多时好天良夜，看钱奴硬将心似铁，空辜负锦堂风月。

[风入松]眼前红日又西斜，疾似下坡车，晚来清镜添白雪，上床与鞋履相别。莫笑鸠巢计拙，葫芦提一就装呆。

[拨不断]利名竭，是非绝，红尘不向门前惹，绿树偏宜屋角遮，青山正补墙东缺，竹篱茅舍。

[离亭宴煞]蛩吟罢一枕才宁贴，鸡鸣后万事无休歇，算名利何年是彻？密匝匝蚁排兵，乱纷纷蜂酿蜜，闹穰穰蝇争血。裴公绿野堂，陶令白莲社，爱秋来那些？和露滴黄花，带霜烹紫蟹，煮酒烧红叶。人生有限杯，几个登高节？嘱付与顽童记者，便北海探吾来，道东篱醉了也。

〔天净沙〕小令，纯是天籁，仿佛唐人绝句。马东篱《秋思》一套，周德清评之以为万中无一，明王元美等亦推为套数中第一，诚定论也。此二体虽与元杂剧无涉，可知元人之于曲，天实纵之，非后世所能望其项背也。

元代曲家，自明以来，称关、马、郑、白。然以其年代及造诣论之，宁称关、白、马、郑为妥也。关汉卿一空倚傍，自铸伟词，而其言曲尽人情，字字本色，故当为元人第一。白仁甫、马东篱，高华雄浑，情深文明。郑德辉清丽芊绵，自成馨逸，均不失为第一流。其余曲家，均在四家范围内。唯宫大用瘦硬通神，独树一帜。以唐诗喻之，则汉卿似白乐天，仁甫似刘梦得，东篱似李义山，德辉似温飞卿，而大用则似韩昌黎。以宋词喻之，则汉卿似柳耆卿，仁甫似苏东坡，东篱似欧阳永叔，德辉似秦少游，大用似张子野。虽地位不必同，而品格则略相似也。明宁献王曲品，跻马致远于第一，而抑汉卿于第十。盖元中叶以后，曲家多祖马、郑而祧汉卿，故宁王之评如是，其实非笃论也。

元剧自文章上言之，优足以当一代之文学。又以其自然故，故能写当时政治及社会之情状，足以供史家论世之资者不少。又曲中多用俗语，故宋、金、元三朝遗语所存甚多，辑而存之，理而董之，自足为一专书。此又言语学上之事，而非此书之所有事也。

明代杂剧

吴　梅

一代之文，每与一代之乐相表里，其制度虽定于瞽宗，而风尚实成于社会。天然之文，反胜于乐官之造作，故尼山正乐，雅颂始得所，而国风则不烦釐定。即后世禴祀符瑞歌功颂德之作，亦每视为官样文章，不如闾巷琐碎、儿女尔汝之争相传述。由斯以例列代乐府之真际，于周代则属风骚，于汉则属古诗，于晋唐则属房中、竹枝、子夜、边调等，于两宋则属诗余，于金元则属杂剧。其作者每多不知谁何之人，而流传特甚，若其摹赓扬而仿咸英者，徒为一时粉饰，供儒生之考订而已。盖与社会之风尚性情绝不相入，不合于天然之乐，即不能为乐府之代表也。

有明承金元之余波，而寻常文字，尤易触忌讳，故有心之士，寓志于曲，则诚《琵琶》，曾见赏于太祖，亦足为风气之先导。虽南北异宜，时有凿枘，而久则同化，遂能以欧、晏、秦、柳之俊雅，与关、马、乔、郑之雄奇相调剂，扩而充之，乃成一代特殊之乐章，即为一代特殊之文学。当时作者虽多，以实甫、则诚二家为宗，而制腔尚留本色，不尽藻饰词华，立意能关身世，不独铺张故实，以较北部之音，似有积薪之势焉。大氐开国之初，半沿元季余习，其后南剧日盛，家伶点拍，踵事增华，作家辈出，一洗古鲁兀剌之风，于是海内向风，遂得与古法部相骖靳，此　时也。

　　澉川杨康惠公在元时，得贯云石之传，尝作《豫让》《霍光》《尉迟敬德》诸剧，流传宇内，与中原弦索抗行。而长子国材，复与鲜于去矜交游，以乐府世其家，总得南声之秘奥，别创新声，号为海盐调，西江两京间，翕然和之，此一时也。嘉隆间，太仓魏良辅，昆山梁辰鱼，以善讴名天下。良辅探讨声韵，坐卧一小楼者几二十年，考订《琵琶》板式，造水磨调。辰鱼作《浣纱记》付之，流丽稳协，远出弋阳、海盐旧调之上，历世三百，莫不颁首倾耳，奉为雅乐，此犹宋代嘌唱家，就旧声而加以泛艳者也，此又一时也。若夫论列词品，派别至繁，粗就管窥，述之于后。

　　明人杂剧至多，苦无详备总目，今就近世可得见者录之，得若干种，列下。

　　宁献王（今皆失传）。

　　周宪王廿五本：

　　《天香圃》《十美人》《兰红叶》《义勇辞金》《小桃红》《乔断鬼》《豹子和尚》《庆朔堂》《桃源景》《复落娼》《仙官庆会》《得驺虞》《仗义疏财》《半夜朝元》《辰勾月》《悟真如》《牡丹仙》《踏雪寻梅》《曲江池》《继母大贤》《团圆梦》《香囊怨》《常椿寿》《献赋题桥》《苦海回头》

　　王子一一本：

　　《误入桃源》

　　谷子敬一本：

　　《城南柳》

　　贾仲名三本：

　　《金童玉女》《对玉梳》《萧淑兰》

　　杨文奎一本：

　　《儿女团圆》

　　王九思二本：

《沽酒游春》《中山狼》

康海一本：

《中山狼》

徐渭五本：

《渔阳弄》《翠乡梦》《雌木兰》《女状元》《歌代啸》

梁辰鱼一本：

《红线女》

汪道昆四本：

《远山戏》《高唐梦》《洛水悲》《五湖游》

冯惟敏二本：

《不伏老》《僧尼共犯》

陈与郊三本：

《昭君出塞》《文姬入塞》《义犬记》

梅鼎祚一本：

《昆仑奴》

王衡二本：

《郁轮袍》《真傀儡》

许潮八本：

《武陵春》《兰亭会》《写风情》《午日吟》《南楼月》《赤壁游》《龙山宴》《同甲会》

叶宪祖九本：

《北邙说法》《团花凤》《易水寒》《夭桃纨扇》《碧莲绣符》《丹桂钿盒》《素梅玉蟾》《使酒骂座》《寒衣记》

沈自征三本：

《鞭歌伎》《簪花髻》《霸亭秋》

凌初成一本：

《虬髯翁》

徐元晖二本：

《有情痴》《脱囊颖》

汪廷讷一本：

《广陵月》

孟称舜二本：

《桃花人面》《死里逃生》

卓人月一本：

《花舫缘》

王应遴一本：

《逍遥游》

陈汝元一本：

《红莲债》

祁元儒一本：

《错转轮》

车任远一本：

《蕉鹿梦》

徐复祚一本：

《一文钱》

徐士俊二本：

《络水丝》《春波影》

王澹翁一本

《樱桃园》

来集之三本：

《碧纱》《红纱》《挑灯剧》

王夫之一本：

《龙舟会》

叶小纨一本：

《鸳鸯梦》

僧湛然二本：

《曲江春》《鱼儿佛》

蘅芜室一本：

《再生缘》

竹痴居士一本：

《齐东绝倒》

吴中情奴一本：

《相思谱》

共九十六种，皆今世所可见者，若余所未知，而世有藏弄者，当亦不少，闻见有限，不敢增饰也。明人杂剧，与元剧相异处，颇有数端。元剧多四折，明则不拘，如徐渭《四声猿》，沈自晋《秋风三叠》，则每种一折者，王衡《郁轮袍》，孟称舜《桃花人面》，多至七折、五折者，是折数不定也。元剧多一人独唱，明则不守此例，如《花舫缘》第三折是旦唱，《春波影》第二折杨夫人唱，第四折老尼唱，是唱角亦不定也。元剧多用北词，明人尽多南曲，如汪道昆《高唐梦》，来集之《挑灯剧》皆是，是南北词亦可通用也。至就文字论，大氐元词以拙朴胜，明则研丽矣。元剧排场至劣，明则有次第矣，然而苍莽雄宕之气，则明人远不及元，此亦文学上自然之趋向也。今略述之。

周宪王诸剧，余得见者有廿五本，已见前目。而廿五本中，尤以《献赋题桥》暨《烟花梦》为佳。《献赋题桥》中，如首折〔煞尾〕云："莫不是月神乖，又不是花妖圣，元来是此处湘妃显灵，怎生得宋玉多才作赋成？静巉巉，悄悄冥冥，支楞楞，风轧窗棂。他那里卧看牵牛织女星，一会儿步香阶暗行，一会儿凭危栏独听。只落个曲终江上数峰青。"《烟花梦》第二折〔梁州〕云："到今日可意种新婚燕尔，一回价上心来往事成空。穷则穷落一觉团圆梦，我和你知心可腹，百纵千容，声声相应，步步相从，赤紧地与才郎两意相浓。想天仙三事相同，恰便似行云雨阳台，梦神女和谐，赠玉杵蓝桥驿娇娥眷宠，泛桃花天台山仙子相逢。想俺心中意中，当日个未曾相许情先动，到如今遂于飞效鸾凤，抵多少翠袖殷勤捧玉钟，到今日百事从容。"此二词松秀绝伦，不让《㑇梅香》矣。余佳处尽多，不赘。

明初十六家者，王子一、刘东生、王文昌、谷子敬、蓝楚芳、陈克明、李唐宾、穆仲义、汤舜民、贾仲名、杨景言、苏复之、杨彦华、杨文奎、夏均政、唐以初也。其中有撰述可称者，王子一有《误入桃源》《海棠风》《楚阳台》《莺燕蜂蝶》四种，刘东生有《娇红记》《世间配偶》二种，谷子敬有《城南柳》《枕中记》《闹阴司》三种，汤舜民有《娇红记》《风月瑞仙亭》二种，杨景言有《风月海棠亭》《生死夫妻》二种，苏复之有《金印记》一种，贾仲名有《金童玉女》《对玉梳》《萧淑兰》《升仙梦》四种，杨文奎有《翠红乡》《王魁不负心》《封髻遇上元》《玉盒记》四种，他人仅见散曲而已。此二十三种中，惟《误入桃源》《城南柳》《金童玉女》《对玉梳》《萧淑兰》《翠红乡》六种，见《元曲选》，《金印记》一本，有明人传刻本，余则亡佚矣。

王九思《沽酒游春》《中山狼》二剧，名溢四海。《中山狼》仅一折，远逊康德涵，《杜甫游春》则力诋李西涯。王元美谓声价不在汉卿、东篱之下，固为溢美，实则词尚蕴蓄，非肆意诋諆，亦有足多者。

康对山《中山狼》一剧，为李献吉而发。牧斋《列朝诗集》云："正德初，逆瑾恨李献吉代韩尚书草疏，系诏狱，必欲杀之。献吉狱急，出片纸曰：'对山救我。'秦人皆言瑾恨不能致德涵，德涵往，献吉可生也。德涵曰：'吾何惜一官，不救李死？'乃往谒瑾。瑾大喜，盛称德涵真状元，为关中增光。德涵曰：'海何足言，今关中自有三才，古今稀少。'瑾惊问曰：'何也？'德涵曰：'老先生之功业，张尚书之政事，李郎中之文章。'瑾曰：'李郎中非李梦阳耶？应杀无赦。'德涵曰：'应则应矣，杀之关中少一才矣。'欢饮而罢。明日瑾

奏上赦李。瑾遂欲超拜吏部侍郎，德涵力辞之，乃寝。……瑾败，坐落职为民。"此剧盖为李发也，东郭先生自谓也，狼谓献吉也。其词独摅澹宕，一洗绮靡，如〔混江龙〕云："堪笑他谋王图霸，那些个飘零四海便为家。万言书随身衣食，三寸舌本分生涯。谁弱谁强排蚁阵，争甜争苦闹蜂衙。但逢着称孤道寡，尽教他弄鬼抟沙。那里肯同群鸟兽，说甚么吾岂瓠瓜。有几个东的就，西的凑，千欢万喜。有几个朝的奔，暮的走，短叹长呀。命穷时，镇日价河头卖水。运来时，一朝的锦上添花。您便是守寒酸枉饿杀断简走枯鱼，俺只待向西风恰消受长途敲瘦马。些儿撑达，恁地波查。"〔新水令〕云："看半林黄叶暮云低，碧澄澄小桥流水，柴门无犬吠，古树有乌啼。茅舍疏篱，这是个上八洞闲天地。"〔得胜令〕云："光灿灿匕首雪花吹，软咍咍力怯手难提。俺笑他今日里真狼狈，悔从前怎噬脐。须知，跳不出丈人行牢笼计。还疑，也是俺先生的命运低。"〔沽美酒〕云："休道是这贪狼反面皮，俺只怕尽世里把心亏，少甚么短箭难防暗里随。把恩情翻成仇敌，只落得自伤悲。"〔太平令〕云："怪不得那私恩小惠，却教人便唱叫扬疾。若没有天公算计，险些儿被幺魔得意。俺只索含悲忍气，从今后见机，莫痴。哎呀，把这负心的中山狼做个旁州例。"诸首皆戛戛独造，余甚称之。

徐文长《四声猿》中《女状元》剧，独以南词作剧，破杂剧定格，自是以后，南剧孳乳矣。其词初出，汤临川目为词坛飞将，同时词家，如史叔考、王伯良辈，莫不俯首。今读之，犹自光芒万丈，顾与临川之研丽工巧不同，宜其并擅千古也。王定柱云："青藤佐胡梅林幕，平巨寇徐海，功由海姜翠翘。海平，翠翘失志死。又青藤以私愤，嗾梅林戮某寺僧，后颇为厉。又青藤继室张，美而才，以狂疾手杀之。既疷痛悔，为作《罗鞋四钩词》。故《红莲》忏僧冤也，《木兰》吊翠翘也，《女状元》悼张也。"余谓文人作词，不过直抒胸臆，未必影射谁某，琐琐附会，殊无谓也。文长词精警豪迈，如词中之稼轩、龙洲。如《狂鼓史》〔寄生草〕云："仗威风只自假，进官爵不由他。一个女孩儿竟坐中宫驾，骑中郎直做了王侯霸。铜雀台直把那云烟架，僭车骑直按到朝廷胯。在当时险夺了玉皇尊，到如今还使得阎罗怕。"《翠乡梦》〔折桂令〕云："这一个光葫芦按倒红妆，似两扇木木枕，一付磨磨浆。少不得磨来浆往，自然的枕紧糠忙，可不挣断了猿缰，保不定龙降。火烧的倩金刚加大担芒硝，水忏的请饿鬼来监着厨房。"《雌木兰》〔混江龙〕云："军书十卷，书书卷卷把俺爷来填。他年华已老，衰病多缠。想当初搭箭追雕飞白羽，今日呵扶藜看雁数青天。呼鸡喂狗，守堡看田。调鹰手软，打兔腰拳。提携咱姊妹，梳掠咱丫环。见对镜添妆开口笑，听提刀厮杀把眉攒。长嗟叹，道两口儿北邙近也。女孩儿东坦萧然。"又〔尾声〕云："我做女儿则十七岁，做男儿倒十二年。经过了万千瞧，那一个解雌雄辨，方信道辨雌雄的不靠眼。"此数首皆不拾人牙慧，临川所谓此牛有万夫之禀是也。（《女状元》（北江儿水）四支，《翠乡梦》〔收江南〕一支，亦佳，限于篇幅，不赘。）

梁伯龙以南词负盛名，北剧亦擅胜场。《红线》一剧，宾白科段，纯为南态，所异者止用北词耳。盖白语用骈俪，实不宜于北词。《西厢·酬韵》折白文，"料得春宵"云云，系用解元旧语，挡弹词固应尔，不可借实甫文过也。惟曲文才华藻艳，亦一时之选，如〔油葫芦〕云："万里潼关一夜呼，走的来君王没处宿。唬得那杨家姐姐两眉蹙，古佛堂西畔坟前土。马嵬驿南下川中路，方才想匡君的张九龄，误国的李林甫。雨零铃空响人何处？只落得渺渺独愁余。"〔天下乐〕云："想四海分崩白骨枯，萧疏短剑孤。拟何年尽将贼子诛。笑荆轲西入秦，羡专诸东入吴。那时节方显得女娘行的心性卤。"此二首英英露爽。颇合女侠身分。

沈君庸《秋风三叠》，篇幅充畅，明剧中最为上乘。君庸为词隐先生之侄，狂游边徼，意欲有所建树，卒偃蹇以终，牢骚幽怨，悉发诸词。余最爱《杜默哭庙》一折，较西堂《钧天乐》胜矣。中有〔六幺

序〕一支，以项羽战绩，比拟文章，极诡谲可喜。词云："破题儿是巨鹿初交，大股是彭城一着，不惑宋义之邪说，真叫做直写心苗，不寄篱巢。看他破王离时，墨落烟飘，声震云霄，心折目摇，魄吓魂消，那众诸侯一个个躬身请教。七十余战，未尝败北，一篇篇夺锦标。日不移影，连斩汉将数十，不弱如倚马挥毫，横槊推敲，涂抹尽千古英豪。那区区樊哙，何足道哉！一个透关节莽樊哙来巡绰，吓得他屁滚烟逃。甫能够主了纵横约，大古里军称儒将，笔重文豪。"此等词后生读之，可悟作文之法。

来集之《红碧纱》剧，以《饭后钟》为佳。《挑灯》剧则取小青"冷雨幽窗"之句，为之敷衍，较《风流院》胜。中有〔商调十二红〕，颇韵。

叶小纨《鸳鸯梦》，寄情棣萼，词亦楚楚。惟笔力略孱弱，一望而知女子翰墨，第颇工雅。上论列者取其最著者，不欲详也。

清代杂剧

吴　梅

　　清人戏曲，逊于明代，推原其故，约有数端。开国之初，沿明季余习，雅尚词章，其时人士，皆用力于诗文，而曲非所习，一也。乾嘉以还，经术昌明，名物训诂，研钻深造，曲家末艺，等诸自郐，一也。又自康雍后，家伶日少，台阁巨公，不憙声乐，歌场奏艺，仅习旧词，间及新著，辄谢不敏，文人操翰，宁复为此？一也。又光宣之季，黄冈俗讴，风靡天下，内廷法曲，弃若土苴，民间声歌，亦尚乱弹，上下成风，如饮狂药，才士按词，几成绝响，风会所趋，安论正始？此又其一也。故论逊清戏曲，当以宣宗为断。咸丰初元，雅郑杂矣。光宣之际，则巴人下里，和者千人，益无与于文学之事矣。今自开国以迄道光，总述词家，亦可屈指焉。大抵顺康之间，以骏公、西堂、又陵、红友为能，而最著者厥惟笠翁。翁所撰述，虽涉俳谐，而排场生动，实为一朝之冠。继之者独有云亭、昉思而已。南洪北孔，名震一时，而律以词范，则稗畦能集大成，非东塘所及也。迨乾嘉间则笠湖、心余、惺斋、蜗寄、恒岩耳。道咸间则韵珊、立人、蓬海耳。同光间则南湖、午阁，已不足入作家之列矣。一代人文，远逊前明，抑又何也？

　　虽然词家之盛，固不如前代，而协律订谱，实远出朱明之上，且剧场旧格，亦有更易进善者，此则不可没也。明代传奇，率以四十出为度，少者亦三十出，拖沓泛滥，颇多疵病，即玉茗《还魂》，且多可

议，又事实离奇，至山穷水尽处，辄假神仙鬼怪，以为生旦团圆之地。清人则取裁说部，不事臆造，详略繁简，动合机宜，长剧无冗费之辞，短剧乏局促之弊。又如《拈花笑》《浮西施》等，以一折尽一事，俾便观场，不生厌倦。杨笠湖之《吟风阁》、荆石山民之《红楼梦》，分演固佳，合唱亦善，此较明人为优者一也。明人作词，实无佳谱，《太和正音》，正衬未明，宁庵《南谱》，搜集未遍。清则《南词定律》出，板式可遵矣，庄邸《大成谱》出，订谱亦有依据矣，合东南之隽才，备庙堂之雅乐，于是幽险逼仄，夷为康庄，此较明人为优者一也。曲韵之作，始于挺斋，《中原》一书，所分阴阳，仅及平韵，上去二声，未遑分配，操觚选声，辄多龃龉。清则履清《辑要》，已及去声，周氏《中州》，又分两上，凡宫商高下之宜，有随调选字之妙，染翰填辞，无劳调舌，此较明人为优者一也。论律之书，明代仅有王、魏，魏则注重度声，王则粗陈条例，其言虽工，未能备也。清则西河《乐录》，已启山林，东塾《通考》，详述本末，凌氏之《燕乐考原》，戴氏之《长庚律话》，凡所论撰，皆足名家，不仅笠翁《偶集》，可示法程，里堂《剧说》，足资多识也，此较明代为优者又一也。况乎记载目录，如黄文旸《曲海》，无名氏《汇考》，已轶《录鬼》《曲品》之前。订定歌谱，如叶怀庭之《纳书楹》，冯云章之《吟香堂》，又驾临川、吴江而上。总核名实，可迈前贤，惟作者无多，未免见绌，才难之叹，岂独词林，此又尚论者所宜平恕也。

清人杂剧，就可见者，列目如下。

徐石麟四本：

《拈花笑》《浮西施》《大转轮》《买花钱》

吴伟业二本：

《临春阁》《通天台》

袁于令一本：

《双莺传》

尤侗五本：

《读离骚》《吊琵琶》《桃花源》《黑白卫》《清平调》

宋琬一本：

《祭皋陶》

嵇永仁一本：

《续离骚》

孔尚任一本：

《大忽雷》

蒋士铨七本：

《四弦秋》《一片石》《第二碑》《康衢乐》《长生箓》《升平瑞》《忉利天》

桂馥《后四声猿》四本：

《放杨枝》《投溷中》《谒府帅》《题园壁》

舒位《瓶笙馆修箫谱》四本：

《卓女当垆》《樊姬拥髻》《酉阳修月》《博望访星》

唐英《古柏堂》十本：

《三元报》《芦花絮》《梅龙镇》《面缸笑》《虞兮梦》《英雄报》《女弹词》《长生殿补》《十字坡》《佣中人》

徐爔《写心杂剧》十八本：

《游湖》《述梦》《醒镜》《游梅遇仙》《痴祝》《虱谈》《青楼济困》《哭弟》《湖山小隐》《酬魂》《祭牙》《月夜谈禅》《问卜》《悼花》《原情》《寿言》《覆墓》《入山》

周文泉《补天石》八本：

《宴金台》《定中原》《河梁归》《琵琶语》《纫兰佩》《碎金牌》《纨如鼓》《波弋香》

杨观潮《吟风阁》三十二本：

《新丰店》《大江西》《替龙行雨》《黄石婆》《快活山》《钱神

庙》《晋阳城》《邯郸郡》《贺兰山》《朱衣神》《夜香台》《矫诏发仓》《鲁连台》《荷花荡》《二郎神》《笏谏》《配瞽》《露筋》《挂剑》《却金》《下江南》《蓝关》《荀灌娘》《葬金钗》《偷桃》《换扇》《西塞山》《忙牙姑》《凝碧池》《大葱岭》《罢宴》《翠微亭》

陈栋三本：

《苎萝梦》《紫姑神》《维扬梦》

黄宪清二本：

《鸳鸯镜》《凌波影》

杨恩寿三本：

《桃花源》《姽婳封》《桂枝香》

梁廷枬四本：

《圆香梦》《断缘梦》《江梅梦》《昙花梦》

徐鄂一本：

《白头新》

荆石山民《红楼梦》十六本：

《归省》《葬花》《警曲》《拟题》《听秋》《剑会》《联句》《痴诔》《觱诞》《寄情》《走魔》《禅订》《焚稿》《冥升》《诉愁》《觉梦》

蘅芷庄人《春水轩杂剧》九本：

《讯翎》《题肆》《琴别》《画隐》《碎胡琴》《安市》《看真》《游山》《寿甫》

瞿园杂剧十本：

《仙人感》《藤花秋梦》《孽海花》《暗藏莺》《卖詹郎》《东家颦》《钧天乐》《一线天》《望夫石》《三割股》

共一百四十六种。清人所作，虽不尽此，第佳者殆少遗珠矣。中如《写心剧》《后四声猿》《吟风阁》等，大率以一折赋一事，故分作若干本。即《红楼梦散套》，虽总赋宁国府事，然每折自为段落，不相联属，与传奇体制不同，因入杂剧。至各种佳处。亦复略述焉。

徐石麟四本，以《买花钱》为最，取俞国宝风入松事为本，复取杨驸马粉儿为辅，其事颇艳。至以粉儿归国宝，虽不合事实，而风趣更胜。［解三醒］四曲，字字馨逸，非明季人所及也。《拈花笑》摹妻妾妒状，秽亵可笑，《绿野仙踪》曾采录之，今人知者鲜矣。《大转轮》以刘项事翻案，自云以《两汉书》翻成《三国志》，亦荒唐可乐。独《浮西施》一折，尽辟一舸五湖之谬，以夷光沉之于湖，虽煮鹤焚琴，太煞风景，顾亦有所本。墨子云："西施之沉也，其美也。"是亦非又陵之创说矣。

梅村《临春阁》谱洗夫人勤王事，大为张孔吐冤，盖为秦良玉发也。第四折收尾云："俺二十年岭外都知统，依旧把儿子征袍手自缝。毕竟是妇人家难决雌雄，则愿决雌雄的放出个男儿勇。"此又为左宁南讽也。《通天台》之沈初明，即骏公自况，至调笑汉武帝，殊令黠可喜。首折［煞尾］云："则想那山绕故宫寒。潮向空城打，杜鹃血拣南枝直下。偏是俺立尽西风搔白发，只落得哭向天涯，伤心地付与啼鸦。谁向江头问荻花？眼呵，盼不到石头车驾。泪呵，洒不上修陵松槚。只是年年秋月听悲笳。"其词幽怨慷慨，纯为故国之思，较之"我本淮南旧鸡犬，不随仙去落人间"句，尤为凄惋。

曲至西堂，又别具一变相。其运笔之奥而劲也，使事之典而巧也，下语之艳媚而油油动人也，置之案头，竟可作一部异书读。如《读离骚》之结局，以宋玉招魂；《吊琵琶》之结局，以文姬上冢，此等结构，已超轶前人矣。至其曲词，正如珊珊仙骨。《读离骚》中警句云："便百千年难打破闷乾坤，只两三行怎吊得尽愁天下。"又云："一篙争弄两头船，双鞭难走连环马。"又云："似这般朝也在，暮也在，佳人难再，又何妨梦儿中住千秋万载。"《吊琵琶》警句云："刚弹了离鸾离鸾小引，忽变做求凰求凰新本。喜结并头缘，好脱孤眠运，则你楚襄王先试一峰云。"又云："可笑你围白登急死萧曹，走狼居吓坏嫖

姚，只学得魏绛和戎嫁楚腰，亏杀你诗篇应诏，贺君王枕席平辽。"又云："渡河而死公无吊，女子卿受不得冰天雪窖。这魂魄呵，一灵儿随着汉天子伴黄昏。这骸骨呵，半堆儿交付番可汗埋青草。"又云："猛回头汉宫何处也？断烟中故国天涯。"又云："步虚声天风吹下，只指尖儿不会拨琵琶。"其他《黑白卫》之高浑，《桃花源》之旷逸，直为一朝之弁冕云。

嵇永仁，字留山，又号抱犊山农。居范忠贞幕，耿精忠之乱，同及于难。困囹圄时，楮墨不给，乃烧薪为炭，写著作四壁皆满。其《续离骚》剧，即狱中作也，中有"杜默哭庙"，尤为悲壮，较沈自征作，亦难轩轾。如〔沉醉东风〕云："学诗书头烘脑烘，学剑术心慵意慵。避会稽藏了锐气，练子弟熟了操纵，那怕赤帝枭雄。趁着那辇跸东巡想截龙，小可的扰不碎秦王一统。"〔得胜令〕云："似这般本色大英雄，煞强如谩骂假牢笼，宁可将三分业轻抛送，怎学那一杯羹造孽种。破百二秦封，秉烈炬咸阳恸，噪金鼓关中，吓得众诸侯拜下风。"〔七弟兄〕云："酒席上杀风算甚么涌，猛放一线走蛟龙，教千秋豪杰知轻重。割鸿沟无恙汉家翁，庆团圞吕雉谐鸳梦。"此数支皆雄恣可喜。

蒋心余《四弦秋》剧，为旧曲《青衫记》，鄙俚不文，遂填此作，凡所征引，皆出正史，并参以乐天年谱，故出顾道行作万倍。其中《送客》一出，为全剧最胜处，〔折桂令〕尤佳，词云："住平康十字南街。下马陵边，贴翠门开。十三龄五色衣裁。试舞宜春，掌上飞来。第一所烟花锦寨，第一面风月牙牌。飐鸦鬟紫燕横钗，蹴罗裙金缕兜鞋。这朵云不借风行，这枝花不倩人栽。"极生动妍冶，余最喜诵之。《一片石》《第二碑》中土地夫妇，最为绝倒，曲家每不善科诨，惟此得之。至《长生箓》等四剧，皆迎銮应制之作，可勿论也。

舒铁云《瓶笙馆修箫谱》，以《当垆》为艳冶。余最爱《拥髻》一折，论断史事，极有见地。如〔桂枝香〕云："远条仙馆，迤逦着含风别殿。那里是弄风弦沨沨同心，倒变做羞月貌尹邢避面。"又云："放一雏开场龙战，留双燕收场鱼贯。恨无边，早只见殿上黄貂出，楼中赤凤眠。"颇为工巧。《访星》折〔玉交枝〕云："趁着天风颠播，看枯木在长流倒拖。有天无地人一个，早二十八宿胸罗。"又〔三月海棠〕云："为治河，看宣房瓠子连年破，要崇根至本，永镇烟波，难妥，文武盈廷无一可。饥来吃饭闲来卧，因此勤宵旰，作诗歌，客星一个应该我。"此二曲别有风趣，与铁云诗不同。

杨笠湖以名进士宦蜀，就文君妆楼故址，筑吟凤阁，更作散套以庆落成，而《却金》折则思祖德，《送风》折则自为写照也。是书共三十二折，每折一事，而副末开场，又袭用传奇旧式，是为笠湖独创，但甚合搬演家意也。此曲警策语颇多，如《钱神庙》之豪迈，《快活山》之恬退，《黄石婆》《西塞山》之别出机杼，皆非寻常传奇所及。而最著者，唯《罢宴》一折，记寇莱公寿，思亲罢贺事，其词足以劝孝。如〔满庭芳〕云："想当初辛勤教养，他挑灯伴读，落叶寒窗，那有余辉东壁分光亮。单仗着十指缝裳，继膏油叫你读书朗朗，拈针线见他珠泪双双。真凄怆，到如今，怎金莲银炬，照不见你憔悴老萱堂。"〔朝天子〕云："抚孤儿暗伤，代先人义方，为延师尽把钗梳当。只要你成名不负十年窗，倚定门间望。怎知他独自支当，背地糟糠。要你男儿志四方，又怕你在那厢，我在这厢，眼巴巴到你学成一举登金榜。"此二支描写慈母情形，动人终天之恨，此阮文达所以罢酒也。

陈栋，字浦云，会稽人。屡试不第，游幕汴中。其稿名《北泾草堂集》，诗词皆有可观，而曲尤骚雅绝伦。清代北曲，西堂后要推昉思，昉思后便是浦云，虽藏园且不及也。余诣力北词，垂二十年，读浦云作，方知关、王、宫、乔遗法，未坠于地，阴阳务头，动合自然，布局联套，繁简得宜，隽雅清峭，触搅如志，全书具在，吾非阿好也。《苎萝梦》，记王轩梦遇西施事。以轩为吴王后身，生前尚有一月姻缘未尽，因示梦补欢，其事亦新。四折皆旦唱，语语本色，其艳在骨。第一折〔鹊踏枝〕云："值甚么小婵娟，丧黄泉，再不该污玉儿曾侍东昏，

抱琵琶肯过邻船。多谢你母鸟喙把蕙兰轻翦，倒作成了女三闾忠节双全。"〔六幺序〕云："翻花色那千样，费春工只一年，簇新的改换从前。就是绿近阑干，红上秋千，也须要做意儿周旋。满庭除滚的春光遍，道不得这颜色好出天然。料天公肯与行方便，几时价暖风丽日，微雨疏烟。"〔柳叶儿〕云："旧家乡桃花人面，老君王布袜青毡，打云头一霎都相见。堪消遣，好留连，这几日真有些不羡神仙。"第二折〔上京马〕云："原来是擘花房巧构的小姑苏，艳影香尘乍有无，多谢他颠倒化工将恨补。只怕这一星星羽化凌虚，还不比兔丝葵麦，憔悴返玄都。"又〔醋葫芦〕第四支云："则见他拂青霄气似虹，步苍苔形似虎，依然是江东伯主旧规模，怎眼乜斜盼不上捧心憔悴女。想我这容颜凋残非故，便不是转胞胎，也难认这幅换稿美人图。"皆精心结撰，直入元人之室。《紫姑神》《维扬梦》亦佳，限于篇幅，不赘。

黄韵珊《鸳鸯镜》，余最爱其〔金络索〕数支，其第二支云："情无半点真，情有千般恨，怨女痴儿，拉扯无安顿。蚕丝理愈梦，没来因，越是聪明越是昏。那壁厢梨花泣尽阑前粉，这壁厢蝴蝶飞来梦里裙。堪嗟悯，怜才慕色太纷纷。活牵连一种痴人，死缠绵一种痴魂，参不透风流阵。"可为情场棒喝。《凌波影》空灵缥缈，较《洛水悲》为佳。

《坦园三剧》，以《桂枝香》为胜，但在词场品第，仅足为藏园之臣仆耳。

梁廷柟"小四梦"，曲律多误。曼殊剧略优，排场太冷。

徐午阁《白头新》，科诨不恶，首折引子〔绛都春〕云："春明梦后，剩十斛缁尘，归逐东流。叶落庭空，满阶凉月添偎僽。鹤氅鬔兀自把梅花守，盼不到南枝春透。"此数语甚佳。其他《合昏》之〔风云会〕、〔四朝元〕亦可读。余则平平，然较《梨花雪》，却无时文气矣。

荆石山民黄兆魁《红楼梦散套》，脍炙人口，远胜仲、陈两家。世赏其《葬花》，余独爱其《警曲》〔金盏儿〕二支，可云压卷。首支云："猛听得风送清讴，是梨香演习歌喉。一声声绿怨红愁，一句句柳眷花羞。教我九曲回肠转，蹙损了双眉岫。姹紫嫣红尽日留，怎不怨着他锦屏人看贱得韶光透？想伊家也为着好春僝僽。黄土朱颜，一霎谁长久？岂独我三月厌厌，三月厌厌，度这奈何时候。"次支云："那里是催短拍低按梁州，也不是唱前溪轻荡扁舟。一心儿凤恋凰求，一弄儿软款绸缪。这的是有个人知重，着意把微词逗。真个芳年水样流，怎怪得他惜花人，掌上儿奇擎毂，想从来如此的钟情原有。今古如花一例，一例的伤心否，把我体软哈哈，软体哈哈，坐倒这苔钱如绣。"似此丰神，直与玉茗抗行矣。

《春水轩》九种，以《陈伯玉碎琴》为痛快，较孔东塘《大忽雷》更觉紧凑。《琴别》折亦较心余《冬青树》胜。

上所论列，独缺闺秀作，第作者殊不多，除吴蘋香《饮酒读骚图》《古香十种》外，亦寥寥矣。

下　篇

中国古典戏剧名家名作解析

罗振玉藏元刊杂剧三十种

王国维

　　上虞罗氏所藏元刊杂剧，凡三十种，旧藏吴门顾口，去岁日本人某购之以东，为罗君所得，乃黄荛圃故物也。荛翁题跋，屡称其所藏词曲之富。以明李中麓所居有词山曲海之名，故自名其室曰"学山海居"。其所藏词最著者，有元刊《东坡乐府》二卷、元刊《辛稼轩长短句》十二卷，后归汪氏艺芸精舍，今在杨氏海源阁，临桂王氏四印斋曾刊之。此外尚有汲古毛氏影宋本词若干种，亦见他题跋中。惟所藏元曲，世未有知其详者，其见于《士礼居题跋》者，仅《太平乐府》《南峰乐府》二种，与钱唐丁氏所藏元刊《阳春白雪》，为荛翁故物耳。不谓尚有此秘笈。此书书匣，尚为黄氏旧物，上刊荛翁手书楷十二字，曰"元刻古今杂剧乙编士礼居藏"，隶书二字，曰"集部"。此编既为乙编，则尚有甲编，今不知何在矣。

　　此三十种中，其为《元曲选》所有者十三种，其目为《大都新编楚昭王疏者下船》（郑廷玉撰）、《新刊的本泰华山陈传高卧》（马致远撰）、《赵氏孤儿》（纪君祥撰）、《新刊的本薛仁贵衣锦还乡》（张国宾撰）、《新刊关目陈季卿悟道竹叶舟》（范康撰）、《大都新刊关目公孙汗衫记》（张国宾撰）、《新刊关目看钱奴买冤家债主》（郑廷玉撰）、《新刊关目马丹阳三度任风子》（马致远撰）、《新刊关目张鼎智勘魔合罗》（孟汉卿撰）、《新刊死生交范张鸡黍》（宫天挺

撰）、《新编岳孔目借铁拐李还魂》（岳伯川撰）、《新刊的本散家财天赐老生儿》（武汉臣撰）。

此十三种，与《元新曲选》本，大有异同。此外十七种，则明以后未有刊本，其目为《古杭新刊关目李太白贬夜郎》（王伯成撰）、《新刊关目严于陵垂钓七里滩》（宫天挺撰。此本撰人，本无可考，惟元钟嗣成《录鬼簿》载天挺有《严子陵钓鱼台杂剧》，此剧意极近天挺所撰）、《范张鸡黍》（殆即宫所撰也）、《古杭新刊尉迟恭三夺槊》（尚仲贤撰）、《古杭新刊关目风月紫云庭》（据《录鬼簿》，石君宝、戴善甫均有《诸宫调风月紫云庭杂剧》，此不知谁作）、《大都新编关张双赴西蜀梦》（关汉卿撰）、《新刊关目诈妮子调风月》（关汉卿撰）、《古杭新刊关目辅成王周公摄政》（郑光祖撰）、《新刊关目诸葛亮博望烧屯》（撰人无考）、《新刊关目全萧何追韩信》（金仁杰撰）、《古杭新刊的本关大王单刀会》（关汉卿撰）、《新编关目晋文公火烧介子推》（狄君厚撰）、《新刊关目闺怨佳人拜月亭》（关汉卿撰）、《大都新刊关目的本东窗事犯》（孔文卿撰）、《古杭新刊霍光鬼谏》（据元姚桐寿《乐郊私语》，乃元杨梓撰）、《新编足本关目张千替杀妻》（撰人无考）、《古杭新刊小张屠焚儿救母》（撰人无考）。

原书皆不著撰人姓名，余为考订如下。惟《小张屠焚儿救母》一本，前人从未著录，盖亦元末明初人所未见也。此书大抵有曲无目，讹别之字，满纸皆是。板乐亦似今之七字唱本，然为皆元刊无疑。其中惟《范张鸡黍》《岳孔目替》《杀妻》《焚儿救母》四种为大字，余的小字。其题大都或古杭新刊云云，恐著其原本所出，未必后人忙集各处本而成此书也。尧圃所藏曲，尚有元刊《琵琶记》，见于《题跋》。今贵池刘氏所藏者，不知即其书否？黄尧圃所藏元刊本《琵琶》《荆钗》二记均归汪阆园，见《艺芸精舍宋元本书目》。后《琵琶记》为吴县潘文勤公所得，又入溇阳端忠敏家。忠敏卒后，其书在贵油刘葱石处，内元刊《荆钗记》亦在刘氏。然据缪艺风秘监言，《荆钗记》中有制艺数篇，显系明刊。余向疑《荆钗》为明宁献王作，何以有元刊本，闻秘监言乃悟。

元刊《小张屠焚儿救母》杂剧

元刊无名氏《小张屠焚儿救母》杂剧，元钟嗣成《录鬼簿》、明宁献王《太和正音谱》均未著录。其剧演汴梁张业屠，事母孝，母病剧，向其邻王员外贷钱购药，不允。乃与其妻遥祷东岳神，愿以其子焚诸醮盘内，以乞母命。母病果愈。至三月二十八日东岳生辰，乃携其子往泰安还愿。适王员外亦挈其子万宝奴往，神乃令鬼卒以王子易张子，而送张子还汴。

初疑世不容有此种残酷事，及读《元典章》（五十七），乃知元时竟有是俗。《典章》载皇庆二年正月某日，福建廉访司承奉行台准御史台谘，承奉中书省札付呈据：山东京西道廉访司，申本道封内有泰山东岳，已有皇朝颁降祀典，岁时致祭，殊非细民诡渎之事。今士农工商，至于走卒相仆俳优倡伎之徒，不谙礼体，每至三月，多以祈福赛神还口愿，废弃生理，敛聚钱物金银器皿鞍马衣服缎疋。不问远近，四方辐辏，百万余人，连日纷闹。近为刘信酬愿，将伊三载痴儿，抛投醮纸火池，以至伤残骨肉，灭绝天理，聚众别生余事。岳镇海济，圣帝明王，已蒙官破钱物，命有司岁时致祭。民间一切赛祈，并宜禁绝。得此，本台具呈照详，送刑部与礼部一同议得（中略）。今承刑部约，请到礼部郎中李朝列一同议得：岳渎名山，国家致祭，况泰山乃五岳之尊。今此下民，不知典礼，每岁孟春，延及四月，或因父母，或为己身，或称祈福以烧香，或托赛神而酬愿，拜集奔趋，近路旁午，工商技执，远近咸集，投资舍身，无所不至。愚惑之人既众，奸恶之徒岂无，不惟亵渎神灵，诚恐别生事端。以此参详，合准本道应廉访司所言，行移合属，钦依禁治，相应具呈照详，得此都省仰依上施行云云。

则泰山焚儿还愿，元时乃真有此事，不过剧中易刘信为张屠，又谬悠其事实。元时火葬之风最盛，乃至焚及生人，迷惑之酷竟至于此。乃国家禁之，作剧者犹奖励之，是亦不可以已乎。

元刊《张千替杀妻》杂剧，《太和正音谱》录作《张千替杀妻》，乃《谱》误也。其关目与《太平广记》中载唐人小说《冯燕传》略同。宋曾布曾以大曲水调歌头咏冯燕事，载于宋王明清《玉照新志》，后人或推为戏曲之祖，其实宋人此等大曲甚多，不自布始也。此剧岂翻曾布大曲为之，而易其性命，抑元人又有此种事耶？剧后不云遇赦事，与冯燕略异，然其正名云"贤明侍制翻疑狱，鲠直张千替杀妻"则其案亦遭平反。事殆在白中，而刊本删之欤？

元刊本《霍光鬼谏》杂剧

元刊《霍光鬼谏》杂剧，《太和正音谱》著录，属之无名氏，然元姚桐寿《乐郊私语》谓："海盐少年多善歌，乐府皆出于澉川杨氏。当康惠公梓存时，节侠风流，善音律，与武林阿里海涯之子云石交善。云石翩翩公子，无论所制乐府散套，骏逸为当行之冠，即歌声高引可彻云汉，而康惠独得其传。今杂剧中有《豫让吞炭》《霍光鬼谏》《敬德不伏老》皆康惠自制，以寓祖父之意，第去其著作姓名耳。其后长公国材、次公少中，复与鲜于去矜交好，去矜亦乐府擅场。以故杨氏家僮千指，无不善南北歌词者。由是州人往往得其家法，以能歌名于浙右云。"则此剧实海盐杨梓所撰。梓，《元史》无传，惟一见于《爪哇传》中。当至元三十年征爪哇，梓以招谕爪哇等处宣慰司官，随福建行省平章政事伊克穆苏，以五百人，船十艘，先往招谕之。大军继进，爪哇降，梓引其宰相昔剌难答叱耶五十余人来迎。后官至嘉议大夫、杭州路总管致仕。卒，赠两浙都转运使、上轻车都尉，追封宏农郡侯，谥康惠。《乐郊私语》详载其历官爵谥如此。明董毅《续淮水志》，载元徐思敬《宣慰杨公斋粮记》云："前浙西道宣用少中杨公，居海盐澉川镇，事其考安抚总使杨公，以孝闻"云云。则梓又尝为安抚总使。考元代名公如刘太保、卢疏斋等，虽多为小令套数，未尝作杂剧。杂剧家之有事功历显要者，梓一人而已。又据《乐郊私语》记，则后世之海盐腔，元时已有之，且自梓家出。然梓所撰杂剧，则固纯为北曲也。

元剧曲文之佳者

前所记佚剧十七种中，曲文之佳者，当以关汉卿之《闺怨佳人拜月亭》为最。向来只传南曲《拜月亭记》，明人如何元郎、臧晋叔等均盛称之，以为在《琵琶》之上。然细比较之，其佳处均自北剧出，想何、臧辈均未见此本也。他如王伯成之《李太白贬夜郎》、宫天挺之《严子陵垂钓七里滩》，在元剧中亦当为上驷。大用为钓台山院山长，《七里滩》剧当作于为山长时也。

元代"公案剧"产生的原因及其特质

郑振铎

一 何谓"公案剧"

"公案剧"是什么？就近日所传的《蓝公案》《施公案》《彭公案》《包公案》《海公案》一类的书的性质而观之，则知其必当为摘奸发覆，洗冤雪枉的故事剧无疑。吴自牧《梦粱录》所载说"小说"的内容，有烟粉灵怪，传奇公案，朴刀杆棒，发迹变泰的分别。那时，传奇公案，已列为专门的一科，和"烟粉灵怪"的故事，像《洛阳三怪记》《西山一窟鬼》《碾玉观音》等话本，同为人们所爱听的小说的一类了。宋人话本里的"公案传奇"，以摘奸发覆者为最多。情节有极为离奇变幻的，像：

简帖和尚（见《清平山堂话本》及《古今小说》）

宋四公大闹禁魂张（见《古今小说》）

错斩崔宁（见《京本通俗小说》及《醒世恒言》）

勘皮靴单证二郎神（见《醒世恒言》）

合同文字记（见《清平山堂话本》）

等等，尽有足和近代的侦探小说相颉颃的。《宋四公大闹禁魂张》和《勘皮靴单证二郎神》二篇，其结构尤饶迷离徜恍之致。

清平山堂刊的《简帖和尚》，其题目之下，别注一行道：公案传奇。是知"公案传奇"这个名目，在很早的时候便已成为一个很流行的称谓。而这一类"摘奸发覆，洗冤雪枉"的故事，当是很博得到京瓦市中去听小说的人们的喝彩的。他们把它们当作了新闻听；同时，也把它们当作了故事听。

这一类的故事，其根源大多数自然是从口头或文告、判牍中来的。经了说话人一烘染，自会格外的有生趣，格外的活泼动人。

到了元代，杂剧及戏文里，很早的便已染受到这种故事的影响，而将它们取来作为题材。

观于元戏文和杂剧里"公案剧"数量之伙多，可知"公案剧"在当时也必定是很受听众欢迎的。

二　元代的"公案剧"

钟嗣成的《录鬼簿》记录元杂剧四百余本，其中以"公案"故事作为题材的总在十之一以上。即就存于今者而计之，其数量也还可以哀然成为数帙。且列其目于下：

包待制三勘蝴蝶梦

感天动地窦娥冤

包待制智斩鲁斋郎（以上关汉卿作）

包待制智勘后庭花（郑廷玉作）

包待制智勘生金阁（武汉臣作）

救孝子烈母不认尸（王仲文作）

张鼎智勘魔合罗（孟汉卿作）

包待制智勘灰阑记（李行道作）

河南府张鼎勘头巾（孙仲章作）

秦脩然断杀狗劝夫（萧德祥作）

包待制陈州粜米

朱砂担滴水浮沤记

包待制智赚合同文字

神奴儿大闹开封府

玎玎珰珰盆儿鬼（以上无名氏作）

若并《王月英元夜留鞋记》（曾瑞作）、《郑孔目风雪酷寒亭》（杨显之作）一类性质的剧本而并计之，则当在二十几种以上。

元戏文里，也有不少这一类题材的曲本，像：

杀狗劝夫

何推官错勘尸

曹伯明错勘赃

包待制判断盆儿鬼

小孙屠没兴遭盆吊

神奴儿大闹开封府

等等皆是。惜存于今者并不多耳（仅存《杀狗劝夫》及《小孙屠没兴遭盆吊》）。

最有趣的是，公案剧不仅是新闻剧，而且为了不忿于正义的被埋没，沉冤的久不得伸，一部分人却也竟借之作为工具，以哗动世人的耳目，而要达到其"雪枉理冤"的目的。周密的《癸辛杂识》（别集上，照旷阁本）曾载有祖杰的一则，其文云：

温州乐清县僧祖杰，自号斗崖，杨髡之党也。无义之财极丰。遂结托北人，住永嘉之江心寺，大刹也。为退居，号春雨庵，华丽之甚。有富民俞生，充里正，不堪科役，投之为僧，名如思。有三子，其二亦为僧于雁荡。本州总管者，与之至密，托其访寻美人。杰既得之，以其有色，遂留而蓄之。未几，有孕。众口籍之，遂令如思之长子在家者娶之为妻，然亦时往寻盟。俞生者，不堪邻人嘲诮，遂挈其妻往玉环以避之。杰闻之，大怒，遂俾人伐其坟木以寻衅。俞讼于官，反受杖。遂诉之廉司，杰又遣人以弓刀置其家而首其藏军器，俞又受杖。遂诉之行省，杰复行赂，押下本县，遂得甘心焉，复受杖。意将往北求直，杰知之。遣悍仆数十，擒其一家以来，二子为僧者，亦不免。用舟载之僻处，尽溺之，至刳妇人之孕以观男女，于是其家无遗焉。雁荡主首真藏叟者不平，又越境擒二僧杀之。遂发其事于官，州县皆受其赂，莫敢谁何。有印僧录者，素与杰有隙，详知其事，遂挺身出告，官司则以不干己却之。既而遗印钞二十锭，令寝其事，而印遂以赂首，于是官始疑焉。忽平江录事司移文至永嘉云：据俞如思一家七人，经本司陈告事。官事益疑，以为其人未尝死矣。然平江与永嘉无相干，而录事司无牒他州之理。益疑之。及遣人会问于平江，则元无此牒。此杰所为，欲覆而彰耳。姑移文巡检司追捕一行人。巡检乃色目人也，夜梦数十人皆带血诉泣，及晓而移文已至，为之悚然。即欲出门，而杰之党已至，把盏而赂之。甫开樽，而瓶忽有声如裂帛，巡检恐而却之。及至地所，寂无一人。邻里恐累，而皆逃去，独有一犬在焉。诸辛拟烹之，而犬无惊惧之状，遵共逐之，至一破屋，嗥吠不止。屋山有草数束，试探之，则三子在焉，皆恶党也。擒问，不待捶楚，皆一招即伏辜。始设计招杰，凡两月余，始到官，悍然不伏供对。盖其中有僧普通及陈轿番者，未出官。普已赍重货入燕求援，以此未能成狱。凡数月，印僧日夕号诉不已，方自县中取上州狱。是日，解囚上州之际，陈轿番出觇，于是成擒，问之即承。及引出对，则尚悍拒。及呼陈证之，杰面色如土。陈曰："此事我已供了，奈何推托！"于是始伏。自书供招，极其详悉，若有附而书者。其事虽得其情，已行申省。而受其赂者，尚玩视不忍行。旁观不平惟恐其漏网也，乃撰为戏文以广其事。后众言难掩，遂毙之于狱。越五日而赦至。（夏若水时为路官，其弟若木备言其事。）

在这里，我们可以明白，公案剧之所以产生，不仅仅为给故事的娱悦于听众而已，不仅仅是报告一段惊人的新闻给听众而已，其中实孕蓄着很深刻的当代的社会的不平与黑暗的现状的暴露。

　　平民们去观听公案剧，不仅仅是去求得故事的怡悦，实在也是去求快意，去舞台上求法律的公平与清白的！当这最黑暗的少数民族统治的

时代，他们是聊且快意的过屠门而大嚼。

三　元代公案剧产生的原因

所以元代公案剧多量的产生，实自有其严重的社会的意义在着的。我们不要忘记了元代是蒙古人统治中国的一个时代。他们把居住于中国的人民分别为下列的四个等级：

（一）蒙古人，那是天之骄子，贵族，最高的统治者；

（二）色目人，包括回回人及其他西方诸民族的人民在内；他们为了被征服较早；所以蒙古人也利用之，作为统治中国的爪牙；

（三）汉人，包括北方的人民，连金人也在内；

（四）南人，即江南的人民，最后臣服于他们的。

南人是最倒霉的一个阶级，是听任蒙古人、色目人的践踏、蹂躏而不敢开口喊冤的一个被统治、被压迫的阶级。

而蒙古人、色目人，又是怎样的不懂得被征服者们的风俗、习惯，不明了他们的文化，甚至大多数的统治者，都是不明白中国的语言文字的。

叫那大批的虎狼般的言语不通的官僚们，高高在上的统治着各地的民众，怎样的不会构成一个最黑暗、最恐怖的无法律、无天理的时代呢？

即有比较贤明些的官吏们，想维持法律的尊严，然而他们却不能不依靠着为其爪牙的翻译或胥吏的。那一大批的翻译和胥吏，其作恶的程度，其欺凌压迫平民们的手段，是常要较官僚们厉害数倍，增加数倍的。

这样的情形，即以翻译吏支配着法庭的重要的地位的情形，是我们以今日之租借地的法庭的情形一对证便可明白其可怖的程度的。

下面的一段故事，已不记得哪一部笔记里读到了，但印象却深刻到至今不曾暗淡了下来！

在元代，僧侣们的势力是很大的。有一部分不肖的奸僧们便常常的欺压良民。某寺的住持某某，庙产不少，收入颇丰，便以放债为业。到期不还的，往往被其凌迫不堪。有一天，许多债户到他那里请求宽限。但他坚执不允，必求到官理诉。众人便不得已的和他同上官衙。其中有几个黠者，却去求计于相识的翻译。翻译吏想了一会儿之后，便告诉他们以一个妙策：每个债户都手执香枝，一个空场上预先搭好了一个火葬堆。众人拥了那位住持到衙门里去。问官是不懂汉话的，全恃翻译吏为之转译。那位住持向他诉说众债户赖债不还的情形，并求追理。那个翻译吏却把他的话全都搁了下去，另外自己编造了一段神谈，说：那位住持是自知涅槃之期，特来请求允许他归天的，所以众人都执香跟随了他来。问官听了这，立刻很敬重的允许其所求。于是，不由那位住持的分说，争辩，众人直拥他向火葬场走去，还导之以鼓乐，生生的把这位债主烧死了。而那位问官，还被蒙在鼓里，以为他管下真的出了一位圣僧！

这故事未免太残忍，但可见翻译吏所能做的是怎样的倒黑为白的手段！

在这种黑无天日的法庭里，是没有什么法律和公理可讲的。势力和金钱，便是法律的自身。

所以，一般的平民们便不自禁的会产生出几种异样的心理出来，编造出几个形式的公案故事：

第一型是清官断案，不畏势要权豪；小民受枉，终得于直。这是向往于公平的法律，清白的法官的心理的表现。正像唐末之产生侠士剑客的故事，清初遗民之向慕梁山水浒的诸位英雄们的事迹的情形一般无二。这是聊且快意的一种举动。

第二型是有明白守正的吏目，肯不辞艰苦，将含冤负屈的平民，救了出来。这也许在当时曾经有过这一类的事实。饥者易为食，渴者易为饮。他们便夸大张皇其事而加以烘染、描写。这也正是以反证出那一班

官僚们是怎样的"葫芦提",而平民们所向往的竟是那样的一种精明强干的小吏目们!

基于这两点,元代的公案剧,其内容、其情调,便和宋代话本里的公案故事有些不同,也便和明以来的许多"公案剧"像《廉明公案》《海刚峰公案》《包公案》等等,有所不同。

四 与宋代"公案传奇"的不同

宋代的"公案传奇",只不过是一种新闻,只不过是说来满足听众的好奇心的。至多,也只是说来作为一种教训的工具的。在其间,我们只见到情节的变幻,结构的离奇,犯罪者的狡猾,公差们的精细。除了《错斩崔宁》的少数故事之外,很少是含冤负屈,沉怨不伸的。

像《简帖和尚》,这和尚是那么奸狡,然而终于伏了法。当日推出这和尚来,一个书会先生看见,就法场上做了一支曲儿,唤做《南乡子》。

怎见一僧人,犯滥铺模受典刑。案款已成招状了,遭刑,棒杀髡囚示万民。沿路众人听,尤念高王观世音。护法喜神齐合掌,低声,果谓金刚不坏身。

《勘皮靴单证二郎神》写道士孙神通冒充二郎神,奸污了内宫韩夫人。后来,因了一只皮靴,生出许多波折,终于被破获伏法而死。"正是:但存夫子三分礼,不犯萧何六尺条。自古奸淫应横死,神通纵有不相饶。"

说书者们是持着那样的教训的态度。

便是包公的故事,像《合同文字记》,也并不怎样的"神奇",也不是什么专和"权豪势要"之家作对的情节,只是平平淡淡的审问一桩家产纠纷的案件。"包相公问刘添祥:这刘安德是你侄儿不是?老刘言不是。刘婆亦言不是。既是亲侄儿,缘何多年不知有无。包相公取两纸合同一看,大怒,将老刘收监问罪。"

这些，都是常见的案件，都是社会上所有的真实的新闻，都是保存于判牍、公文里的故事，而被说话人取来加以烘染而成为小说的。除了说新闻，或给听众以故事的怡悦之外，很少有别的目的，很少有别的动机。说话人之讲说这些故事，正和他们之讲说"烟粉灵怪""朴刀赶棒"一类的故事一样，只是瞎聊天，只是为故事而说故事。

五　元代公案剧的特质

但元代公案剧的作者们却不同了。他们不是无目的的写作，他们是带着一腔悲愤，要借古人的酒杯，以浇自己的块垒的。所以，往往把古人的公案故事写得更为有声有色，加入了不少的幻想的成分进去。包待制在宋人话本里，只是一位精明强干的官僚。在明、清人的小说里，只是一位聪明的裁判官。但在元代杂剧里，他却成了一位超出乎聪明的裁判官以上的一位不畏强悍而专和"权豪势要"之家作对头的伟大的政治家及法官了。他甚至于连皇帝家庭里的官司，也敢审问（像《金水桥陈琳抱妆盒》）。

[双调新水令]钦承圣敕坐南衙，掌刑名纠察奸诈。衣轻裘，乘骏马，列祗候，摆头踏。凭着我憨劣村沙，谁敢道侥幸奸猾！莫说百姓人家，便是官宦贤达，绰见了包龙图影儿也怕！

——《包待制智勘后庭花》

一般平民们是怎样的想望这位铁面无私、不畏强悍的包龙图复生于世呀！然而，他是属于宋的那一代的，他是只能在舞台上显现其身手的！

这，便把包龙图式的故事越抬举得越崇高，而描写便也更趋于理想化的了。

元代有许多的"权豪势要"之家，他们是不怕法律的，不畏人言的。他们要做什么便做什么，用不着顾忌，用不着踌躇。像杨髡，说发掘宋陵，他便动手发掘，谁也不敢多说一句话。——虽然后来曾造作了许多因果报应的神话，以发泄人民的愤激。而杨髡的一个党羽，僧祖

杰，竟敢灭人的全家，而坦然的不畏法律的制裁。要不是别一个和尚和他作对，硬出头来举发，恐怕他是永远不会服辜的。要不是有一部分官僚受舆论的压迫而毙之于狱，他是更可以坦然的被宣告无罪而逍遥自在的。（他死后五日而赦至！）连和尚都强梁霸道到如此，那一班蒙古人、色目人自然更不用说了。法律不是为他们设的！

《包待制智斩鲁斋郎》所写的鲁斋郎，是哪样的一个人？且听他的自述。"花花太岁为第一，浪子丧门再没双。街市小民闻吾怕，我是权豪势要鲁斋郎。……小官嫌官小不做，嫌马瘦不骑。但行处引的是花腿闲汉，弹弓粘竿，鶻鸟小鹞。每日价飞鹰走犬，街市闲行。但见人家好的玩器，怎么他倒有，我倒无。我则借三日，玩看了，第四日便还他，也不坏了他的。人家有那骏马雕鞍，我使人牵来，则骑三日，第四日便还他，也不坏了他的。我是个本分的人！"这样的一个本分的人，便活是蒙古或色目人的一个象征。他仗着特殊的地位，虽不做官，不骑马，却可以欺压良民，掠夺他们之所有。所以，一个公正的郑州人，"幼习儒业，后进身为吏"的张珪，在地方上是"谁不知我张珪的名儿"，然而一听说鲁斋郎，便连忙揢了口。

[仙吕端正好]被论人有势权，原告人无门下。你便不良会，可跳塔轮铡，那一个官司，敢把勾头押。提起他名儿也怕！（幺篇）你不如休和他争，忍气吞声罢，别寻个家中宝，省力的浑家。说那个鲁斋郎，胆有天来大。他为臣不守法，将官府敢欺压，将妻女敢夺拿，将百姓敢蹅踏，赤紧的他官职大的忒稀诧！

总是说他"官职大的忒稀诧"，却始终说不明白他究竟是个什么官。后来他见了张珪的妻子，便也悄悄的对他说，要他把他的妻在第二天送了去。张珪不敢反抗，只好喏喏连声的将他的妻骗到鲁斋郎家中去。直到了十五年之后，包待制审明了这案，方才出了一条妙计，将鲁斋郎斩了。然这最后的一个结局，恐怕也只是但求快意，实无其事的罢。

《包待制智勘生金阁杂剧》里的庞衙内，也便是鲁斋郎的一个化身。

他是"权豪势要之家，累代簪缨之子"。嫌官小不做，马瘦不骑，打死人不偿命。若打死一个人，如同捏杀个苍蝇相似。他"姓庞名绩，官封衙内之职"。然而这"衙内"是何等官名？还不是什么"浪人"之流的恶汉、暴徒么？他夺了郭成的"生金阁"，抢了郭成的妻，还杀死了郭成。他家里的老奶娘，知道了这事，不过在背地里咒骂了他几句，他却也立即将她杀死。他不怕什么人对他复仇。直到郭成的鬼魂，提了头颅，出现在大街上，遇到了包拯，方才把这场残杀平民的案件破获了。然而鬼魂提了自己的头颅而去喊冤的事是可能的么？以不可能的结局来平熄了过分的悲愤，只有见其更可痛的忍气吞声的状相而已！

便捉赴云阳，向市曹，将那厮高杆上挑，把脊筋来吊。我着那横亡人便得生天，众百姓把咱来可兀的称赞到老。

这只是快意的"咒诅"而已。包拯除去了一个庞衙内，便被众百姓"称赞到老"，可见这值得被众百姓"称赞到老"的官儿在元代是如何的缺乏，也许便压根儿不曾出现过。所以只好借重了宋的那一代的裁判官包拯来作为"称赞"的对象了。

《包待制陈州粜米杂剧》里的刘衙内也便是鲁斋郎、庞衙内同类的人物。朝廷要差清廉的官到陈州去粜米，刘衙内却举荐了他的一个女婿杨金吾，一个小衙内（他的儿子）刘得中去。这二人到了陈州倚势横行，无恶不作。他们粜米，"本是五两银子一石，改做十两银子一石；斗里搋上泥土糠粃，则还他个数儿。斗是八升小斗，秤是加三大秤。如若百姓们不服，可也不怕。放着有那钦赐的紫金锤呢。"

所谓"钦赐的紫金锤"，便是那可怕的统治者的权力的符记罢。一个正直的老头儿，说了几句闲话，他却吃了大苦：

［仙吕点绛唇］则这官吏知情，外合里应，将穷民并。点纸连名，我可便直告到中书省。

［混江龙］做的个上梁不正，只待要损人利己惹人憎。他若是将咱刁蹬。休道我不敢掀腾！柔软莫过溪涧水，到了不平地上也高声。他也

故违了皇宣命，都是些吃仓廒的鼠耗，咂脓血的苍蝇。

［油葫芦］则这等攒典？哥哥体强挺，你可敢教我亲自秤。今世人那个不聪明，我这里转一转，如上思乡岭，我这里步一步，似入琉璃井。秤银子秤得高，哎，量米又量的不平。元来是八升喂小斗儿加三秤，只俺这银子短二两，怎不和他争！

［天下乐］你比那开封府包龙图少四星，卖弄你那官清法正行，多要些也不到的担罪名。这壁厢去了半斗，那壁厢掠了几升。做的一个轻人来还自轻。

［金盏儿］你道你奉官行，我道你奉私行。俺看承的一合米，关着八九个人的命。又不比山麋野鹿众人争，你正是饿狼口里夺脆骨，乞儿碗底觅残羹。我能可折升不折斗，你怎也图利不图名。

他这样的争着，却被小衙内命手下人用紫金锤将他打得死去活来：

［村里迓鼓］只见他金锤落处，恰便似轰雷着顶。打的来满身血逬，教我呵怎生扎挣！也不知打着的是脊梁，是脑袋，是肩井。但觉的刺牙般酸，剜心般痛，剔骨般疼。哎哟，天哪！兀的不送了我也这条老命！

［元和令］则俺个籴米的有甚罪名，和你这粜米的也不干净！现放着徒流笞杖，做下严刑，却不道家家门外千丈坑，则他这得填平处且填平，你可也被人推更不轻！

［上马娇］哎，你个萝卜精头上青，坐着个受钞的寿官厅，面糊盆里专磨镜。哎，还道你清，清赛玉壶冰！

［胜葫芦］都只待遥指空中雁做羹，那个肯为朝廷。有一日受法餐刀正典刑，恁时节钱财使罄，人亡家破，方悔道不廉能。

［后庭花］你道穷民是眼内疔，佳人是颔下瘿，便容你酒肉摊场吃，谁许你金银上秤秤。儿也，你快去告不须惊，只指着紫金锤专为照证。投词院直至省，将冤屈叫几声。诉出咱这实情，怕没有公与卿，必然的要准行。任从他贼丑生百般家着智能，遍衙门告不成，也还要上登闻将怨鼓鸣。

这老头子，张懒古，是咒骂得痛快，但他却牺牲了他的性命。"柔软莫过溪涧水，到了不平地上也高声"，他们是那末可怜的呼吁和哀鸣呀！然而便这"高声"的不平鸣，也成了罪状而被紫金锤所打死。

后来，包待制到陈州来查，张懒古的儿子小懒古方才得报他父亲之仇。包待制将张金吾杀死，还命小懒古亲自用紫金锤将刘小衙内打死。刘衙内将了皇帝的赦书来到时，却发现了他的子和婿的尸身。包待制不留情的连他也捉下。

这当然是最痛快的场面。然而，这是可能的事么？

总是以不可能的结局来作为收场，还不是像唐末人似的惯好写侠士剑客的雪不平的故事的情形相同么？

六　糊突的官

写包待制是在写他们的理想中的贤明正直的裁判官的最崇高的型式。同时却有许多糊涂的官府，毫不懂事，毫不管事，专靠着他们的爪牙（即吏役们）作为耳目。判案的关键竟完全被执握在那些吏目的手里。

蒙古官或色目官都是不认得汉字，不懂得汉语，更是不明白什么法律的。最本分的官府，是听任着他们的翻译和吏目们的播弄的；而刁钻些的，或凶暴些的，其为非作歹，自更不堪闻问了！

但有心于作恶的不良的官吏，总没有糊突无知的多。而在糊突无知的作为里，被牺牲的平民们也决不会比敢作敢为的恶官僚少些。大抵做官糊突的，总有一个特征，什么都颠倒糊突，任人播弄，但至少有一点是不糊突的：那便是贪污的好货的心！糊突官大抵十有九个是贪赃的。

有许多的元代公案杂剧，都写的是官府的如何糊涂的断了案，被告们如何的被屈打成招。

关汉卿的那一部大悲剧《感天动地窦娥冤》，便写的是，张驴儿想以毒药杀死了蔡婆，却误杀了他自己的父亲；反诬窦娥为药死他老子的

人，告到了官府。那糊突的官府，却糊里糊涂的把窦娥判决了死刑。且看这戏里的官府：

（净扮孤引祗候上，诗云）我做官人胜别人，告状来的要金银。若是上司当刷卷，在家推病不出门。下官楚州太守桃杌是也。今早升厅坐衙。左右，喝撺厢。

（祗候幺喝科）

（张驴儿拖正旦卜儿上，云）告状，告状！

（祗候云）拿过来。

（做跪见，孤亦跪科，云）请起！

（祗候云）相公，他是告状的，怎生跪着他。

（孤云）你不知道，但来告状的就是我衣食父母！

而这种以"告状的为衣食父母"的官府，除下毒手将被告屈打成招以外是没有第二个方法的：

［骂玉郎］这无情棍棒，教我挨不的，婆婆也，须是你自做下怨他谁！劝普天下前婚后嫁婆娘每，都看取我这般傍州例。

［感皇恩］呀，是谁人唱叫扬疾，不由我不魄散魂飞。恰消停，才苏醒，又昏迷。捱千般打拷，万种凌逼，一杖下，一道血，一层皮。

［采茶歌］打的我肉都飞血淋漓，腹中冤枉有谁知。则我这小妇人毒药来从何处也，天哪，怎么的覆盆不照太阳辉！

严刑之下，何求不得，窦娥便只得招了个："是我药死公公来。"

孟汉卿的《张孔目智勘魔合罗》里所写的南府的县令是这样的一个人物：

我做官人单爱钞，不问原被都只要。若是上司来刷卷，厅上打的鸡儿叫。

而他的手下得用的吏目萧令史却又是这样的一个人物：

官人清如水，外郎白如面。水面打一和，糊涂成一片！

这几句话便是他们最好的供状！在这"糊涂成一片"的场面上，无辜的刘玉娘便被迫着不得不供道："有小叔叔说，玉娘与奸夫同谋，合毒药药杀丈夫"了！

王仲文的《救孝子贤母不认尸》里的官巩得中是："小官姓巩，诸般不懂。虽然做官，吸利打哄。"他不会问案。诸事都靠着他的令史。

（令史云）相公不妨事，我自有主意。

（孤云）我则依着你。

这样，因了官的糊涂，便自然而然的把权力都放在吏的身上去了。

李行道的《包待制智勘灰阑记》里的糊突官郑州太守苏顺，他的自述更是逼真：

"虽则居官，律令不晓，但要白银，官事便了。可恶这郑州百姓欺侮我罢软，与我起个绰号，都叫我做模棱手。因此我这苏模棱的名，传播远近。"

他听了原告马员外妻的诉词却是不大明白：

"这妇人会说话，想是个久惯打官司的。口里必力不剌说上许多，我一些也不懂的。快去请外郎出来。"

这"外郎"便正是播弄官府的吏目。

这种糊突的官府，在别一个时代是不会大量产生的，只有在这元代，在这少数民族统治了中国的时代，才会产生了这许多怪事奇案！而那大批的糊突透顶的官府们恰便是那些无数的不会开口说话，不会听得懂原被告的诉词的蒙古官儿、色目官儿们的化身。

七　横暴的吏目

随着官的糊突，便渐渐的形成了吏的专横。官所依靠于吏者愈甚，吏之作奸犯科，上下其手的故事便愈多。

为汉奸的翻译吏，往往其凶暴的程度是更甚于本官的。官如梳，吏则如篦。其剥削百姓们的手段，是因了他熟悉当地的情形而更为高明的。

吏的故事，因此，在元代的公案剧里便成了一个特殊的东西。几乎在任何糊突官的故事里，总有一个毒辣狠恶的吏目在其中衬托着，而其地位也较本官更为重要。

他们惯于蒙蔽上官，私受请托，把一场屈官司，硬生生的判决了下来。无理的强扭作有理，有理的却反被判为有罪。而其关键则都在狡猾的罪人的知道如何的送礼。

无名氏的《神奴儿大闹开封府杂剧》，叙李德义妻王腊梅杀死了他的侄儿神奴儿，却反诬神奴儿的寡女陈氏，因奸气杀了他哥哥，谋害了他侄儿。因了李德义的私下送钱给"外郎"，"外郎"便将陈氏屈打成招了。

〔尧民歌〕呀，他是个好人家，平白地指着奸夫。哎，你一个水晶塔官人忒胡突，便待要罗织就这文书，全不问实和虚。则管你招也波伏，外郎呵，自窨付兀良，可是他做来也那不曾做。

〔耍孩儿〕你可甚平生正直无私曲，我道您纯面搅则是一盆糊。若无钱怎挝得你这登闻鼓。便做道受官厅党太尉能察雁，那里也昌平县狄梁公敢断虎。一个个都吞声儿就牢狱。一任俺冤仇似海，怎当的官法如炉。

这两段话，把这"外郎"骂得够痛快了，但还不足以尽其罪状的百一！《灰阑记》里的赵令史，又《救孝子》里的"令史"，又《勘头巾》里的赵令史等等，也没有一个不是这样的人物。

〔滚绣球〕人命事，多有假，未必真。要问时，则宜慢，不可紧。为甚的审缘因再三磨问，也则是恐其中暗昧难分。休倚恃你这牙爪威，休调弄你这笔力狠，你那笔尖儿快如刀刃，杀人呵须再不还魂！可不道闻钟始觉山藏寺，到岸方知水隔村，休屈勘平人！

——《救孝子》

〔牧羊关〕我跟前休胡讳，那其间必受私。既不沙怎无个放舍悲慈。常言道饱食伤心，忠言逆耳。且休说受芭苴是穷民血，便那请俸禄

105

也是瘦民脂。咱则合分解民冤枉，怎下的将平人去刀下死。

［隔尾］这的是南衙见掌刑名事，东岳新添速报司，怎禁那街市上闲人厮讥刺。见放着豹子豹子的令史，则被你这探爪儿的颓人将我来带累死！

——《勘头巾》

虽然是有人在这样的劝告着，拦阻着，然而那狠恶的吏是作恶如故。这还是受贿而被金钱的脂膏污腻了心肠的。更可怕的是，那吏的本身便是一个罪犯，他凭借着特殊的势力为非作歹；那案情便更为复杂、更为残酷了。

《包待制智勘灰阑记》叙马员外妻和赵令史有奸，她便串通了赵令史，把丈夫的姜张海棠屈打成招，说她药杀丈夫。又把她所生的一个孩子夺了过来。要不是包待制勘出了真情，张海棠便非死在他的刀笔之下不可。

元戏文《遭盆吊没兴小孙屠》写的是：一个令史朱邦杰，恋爱孙必达妻李琼梅，却设计去害必达和他的弟弟必贵（因他冲破了他们的秘密）。必贵在狱中被盆吊死。要不是东岳泰山府君下了一场大雨，救醒了必贵，他已是成了一个含冤负屈的鬼魂了。虽是贤明的官府，却也发觉不了他们的鬼计。为了他们杀死了一个梅香，冒作琼梅，说是必达杀妻（其实琼梅是乘机跟随了邦杰走了）。梅香的鬼，虽死而不甘心，其鬼魂老是跟随着他们，因此始得破了案。

把鬼魂报冤的事，当作了全剧的最要紧的关头，明显的可见当时对于这一类作奸犯科的令史们，用人力是无法加以制裁的，故不得不用了人力以外的力量。

八 贤明的张鼎的故事

在横暴的吏目的对面，也不是没有少数的贤明的人物。像元剧所歌颂的张鼎，便是其一。从元剧作者们的特殊的歌颂、赞许那贤明的吏张鼎的事实上看来，我们可以知道，肯行方便的虚心而精明的吏目，在这

黑暗的时代，也尽有可以展布其裁判的天才的机会。换一句话，便是：可见这黑暗时代，操纵那审判的大权的，倒不是官而是吏。吏的贤恶，是主宰着法律的公平与否的。只可惜贤吏太少而恶吏太多，"漫漫长夜何时旦"的局面，只是继续了下去。

在张鼎的故事里，正反映出百姓们的可悲痛的最低度的求公平的希望的微光。

以张鼎为中心人物的故事剧，有《魔合罗》和《勘头巾》。这二故事，都是已被糊突的官府判了死刑的案子。他为了不忍，为了公平，为了正义，才挺身而出，想要求得真情实相。

他是个谨慎小心的人，好行方便，不肯随和着他人而为非作歹。他是个勤恳的贤吏的模范：

〔集贤宾〕这些时曹司里有些勾当，我这里因金押离了司房。我如今身耽受公私利害，笔尖注生死存亡。详察这生分女作歹为非，更和这忤逆男随波逐浪。我可又奉官人委付，将六案掌，有公事怎敢仓皇。则听的冬冬传击鼓，偌偌报揎箱。

在《魔合罗》里，他见到受刑的刘玉娘眼中流下泪来，便去审问她，请求堂上的相公给他复审。他是一个都孔目，素有能吏之名，相公便允许了他的请求。那受了贿的萧令史所编造的判牍，毕竟瞒不过张鼎的精明的眼光。刘玉娘的丈夫李德昌外出为商，病了回家。到家后便死了。他的兄弟李文道告她药杀亲夫。然而没有奸夫，那服毒药也没有下落，究竟在谁家合来，也不知道。

早是这为官的性忒刚，则你这为吏的见不长，则这一桩公事总荒唐。那寄信人怎好不细访，更少这奸夫招状。可怎生葫芦推拥他上云阳！

后来他寻到那寄信人，知道他在送信给玉娘之前，曾遇到李文道，通知过他。由此线索，才把这案情弄明白了：原是李文道合毒药杀死了他哥哥的。

《勘头巾》的故事，似更为复杂。王小二和刘平远有隙，当众声言：要杀死他。他的妻逼小二立了保辜文书。不料刘平远果然被杀，因此王小二遂被嫌疑，逮捕到官，受不过打而屈招。但张鼎却挺身为他辨枉，审问出：道士王知观和刘妻有奸，杀死了他而嫁祸于王小二。其关键在赃物芝麻罗头巾的发现上。得了这头巾，小二的嫌疑乃大白。

张鼎判案时，并不是没有遇到阻力。恶的吏目，总在挑拨着。他们要挑拨本官和张鼎发生意见。果然本官大怒，而要张鼎在三日内审明此案，否则便有罪（二剧皆如此）。张鼎是自怨自艾着："没来由惹这场闲是非，亲自问杀人贼。全不论清廉正直，倒不如懵懂愚痴。为别人受怕耽惊，没来由废寝忘食……则为我一言容易出，今日个驷马却难追！"（《勘头巾》）然而他却终于为了正义而忘身。"则要你那万法皆明，出脱的众人无事，全在你寸心不昧！"（《魔合罗》）不昧的寸心，永远要为正义和公平争斗着。这便是百姓们所仰望着的公正贤明的吏目！这样故事的产生，当然也不会是偶然的。

九 鬼神与英雄

但可痛的是，在实际的黑暗社会里，贤明的吏目像张鼎者是罕有，而不糊突的官府，像包拯者却又只是属于宋的那一代的，百姓们在无可控诉的状态下，便又造作了许多鬼与神与英雄的故事。那些故事又占着元杂剧的坫坛上的大部分的地位。《生金阁》是鬼的控诉的故事。《窦娥冤》《神奴儿》也是如此。无名氏的《玎玎珰珰盆儿鬼》剧更是鬼气森森的逼人。《朱砂担滴水浮沤记》也是由鬼魂出来控诉、报冤的。《小孙屠》戏文，其顶点也在被杀的梅香的鬼的作祟。假如鬼魂无灵的话，那些案件是永远不会被破获的。而神在其中，也是活跃着。《小孙屠》是由东岳泰山府君出场。而《朱砂担》则更惨，王文用被杀的冤魂，在人间是无可控诉的，只是由太尉神领着鬼力，捉住了杀人贼，施行其最后的审判。

英雄替人报仇雪恨的故事是更多。就见存的杂剧算来，有：

（一）黑旋风双献功（高文秀作）

（二）同乐院燕青博鱼（李文蔚作）

（三）郑孔目风雪酷寒亭（杨显之作）

（四）都孔目风雨还牢末（李致远作）

（五）争报恩三虎下山（无名氏作）

等数本，其情节差不多都是相同的。有权力的人，诱走了某人的妻。他到大衙门里去告状，不料遇到的官，却便是那诱走他的妻的那个人。于是不问情由的，将他判罪。这场冤枉是没法从法律上求伸的。于是，一群的英雄们便出现了（李逵，或燕青，或宋彬等等）。他们以武力来代行士师的权与刑罚。他们痛快的将无恶不作的"衙内"之流的人物执行了死刑。——那些"衙内"大约也便是"嫌官小不做，嫌马瘦不骑"的元代的特殊阶级吧。这些水浒英雄们的故事，当时或不免实有其例——天然的，在法律上不能伸的仇冤总会横决而用到武力来代行审判的。

但就上文看来，不能无所感。被统治的或被征服的民族，其生活于黑暗中的状况是无可控诉的。为奴为婢的被践踏、被蹂躏、被掠夺、被欺凌的一生，是在口说笔述以上的可怖的。"嫌官小不做，嫌马瘦不骑"的那些"衙内"是在到处横行着，个个人都便是"权豪势要"的人物。法律不是为他们而设的。不得已，百姓们只好在包拯（甚至降格以求之，在张鼎）那些人的身上去，求得法律上的公平；然而不知包拯却只是属于宋的那一代的！更空虚些，却找到了鬼与神。那自然益发可悲！

倒还是求直于英雄们的武力的，来得痛快！其实，在黑暗的时代，也只有"此"势力足以敌"彼"黑暗的势力耳。然而恐怕连这也只是空想！

论元人所写商人、士子、妓女间的三角恋爱剧

郑振铎

一　史料的渊薮

在官书，在正史里得不到的材料，看不见的社会现状，我们却常常可于文学的著作，像诗、曲、小说、戏剧里得到或看到。在诗、曲、小说、戏剧里所表现的社会情态，只有比正史、官书以及"正统派"的记录书更为正确、真切，而且活跃。在小说、戏剧，以及诗、曲里所表现的，不一定是枯燥的数字，不一定是无聊的事实的帐本，——要在那里去寻找什么数字，十分之十是要失望的——而是整个的社会，活泼跳动的人间。

我以为，我们今日要下笔去写一部中国历史——一部通史、文化史、社会史、经济史等等——如果踢开了或抛弃了这种活生生的材料，一定要后悔不迭的。唐代的史料存在于《太平广记》和《全唐诗》里的，准保要比新、旧《唐书》多而重要。同样的，我们要知道元代——这个畸形的少数民族统治的黑暗时代——的状况，元杂剧和元散曲却是第一等的最活跃的材料的渊薮。

那些戏剧的题材，尽管说的秦皇、汉祖，写的是杨妃、昭君，唱的是关大王、黑旋风，歌颂的是包龙图、王鬷然，描写的是烟粉灵怪、金戈铁马、公案传奇，然而在这一切人物与情节的里面，却刻骨镂肤的印

上了元这一代的社会的情态——任怎样也拂拭不去，挖改不掉。

同时，元这一代的经济力是怎样的强固的爬住了这些戏剧、散曲，而决定其形态，支配其题材的运用之情形，也可于此得见之。

诚然的，现在留存的许多元剧，还有令我们感到不足的地方，特别是有许多曾经过明人的改订、增入，而失去了一部分的原形。但那也并无大害。我们很不难在那真伪的材料之间求得一个决定。

这里所论的，是许多可讨论的题材里的比较有趣的一个，就是论及元剧里所写的商人、士子和妓女间的三角恋爱的争斗的。以这种"三角恋"的故事为题材的元剧，不在少数，存留于今的也还有不少。然其间，我们很可以窥见元这一代的经济状况的一斑。而同时也便说明了：构成了这种式样的三角恋的戏剧的，乃正是元这一代的那样的"经济状况"在幕后决定着，支配着，指挥着，或导演着。

二 叙写商人、士子和妓女间的"三角恋"的诸剧

以商人、士子、妓女间的三角恋爱的争斗为题材的杂剧，很早的便已经开始了。杂剧之祖的关汉卿，曾作着一本《赵盼儿风月救风尘》。据今日的《元曲选》所载的，此剧的故事为郑州人周同知的儿子周舍和一个秀才安秀实间的争夺妓女宋引章事。但藏晋叔所添注的"说白"，未必可靠。仔细读着全剧，所谓"周舍"者，实是"商"而非"官"。他是一个富商，并非一个官家子弟。

〔雁儿落〕这厮心狠毒，这厮家豪富，冲一味虚肚肠，不踏着实途路。（第四折）

〔赚煞〕……哎，你个双郎子弟，安排下金冠霞帔，却则为三千茶引，嫁了冯魁。（第一折）

还不明明的说是和双渐、苏卿的故事相同么？不过苏卿之嫁冯魁，是心不愿，宋引章之嫁周舍（？），却是她自己所欲的。她不听她好友赵盼儿之劝，竟抛弃了穷秀才的安秀实而嫁给了豪富的周舍。这大约是人情

世态之常。但后来，引章为周舍所虐待，赵盼儿才偕安秀实去救出了她。结果，还是秀才胜利。

所谓双渐、苏卿的故事，曾盛行于元这一代，作为歌曲来唱者不下七八套（皆见《雍熙乐府》）。王实甫则写了《苏小卿月下贩茶船》一本。张禄《词林摘艳》存其一折（《粉蝶儿》套，大约是第二折吧）。其故事是：妓女苏小卿喜书生双渐，而渐则贫穷无力。有茶商冯魁者，携二千茶引发售，遇见小卿而悦之。即设计强娶了小卿到茶船上来。小卿终日在船无聊。后双渐为临川令，复将小卿夺了过来。

无名氏《斗鹌鹑》套，写"赶苏卿"事，最为明快。小卿和双渐相见了：

［幺篇］……见了容仪，两意徘徊，撇了冯魁。怎想道今宵相会！解缆休迟，岸口慌离，趁风力到江心一似飞。

［尾声］冯魁酩酊昏沉睡，不计较苏卿见识。一个金山岸醒后痛伤悲，一个临川县团圆庆贺喜。

他们是这样的双双脱逃而去。实甫的一套，写的却是鸨母和冯魁设计，伪作双渐写给小卿的信，和她决绝。她虽因此不得已而嫁了冯魁，而心里却是百分的不愿意。"你道是先忧来后喜，我着你有苦无甜。"

［尧民歌］使了些精银夯钞买人嫌，把这厮别了髓，挑了筋，剐了肉不伤廉。我从来针头线角不会拈，我则会傅粉施朱对妆奁。心严财钱信口添，着这厮吃我会开荒剑。

这故事成了后来许多同型故事的范式。许多写商人、士子、妓女间的三角恋者，均有意无意的受了这双渐、苏卿的故事的影响。

马致远的《江州司马青衫泪》也便是双渐、苏卿故事的翻版之一。不过把双渐改成了白居易，苏卿改成了裴兴奴，冯魁改成了浮梁茶客刘一郎耳。白香山的一篇那么沉痛的抒情诗《琵琶行》，想不到竟会变成了这样的一篇悲喜剧！白居易和妓女裴兴奴相恋。当他出为江州司马时，兴奴却被欺骗的嫁给了茶客刘一郎。后二人复在江州江面上相逢。

兴奴等刘一郎睡了之后，却便偷上了居易的船而逃去。因元微之斡旋之力，皇帝竟同意于他们的婚姻，而将刘一郎流窜远方而去。

武汉臣的《李素兰风月玉壶春》也是可被放在这一形式里的。号为玉壶生的秀才李斌，在春天清明节，到郊外去踏青，遇到了妓女李素兰，便即偕同赴妓院里去，同居了许久。有故人陶伯常的，经过嘉兴，取了李斌的万言长策，去见天子。而李斌却受尽了鸨母的气。有个客人甚舍，见素兰而爱之。他原是装了三十车羊绒潞绸到这嘉兴府做些买卖的。鸨母逼走了玉壶生，要教素兰嫁给甚舍。她不肯，竟剪了头发。有一天，素兰正约玉壶生相会，为甚舍等所冲破，而告到了官。这官恰是陶伯常。他已由京回来。这时，天子已看了玉壶生的万言策，甚为嘉许，便命他做了本府同知。素兰遂嫁了他。而甚舍却抗议道："同姓不可为婚。"素兰证明本身姓张，不姓李。于是甚舍被断遣还乡，而玉壶生和素兰则"从今后足衣足食，所事儿足意。呀，不枉了天地间人生一世"。

这样的结果，诚是秀才们所认为"不枉了天地间人生一世"的！

无名氏的《逞风流王焕百花亭》，那故事正是连合了双渐、苏卿和玉壶春的。而情节更惨楚，遇合之际，更为娇艳可喜。有妓女贺怜怜的，在清明佳节，到郊外去游玩。于百花亭上遇见了一个书生，风流王焕。因了卖查梨条的王小二的介绍，二人便做了同伴。半年之后，王焕没了钱财，却被鸨母赶他出去，将怜怜嫁给了西延边上的收买军需的高常彬。常彬居怜怜于一萧寺，内外不通消息。又是王小二替他们传达了一番信息。于是王焕便扮做了一个卖查梨条的。

　　〔随尾煞〕皂头巾裹著额颅，斑竹篮提在手，叫歌声习演的腔儿溜。新得了个查梨条除授，则这的是郎君爱女下场头。

他进了寺，和怜怜相见。得知高常彬私吞军款的事，便到延西边上，向种师道告发了他。师道将常彬杀却，怜怜便嫁给了王焕。这剧所写的高常彬，虽不是一个商人，却是一个收买军需的"买办"，仍是"商人"

的一流。

元末明初的作家贾仲名，有《荆楚臣重对玉梳记》一剧，写的也是双渐、苏卿型的故事。有妓女顾玉香的，和秀才荆楚臣作伴了两年。不料有一东平府客人柳茂英，装二十载棉花来松江货卖。他见玉香而喜之，要和她作伴。当然，那妓家是欢迎他的，便把荆楚臣赶出门外。楚臣得了玉香之助，到京求取功名。茂英再三的以财富诱惑玉香，都被她拒却了。玉香对他说道："则俺那双解元普天下声名播，哎，你个冯员外舍性命推没磨，则这个苏小卿怎肯伏低将料着，这苏婆休想轻饶过。呆厮，你收拾买花钱，休习闲牙磕。常言道：井口上瓦罐终须破！"但茂英还是不省得。玉香被他缠得慌，便逃到京城去。楚臣却中了状元，除句容县令。在途中，玉香为茂英追及。正在逼她时，恰好遇见楚臣。那柳茂英便被锁送府牢依律治罪，而玉香却做了楚臣的夫人。"探亲眷高抬着暖轿，送人情稳坐着香车。"好不体面。

石君宝的《李亚仙诗酒曲江池》一类的杂剧，也可归入这一行列里。不过缺少了商人的一角，而露面者却只有鸨母的恶狠狠的面目耳。

未见流传的杂剧，今见载于《录鬼簿》里者，我们如果就其名目而爬搜了一下，一定还可以寻到不少的这一类的剧本。

白仁甫有《苏小小月下钱塘梦》，武汉臣有《郑琼娥梅雪玉堂春》，戴善甫有《柳耆卿诗酒玩江楼》，王廷秀有《盐客三告状》，殆皆可归入这一类型里去的。而纪君祥有《信安王断复贩茶船》的一剧，也许便是故意开玩笑的一个关于冯魁的翻案文字的滑稽剧吧？《盐客三告状》也许亦为其同类。

三 商人们的被斥责

但这一类型的故事，其共同的组织足可知的。第一，士子和妓女间的热恋。第二，为鸨母所间隔，而同时恰好来了一位阔绰的嫖客。鸨母便千方百计的离间士子与妓女间的感情，或设法驱逐了士子，欺骗着妓

女，强迫她嫁给了那阔绰的嫖客。这阔绰的嫖客呢，大约不是有二千茶引的茶商，便是一个豪富的盐商，一个手头里把握无数钱财的军需官，或一个贩潞绸的山西客人，或一个有二十载货物的棉花商人。第三，妓女必定反抗这强迫的姻缘——但也有自动的愿意嫁给的，像《风月救风尘》，但那是例外。——她或以死自誓，剪发明志，像《玉壶春》里的李素兰，或私自脱逃了去寻找她所恋的，像《重对玉梳记》里的顾玉香。但最多的是，不得已而嫁给了那个商人，像苏卿之嫁给冯魁，裴兴奴之嫁给刘一郎，贺怜怜之嫁给高常彬。第四，士子与妓女间，忽然的重逢了，或在船上，或在山寺，或在途中。而这时，必有超出于经济势力之上的统治者出来，将妓女从商人手中或船里，夺取了去，将她嫁给了士子。

这样的，四个段落，形成了一场悲欢离合的恋爱的喜剧。那布置，简言之，是如下式的：

（一）士子和妓女的相逢；

（二）商人的突入场中；

（三）嫁作商人妇或设法逃脱；

（四）士子的衣锦归来，团圆。

这显然都是以士子为中心，全就士子方面的立场而叙写的戏曲，故对于商人们是，往往加以不必要的轻蔑或侮辱。——也许只有今已失传之《盐客三告状》（？）和《断复贩茶船》之类是故意的写着反面的文章吧。

在士子们的口中，他是怎样自负着，而对商人们是怎样的憎恨，看不起，——这当然的是包蕴着传统的轻视。

［三煞］你虽有万贯财，争如俺七步才。两件儿那一件声名大？你那财常踏着那虎口，去红尘中走；我这才但跳过龙门，向金殿上排。你休要嘴儿尖，舌儿快，这虔婆怕不口甜如蜜钵，他可敢心苦似黄蘗。

——《玉壶春》第三折

有的几乎在破口的大骂着。郑廷玉的《看钱女买冤家债主》云："子好交披上片驴皮受罪罚。他前世托生在京华，贪财心没命煞，他油铛内见财也去抓。富了他三五人，穷了他数万家。今世交受贫乏还报他。"

郑光祖《醉思乡王粲登楼》云："如今那有钱人没名的平登省台，那无钱人有名的终淹草莱，如今他可也不论文章只论财！"这便是骂元这一代的，不过借了古人王粲的口中说出而已。

甚至借妓女之口而骂之，而劝之，而诅咒之：

〔三煞〕贩茶船柱儿大，比着你争些个棉花载数儿俭，斟量来不甚多。那里禁的半载周年，将你那千包百篓，也不索碎扯零挦，则消得两道三科。休恋这隋堤杨柳，歌尽桃花，人赛嫦娥。俺这狠心的婆婆，则是个追命的母阎罗。

〔二煞〕若是娶的我去家中过，便是引得狼来屋里窝。俺这粉面油头，便是非灾横祸。画阁兰堂，便是地网天罗。敢着你有家难奔，有口难言，有气难呵。弄的个七上八落，只待睁着眼跳黄河。

〔黄钟煞〕休置俺这等掂稍折本赔钱货，则守恁那远害全身安乐窝。不晓事的颎人认些回和，没见识的杓俫知甚死活，无廉耻的乔才惹场折挫，难退送的冤魂像个什么。村势煞捻着则管独磨，桦皮脸风痴着有甚飚抹，横死眼如何有个分豁，喷蛆口知他怎生发落，没来由受恼耽烦取快活。丢了您那长女生男亲令阁，量你这二十载棉花值的几何！你便有一万斛明珠也则看的我。

——《重对玉梳记》第二折

甚至极轻蔑的讥笑他，甚至极刻薄的骂到他的形貌和打扮：

〔耍孩儿〕这厮他村则村，到会做这等腌臜态，你向那兔窝儿里呈言献策。遮莫你羊绒绸段有数十车，待禁的几场儿日炙风筛。准备着一条脊骨，挨那黄桑棒，安排着八片天灵撞翠崖。则你那本钱儿光州买了滑州卖，但行处与村郎作伴，怎好共鸾凤和谐。

〔四煞〕则有分别腾的泥球儿换了你眼睛，便休想欢喜的手帕儿兜着下颏。一弄儿打扮的实难赛，大信袋滴溜着三山骨，硬布衫拦截断十字街。细端详，语音儿是个山西客，带着个高一尺和顶子齐眉的毡帽，穿一对连底儿重十斤壮乳的麻鞋。

——《玉壶春》第三折

甚至借商人们自己的口中而数说着自己的不济，不若士子们之有前程：

〔滚绣球〕读书的志气高，为商的度量小，是各人所好。便苦做争似勤学。为商的小钱番做大本，读书的白衣换了紫袍。休题乐者为乐，则是做官比做客较装腰。若是那功名成就心无怨，抵多少买卖归来汗未消，枉了劬劳。

——武汉臣《散家财天赐老生儿》第二折

把商人们厌弃到这般地步，士子们的身价抬高到这般地步；这全是传说的"士大夫"的精灵在作怪。在实际社会上，全然不是这样的。

荆楚臣的情人顾玉香说道：

〔煞尾〕做男儿的，除县宰称了心，为妻儿的，号县君享受福。则我这香名儿贯满松江府，我与那普天下猱儿每可都做的主。

那只是幻想的唱着凯歌而已。为了戏曲作家们多半是未脱"士子"的身份的，他们装着一肚子的不平，故往往对于商人们过分的加以指摘，责骂。

从前，有一个寓言道：人和狮子做了好朋友。他们一同出游，互夸其力量的强大。恰好走过一座铜像下面。那铜像铸着一只狮子，伏在人的足下，俯头贴耳的受人的束缚。人道：这不是人的力量强过狮子的证据么？狮子笑道：你要知道，那铜像是人铸的呀。如果是狮子铸来树立的，便会是人俯伏于狮的足下了。

这正足以说明，那些三角恋爱剧，为何如此的贬斥商人阶级的原因。

石君宝《诸宫调风月紫云庭杂剧》里，有一段话说得最是痛快，说尽了这三角恋爱的场面的情况：

〔醉中天〕我唱道那双渐临川令，他便脑袋不嫌听。搔起那冯员外，便望空里助彩声。把个苏妈妈便是上古贤人般敬。我正唱到不肯上贩茶船的小卿，向那岸边相刁蹬，俺这虔婆道，兀得不好拷末娘七代先灵！

正如韩楚兰所谓："尔便有七步才，无钱也不许行，六艺全，便休卖聪明！"那妓院里便是这般形相，那世界也便是这般形相。杜蕊娘（见关汉卿《金线池》）也是这样的说："无钱的可要亲近，则除是驴生戟角瓮生根。"

在实际社会里，商人们是常常高奏凯歌的。一败涂地的，也许便是"士子"们。

四 商人们的初奏凯歌

就以那些描写商人、士子、妓女间的三角恋爱剧而论，在其间，商人们也都是初奏凯歌的。至少，鸨母们及一般社会的同情是在他们那一边的。甚至妓女们也未必个个都是喜欢秀才的呢。

鸨母们对于富商大贾，尽了帮忙的一切力量。在《贩茶船》剧里，鸨母假造了双渐的信来欺骗苏小卿，她却真的相信了这假信里的话：

〔石榴花〕原来这负心的真个不中粘。想当初啜赚我话儿甜。则好去破窑中挨风雪，受斋盐。那时节谨廉君子谦谦，贵发的赴科场。才把鳌头占，风尘行不待占粘。如今这七香车五花诰无凭验，到做了脱担两头尖。

〔斗鹌鹑〕别有的泪眼愁眉，无福受金花翠屑。我这里按不住长吁，揾不干揾不干泪点。谁承望你半路里将人来死抛闪，恩情似水底盐，到骂我做路柳墙花，顾不的桃腮杏脸。

于是冯魁占了上风，便乘机娶了她而去。

在《青衫泪》里，裴兴奴替远赴江州为司马的白居易守志，鸨母却逼她跟从了茶客刘一郎。她坚执不从。鸨母却设了一计，令人传了一个

消息，说白居易已经死在任上。她信以为真，便于祭奠了居易之后，随了茶客刘一郎上他的茶船。

在《重对玉梳记》里，荆楚臣是被强迫的赶出门外。那东平府的商人柳茂英便乘机对妓女顾玉香献尽殷勤。她逃了出去，仍被茂英所追上。假定楚臣这时不来，玉香必定仍是落在茂英手里的。

在《百花亭》里，高常彬是毫不费力的娶了贺怜怜去。在《玉壶春》里，假如陶伯常不恰恰的在甚舍扯了李斌告状时来到嘉兴大街上，李素兰恐怕也便要落在甚舍手下的。在关汉卿的《救风尘》里，虽赵盼儿再三的劝宋引章嫁给安秀实，不嫁周舍。引章却道："我嫁了安秀实呵，一对儿好打《莲花落》！"这便是真正的妓女们的心理！

在一般社会里，不喜欢白衣的"秀才"的，恐怕也不止鸨母为然。在《拜月亭杂剧》（元刊《古今杂剧》本）里，王瑞兰的父亲王安抚硬生生的把她从蒋世隆的病榻边拖走了。瑞兰道："不知俺爷心是怎生主意！提着个秀才便不喜！穷秀才几时有发迹！"

而商人们便在这般的世情上，占了胜利，奏了凯歌。

明周宪王的《宣平巷刘金儿复落娼》一剧，描写刘金儿怎样的厌弃贫穷而向慕富家子弟，丰裕生活。她连嫁了好几个丈夫，都没有好结果。结果还是再做了娼妇。但她那种追逐于优裕的生活之后的思想，却是一般娼妓所同具有之的，未可以厚非。而像裴兴奴、苏小卿辈的意志比较坚定者却倒是例外。

为什么戏曲作家们把握着这些题材来写作时，总要把妓女们写得很崇高，很有节操，完全是偏袒着士子们的一边的呢？

一方面，当然为了这些剧原都是为士子们吐气扬眉的；对于作为士人们的对手的妓女们，便也不得不抬高其地位；而同时，为了要形容商人们怎样的强横与狼狈，便也不能不将妓女们的身分抬高到和贞女节妇并立的地位。

在实际社会上，这些故事都是不容易出现的。妓女们是十之九随了商人们走了的。商人们高唱着凯歌，挟了所爱的妓女们而上了船或车，秀才们只好眼睁睁的望着他们走。这情形，特别在元这一代，是太普遍，太平常了。

五　士子们的"团圆梦"

然而"士子们"不能甘心！

他们想报复。——至少在文字上，在剧场上。而在实际社会里，他们的报复却是不可能。

于是乎，在这些商人、士子、妓女间的三角恋爱的喜剧里，几乎成了一个固定的形式，便是士子和妓女必定是"团圆"，士子做了官，妓女则有了五花诰，坐了暖轿香车，做了官夫人。而那被注定了的悲剧的角色，商人呢，则不是被断遣回家，便是人财两失，甚至于连性命都送掉。

《救风尘》里的安秀实终于和当初不肯嫁他的妓女宋引章结婚。

苏小卿已经嫁了冯魁；裴兴奴已经嫁了刘一郎；她们都住在她们丈夫们的贩茶船上。当然没法和她们的情人们会面相聚的。然而，在这里，作者们便造作了传达信息和忽闻江上"琵琶声"的局面出来。

但他们虽然会面了，仍是不能长久相聚的，强夺也不可能。作者们便又使她们生了逃脱的一念，在丈夫熟睡的时候，她偷偷的上了情人的船，人不知，鬼不觉的。等到丈夫们发觉了时，他们的船已经是远远的不知撑到什么地方去了。

这是不得已的一种团圆的方法。

像《玉壶春》那样的写着：恰好遇见陶太守归来，还带了一个同知的官给李斌，而当场把妓女李素兰抢夺过来给了斌；像《百花亭》那样的写着：军需官高常彬回了军队时，恰遇他的情敌王焕已经发迹为官，告了他一状，他便延颈受戮，而他的妻贺怜怜也便复和她的王焕团圆；像《重对玉梳记》那样的写着：当顾玉香正在逃脱不出柳茂英的势力圈

子，而恰恰的，她的情人荆楚臣便得了官回来，且还恰恰的在最危急的时候，在最危急的地方，遇见了他们；他救出了她；还将他的情敌柳茂英送府断罪。果有那样的痛快的直捷了当的团圆的局面么？

这是不可能的，我可以说，在实际的社会里，特别在元的这一代，没有那么巧遇的，像双渐、苏卿、白傅、兴奴的情形。更万万没有那么巧遇的，像楚臣、玉香、李斌、素兰。而在元这一代里，士子们更永远的不会逢有这种痛快的直捷了当的团圆的。

这只是一个梦；这只是一场"团圆梦"。总之，这只是"戏"！

在元这一代，士子们是那样的被践踏在统治者的铁蹄之下。终元之世，他们不曾有过扬眉吐气的时候。

而因此，他们的"团圆梦"便更做得有声有色！

六 元代士子的社会地位的堕落

士为四民之首，向来地位是最尊最贵的。也有穷苦不堪，像王播寄食僧寺，范进、周进（《儒林外史》）之受尽奚落的。然而一朝时来运来，便可立刻登青云，上帝京，为文学侍从之臣。立刻，妻也有了，家也有了，仆役也有了，田地也有人送来，财货也有人借给。所谓"富贵逼人来"者是。这不是一套魔术的变幻么？而这魔术的棒，这亚拉定神灯似的怪物件，便是"科举"者是。不管是诗赋，经策，是八股文，其作用是全然一致的。昔人有诗云："十年窗下无人问，一举成名天下知。"便是实况。因此，便养成了"百般皆下品，惟有读书高"的心理了。宋代尤重士，不论居朝在乡，士的地位都是很高的。金人取了中国北部，却也知道笼络人心，屡行科举。南宋对于士更是看重。

但那个"以马上得天下"的蒙古民族却是完全不懂得汉人、南人的社会状况的。他们的生活和思想，与汉人、南人是那样的不同。元帝国所囊括的地域是那么广，所包容的不同文化与思想的民族是那么众多。要他们怎样的特别的照顾到汉人、南人的旧有文化和制度，当然是不可能的。于是乎，科举的这个制度，"士"的登庸的阶梯，便也不被注意的废止了下来。

元史《选举志》尝痛论元代仕宦流品之杂。"捕盗者以功叙，入粟者以资进。至工匠皆入班资，而舆隶亦跻流品。诸王公主，宠以投下，俾之保任，远夷外徼，授以长官，俾之世袭。凡若此类，殆所谓吏道杂而多端者欤？"其实，在元世祖时代，根本上便不曾有过科举。到了仁宗延祐间方才恢复了科举制度。而得上第者未必便有美官。士子出身者大抵皆浮沉下僚，郁郁不得志。《辍耕录》云：

国朝儒者，自戊戌选试后，所在不务存恤，往往混为编氓。

"士"的地位在元这一代便根本上起了动摇。他们是四民中的一个，而不复居其"首"。他们手无缚鸡之力，身无一技之能，自然更不能为农、工、商所看得起。而把握着当时经济权的商人，则尤视"士"蔑如。郑德祐的《遂昌山樵杂录》云：

高昌廉公，讳希贡……尝言：先兄（希宪）礼贤下士如不及。方为中书平章时，江南刘整，以尊官来见。先兄毅然不命之坐。刘去，宋诸生褴褛冠衣，袖诗请见。先兄急延入坐语，稽经绪史，饮食劳苦如平生欢。既罢，某等兄弟请于先兄曰：刘整，贵官也，而兄简薄之。宋诸生，寒士也，而兄加礼殊厚，某等不能无疑。敢问。公曰：此非汝辈所知。吾国家大臣，语默进退，系天下轻重。刘整官虽尊贵，背其国以叛者。若夫宋诸生，与彼何罪而羁囚之。况今国家起沙漠，吾于斯文不加厚，则儒术由此衰熄矣。

像廉希宪那么爱士的人实在不多见，而他的这个"于斯文加厚"的行为便为后人所称。然竟也无以起儒术之衰。

同书又载尤宣抚一事云：

时三学诸生困甚。公出，必拥呼曰："平章。今日饿杀秀才也！"从者叱之。公必使之前，以大囊贮中统小钞，探囊撮予之。

那些酸秀才的窘状，不亚于沿门托钵的人物么？金刘祁《归潜志》（卷

七）有一段文字形容金末仕宦者之苦："往往归耕，或教小学养生。故当时有云：古人谓十年窗下无人问，一举成名天下知。今日一举成名天下知，十年窗下无人问也。"却恰好用来形容元这一代的士子的苦闷。

故元代的作者，每多挺秀的才士，而沦为医卜星相之流，乃至做小买卖，说书，为伶人们写剧本，以此为生。关汉卿做医生，而郑光祖为杭州路吏，赵文宝以卜术为生业，做阴阳教授，施惠乃居吴山城隍庙前，以坐贾为业。

其或足以自立者，都是别有原因的，不是被贵游所援引，便是家本素封，不患衣食。顾阿瑛、倪云林他们之所以名重天下，原来也便是惯作寒士们之东道主的。

"士子"的社会地位的堕落，也便是形成了他们的落魄与贫穷的原因。而在三角恋爱的场面上，他们当然显得寒酸、落伍、减色，而不能和商贾们作有力的争衡的了。

七　元代商业的繁盛与商人地位的增高

而同时，商贾们的地位却突然的爬高了几层，重要了许多。和士人阶级的没落，恰好成一极明显的对照。

杭州虽是故都，但依然繁华如故，并不因南宋的灭亡而衰落下去。也许反因北方人的来游者多，藩邦外国人的来往经商旅行者多，以及驻防军队的数量的增加等等之故，而更显得有生气起来。剧作者关汉卿到杭州来过。而曾瑞卿来到了杭州之后，便定居于此，不肯再回北方去。许多剧本都是刊于杭州的。——更多的古籍是发见于此。她成了元这一代的"文化城"。郎瑛《七修类稿》云：

吾杭西湖盛起于唐。至南宋建都，则游人仕女画舫笙歌，日费万金，盛之至矣。时人目为销金锅，相传到今，然未见其出处也。昨见一《竹枝词》，乃元人上饶熊进德所作，乃知果有此语。词云："销金锅边玛瑙坡，争似侬家春最多。蝴蝶满园飞不去，好花红到剪春罗。"

所谓"销金锅"也便是商业中心之意。其实在元这一代，于杭州外，附近的松江——驻防军的大本营所在地——茶业的中心的九江，及市舶司所在地的泉州、上海、澉浦、温州、广东、庆元（连杭州，凡七所）等地，也都是很繁盛的。这些，都还是"江南"之地。北方的都市还不在其中。

"江南"素为财富之区。南宋的政府，诛求尤酷。元代所谓江南，即指最繁荣的：

（一）江浙行省　　（二）江西行省　　（三）湖广行省

而言。据《元史·食货志》，江南三省天历元年"夏税"钞数，总计中统钞一十四万九千二百七十三锭三十三贯。

江浙省五万七千八百三十锭四十贯

江西省五万二千八百九十五锭一十一贯

湖广省一万九千三百七十八锭二贯

而商税的收入，历代都占不大重要的地位者，这时却大为增加，大为重要。至元七年，定三十分取一之制以银四万五千锭为额。至元二十六年大增天下商税，"腹里"为二十万锭，江南为二十五万锭。到了天历之际，天下总入之数，视至元七年所定之额盖不啻百倍云。（《元史·食货志》）所谓百倍，即约四百五十万锭也。仅江南三省已占了四十万零三百八十五锭多了。计：

江浙行省二十六万九千二十七锭三十两三钱

江西行省六万二千五百一十二锭七两三钱

湖广行省六万八千八百四十四锭九两九钱

较之"夏税"已多四倍，而盐税、酒税、茶税、互市税尚不在内。可见这个时代的商业的隆盛，商人负担能力之惊人。市舶司的税，至元间，其货以十分取一，粗者十五分取一。后禁商人海，罢市舶司。不久，又屡罢屡复。惜未详其税入的总额。想来，那笔数目必定是很可观的。

酒税为国赋之一，"利之所入，亦厚矣。"仅"杭州省酒课岁办

二十七万余锭"，其他可知。

天下盐总二百五十六万四千余引，而两浙之盐，独占了四十五万引。江西、湖广及两淮等处的盐引也不在少数。在盐课钞总七百六十六万一千余锭里，江南三省是占了很大的一个数字的。

茶的总枢纽为江州，总江淮荆湖湖广之税皆输于江州的榷茶都转运司。天历二年，始罢榷司而归诸州县。而其岁征之数，凡得二十八万九千二百一十一锭。

还有种种的杂税呢，且不说了罢。总之，就商人的负担之重，——从古未有之重——便知元这一代从事于商业者是如何的占势力。他们成了国家的重要的础石。国税从他们身上付出的是那么多。而元地域那么广大，兵威那么强盛，为商贾的往来交通，除去了不少的阻碍。其商业之突盛，是必然的情形。《旧唐书·食货志》云："士农工商四人各业。食禄之家，不得与下人争利，工商杂类，不得预于士伍。"而元这一代，商人却成了一个特殊的阶级了。他们和蒙古民族有经济和商业上的必要的往来，其接近的程度当然较士子们为密。而元代又有"入粟"为官之例。由商人一变而为官吏，当也是极平常的事。

处在这样的优越的条件之下，商人和士子间的三角恋爱的争斗，其胜利权，当然是操在商人的手上了。

故冯魁、柳茂英们，硬生生地拆散了秀才妓女们的鸳鸯，而夺取了她们去。秀才们忍气吞声，妓女们没法挣扎。

他们只是幻想的等候着以另一种势力——自己做了官，或朋友做了官——来夺回了他们的所爱。

而这幻想却终于是幻象而已。这等候，却终于是不会在实际社会上实现的。

为了戏曲家们的本身便是"士子"的同流，其同情便往往寄托在秀才们的身上，而往往给商人们以一个难堪的结果——这正足以证：在实际社会上，秀才们恐怕是要吃亏到底的；故才有了那样的"过屠门而大

125

嚼"的团圆！

八 茶客及其他

在那些商人们里，无疑的，茶商和盐商是最为称豪长的，故也最为士人们所深恶痛绝。

盐是日常的必需品。把握了盐的贩卖权的商人们，几乎没有一个不成了豪富之家。连沾着了些盐的气息的官吏们，也都个个的面团团的起来。西门庆的富裕，和贩盐很有关系。明代的阔人汪廷讷，在南京有了很宽大华美的别墅，他能够收买别的作家们的稿子，他刻了很多很讲究的书；那精致是到今尚藉藉人口的。总为了他是个和"盐"的一字有些渊源。

清的戏曲家唐英，在江州享尽了福，刻了一部极讲究的《琵琶亭集》，那是专为了白居易的《琵琶行》的一诗而集刻之的。他自己的剧曲，也刻得不少。他成了当时一部分文人的东道主。而扬州的盐商们，在清代，也是始终的把握着文运的兴衰。他们和帝王们分享着养士之名。

在元这一代，盐商们也许还没有那么阔绰，那末好文、好名，知道怎样的招贤纳士，但他们的强横，却也够瞧的了。

我曾见到元人一套嘲盐商的曲子，极淋漓痛快之致。惜一时失记出于何书。故未能引在这里。

茶商的地位，在元代显然也是极重要的。冯魁是贩茶客，刘一郎也是贩茶客。宋人茶税钱，治平中，凡四十九万八千六百贯。而元代茶税，竟增至银二十八万锭以上。按钱一百贯折银一锭计，则所增不啻在五十余倍以上。明代茶税，也居不甚重要的地位。倪元璐《国赋记略》及《明史·食货志》均以为：明取官茶以易西马。

若无主者夸军人薅种，官取八分，有司收贮，于西番易马。

——《国赋纪略》（《学海类编》本）页五

则在明代，茶之对外贸易，除了以货易货之外，是很少输出的。但元代则幅员至广，商贾通行无阻。茶商贸易至为自由、便利。其获利之厚自在意中。故增税至银二十八万锭以上而茶商不以为困。

他们便能有余财以供挥霍；便能和士子们在恋爱场中相角逐而战胜了他们。士人们遂养成了最恨茶商的心理。王实甫《贩茶船》借苏小卿之口骂之道：

〔耍孩儿〕俺伴是风流俊俏潘安脸，怎觑那向日头獾儿的嘴脸。乔趋跄宜舞一张掀，怎和他送春情眼角眉尖。我心里不爱他心里爱，正是家菜不甜野菜甜。觑不的乔铺苫，看了他村村棒棒，怎和他等等潜潜。

〔二煞〕你休夸七步才，连敢道三个盐，九江品绝三江浗。倚仗你茶多强挽争着买，倚仗着钱多热死粘。眼见的泥中陷。赤紧的泛茶的客富，更和这爱钞的娘严。

无名氏《苏卿题恨》云："恨呵，恨他那有势力的钱！彼几文泼铜钱将柳青来买转。莫不我只有分寡宿孤眠！"

又无名氏《咏双卿》云："嗟乎，但常酬歌买笑，谁再睹沽酒当垆。哎，青蚨压碎那茶药琴棋笔砚书！今日小生做个盟甫，改正那村纠的冯魁，疏驳那俊雅的通叔！"

这正和纪天祥的《断复贩茶船》有些同类吧，而悲愤之情却溢于纸外。

王日华有《与朱凯题双渐小卿问答》（见《乐府群玉》），其中冯魁的"答"最妙：

黄金铸就劈闲刀，茶引糊成划怪锹。卢山凤髓三千号，陪酥油尽力搅。双通叔，你自才学：我揣与娘通行钞，他掂了咱传世宝，看谁能够凤友鸾交！

元散曲作家刘时中有《上高监司》曲文两大套，刻画世态，至为深切。第二套写商人舞文弄法，破坏钞法的，尤为极重要的史料。

〔滚绣球〕库藏中钞本多，贴库每弊怎除！纵关防仕谁不顾，坏钞法恣意强图。都是无廉耻卖买人，有过犯驱传徒，倚仗着几文钱百般胡做，将官府觑得如无。只这素无行止乔男女，都整扮衣冠学士夫，一个个胆大心粗。

〔倘秀才〕堪笑这没见识街市匹夫，好打那好顽劣江湖伴侣，旋将表德官名相体呼。声音多厮称，字样不寻俗，听我一个个细数。

〔滚绣球〕粜米的唤子良，卖肉的呼仲甫，做皮的是仲丁，邦辅，唤清之必定开沽。卖油的唤仲明，卖盐的称士鲁。号从简是采帛行铺，字敬先是鱼鲊之徒，开张卖饭的呼君宝，磨面登罗底叫德夫，何足云乎！

这真是蕴蓄着一肚子的愤妒而在刻画的写着的。而多财善贾之流，不仅冒用了文人们的雅号，窃披上士夫们的衣冠，且还实际上和士子们争夺社会的地位和歌人的恋爱。

〔塞鸿秋〕一家家倾银注玉多豪富，一个个烹羊挟妓夸风度。掇标手到处称人物，妆旦色娶去为媳妇。朝朝寒食春，夜夜元宵暮。吃筵席唤做赛堂食，受用尽人间福。

时中这一段话，正足为许多元剧为什么把商人、士子、妓女间的三角恋爱的故事写成了那个式样的注脚！

元戏曲家小传

王国维

一　杂剧家

关汉卿，不知其为名或字也，号己斋叟，大都人。金末以解元贡于乡，后为太医院尹，则亦未知其在金世欤？元世欤？元初大名王和卿，滑稽佻达，传播四方。中统初，燕市有一蝴蝶，其大异常，王赋〔醉中天〕小令，由是其名益著。汉卿与之善，王尝以讥谑加之，汉卿虽极意还答，终不能胜。王忽坐逝，而鼻垂双涕尺余，人皆叹骇。汉卿来吊唁，询其由，或曰："此释家所谓坐化也。"复问鼻悬何物，又对曰："此玉箸也。"汉卿曰："我道你不识，不是玉箸，是嗓。"咸发一笑。或戏汉卿云："你被王和卿轻侮半世，死后方还得一筹。"凡六畜劳伤，则鼻中常流脓水，谓之嗓；又爱讦人之过者，亦谓之嗓，故云尔。（《录鬼簿》，参《辍耕录》《鬼董跋》《尧山堂外纪》）

高文秀，东平人，府学生，早卒。（《录鬼簿》）

郑廷玉，彰德人。（同上）

白朴，字太素，一字仁甫，号兰谷，隩州人。后居真定，故又为真定人焉。祖元遗山为作墓表，所谓善人白公是也。父华，字文举，号寓斋，仕金贵显，为枢密院判官，《金史》有传。仁甫为寓斋仲子，于遗山为通家姓。甫七岁，遭壬辰之难，寓斋以事远适。明年春，京城变，遗山遂挈以北渡。自是不茹荤血，人问其故，曰："俟见吾亲则如初。"尝罹疫，遗山昼夜抱持，凡六日，竟于臂上得汗而愈。盖视亲子侄不啻过之。数年，寓斋北归，以诗谢遗山云："顾我真成丧家狗，赖君曾护落巢儿。"居无何，父子卜筑于溽阳。律赋为专门之学，而太素有能声，为后进之翘楚。遗山每遇之，必问为学次第，尝赠之诗曰："元白通家旧，诸郎独汝贤。"未几，生长见闻，学问博览。然自幼经丧乱，仓皇失母，便有满目山川之叹。逮亡国，恒郁郁不乐，以故放浪形骸，期于适意。中统初，开府史公将以所业荐之于朝，再三逊谢，栖迟衡门，视荣利蔑如也。至元一统后，徙家金陵，从诸遗老放情山水间，日以诗酒优游，用示雅志。诗词篇翰，在在有之。后以子贵，赠嘉议大夫，掌礼仪院大卿。著有《天籁词》二卷。（《金史·白华传》《录鬼簿》《元遗山文集》，王博文、孙大雅《天籁集序》。）

马致远，号东篱，大都人，任江浙行省务官。（《录鬼簿》）

李文蔚，真定人，江州路瑞昌县尹。（同上）

李直夫，女直人，居德兴府，一称蒲察李五。（同上）

吴昌龄，西京人。（同上）

王实甫，大都人。（同上）

武汉臣，济南府人。（同上）

王仲文，大都人。（同上）

李寿卿，太原人，将仕郎除县丞。（同上）

尚仲贤，真定人，江浙行省务官。（同上）

石君宝，平阳人。（同上）

杨显之，大都人，与汉卿莫逆交。凡有珠玉，与公校之。（同上）

纪君祥（一作天祥），大都人，与李寿卿、郑廷玉同时。（同上）

戴善甫，真定人，江浙行省务官。（同上）

李好古，保定人，或云西平人。（同上）

张国宾（一作国宝），大都人，即喜时营教坊句管。（同上）

石子章，大都人，与元遗山、李显卿同时。（《录鬼簿》《遗山集》《寓庵集》）

孟汉卿，亳州人。（《录鬼簿》）

李行道（一作行甫），绛州人。（同上）

王伯成，涿州人，有《天宝遗事》诸宫调行于世。（同上）

孙仲章，大都人，或云姓李。（同上）

岳伯川，济南人，或云镇江人。（同上）

康进之，棣州人，一云姓陈。（同上）

狄君厚，平阳人。（同上）

孔文卿，平阳人。（同上）

张寿卿，东平人，浙江省掾史。（同上）

李时中，大都人。（同上）

杨梓，字□□，海盐人。至元三十年二月，元师征爪哇，公以招谕爪哇等处宣慰司官，随福建行省平章政事伊克穆苏，以五百余人、船十艘，先往招谕之。大军继进，爪哇降，公引其宰相昔剌难答吒耶等五十余人来迎，后为安抚总使，官至嘉议大夫、杭州路总管。致仕卒，赠两浙都转运使、上轻车都尉，追封弘农郡侯，谥康惠。公节侠风流，善音律，与武林阿里海涯之子云石交善。云石翩翩公子，所制乐府散套骏逸，为当行之冠，即歌声高引，可彻云汉。而公独得其传。杂剧中有《豫让吞炭》《霍光鬼谏》《敬德不伏老》，皆公自制，以寓祖父之意，特去其著作姓名耳。其后长公国材、少公次中，复与鲜于去矜交好。去矜亦乐府擅场，以故杨氏家僮千指，无不善南北歌调者，由是州人往往得其家法，以能歌名于浙右云。（《元史·爪哇传》、元姚桐寿《乐郊私语》、明董穀《续澉水志》）

宫天挺，字大用，大名开州人。历学官，除钓台书院山长。为权豪所中，事获辨明，亦不见用，卒于常州。（《录鬼簿》）

郑光祖，字德辉，平阳襄陵人，以儒补杭州路吏。为人方直，不妄

与人交。病卒，火葬于西湖之灵芝寺。伶伦辈称郑老先生，皆知其为德辉也。（同上）

范康，字子安，杭州人。明性理，善讲解，能词章，通音律。因王伯成有《李太白贬夜郎》，乃编《杜子美游曲江》，一下笔即新奇，盖天资卓异，人不可及也。（同上）

曾瑞，字瑞卿，大兴人。自北来南，喜江浙人才之多，羡钱唐景物之盛，因而家焉。神采卓异，衣冠整肃，优游于市井，洒然如神仙中人。志不屈物，故不愿仕，自号褐夫。江湖之达者，岁时馈送不绝，遂得以徜徉卒岁。善丹青，能隐语、小曲，有《诗酒余音》行于世。（同上）

乔吉（一作吉甫），字梦符，号笙鹤翁，又号惺惺道人，太原人。美容仪，能词章，以威严自饬，人敬畏之。居杭州太乙宫前，有题西湖［梧叶儿］百篇，名公为之序。江湖间四十年，欲刊行所作，竟无成事者。至正五年，病卒于家。尝谓作乐府亦有法，凤头、猪肚、豹尾是也。大概起要美丽，中要浩荡，结要响亮。尤贵在首尾贯串，意思清新，能若是，斯可以言乐府矣。明李中麓辑其所作小令，为《惺惺道人乐府》一卷，与《小山乐府》并刊焉。（《录鬼簿》，参《辍耕录》）

秦简夫，初擅名都下，后居杭州。（《录鬼簿》）

萧德祥，号复斋，杭州人。以医为业，凡古文俱隐括为南曲，街市盛行，所作杂剧外，又有南曲戏文等。（同上）

朱凯，字士凯，所编《升平乐府》及《隐语》《包罗天地谜韵》，皆大梁钟嗣成为之序。（同上）

王晔，字日华。杭州人。能词章乐府，所制工巧。又尝作《优戏录》，杨铁崖为之序云："侏儒奇伟之戏，出于古亡国之君。春秋之世，陵铄大诸侯，后代离析文义，至侮圣人之言为大剧，盖在诛绝之法。而太史公为滑戏者作传，取其谈言微中，则感世道者实深矣。钱唐王晔，集历代之优辞有关于世道者，自楚国优孟而下，至金人玳瑁头，凡若干条，太史公之旨，其有概于中者乎！予闻仲尼论谏之义有五，始

曰谲谏，终曰讽谏。且曰：吾从者讽乎！盖以讽之效，从容一言之中，而龙逢、比干不获称，良臣者之所不及也。及观优之寓于讽者，如'漆城瓦''衣雨税'之类，皆一言之微，有回天倒日之力，而勿烦乎牵裾伏蒲之勃也。则优戏之伎虽在诛绝，而优谏之功岂可少乎？他如安金藏之刳肠、申渐高之饮酖、敬新磨之免戮疲令、杨花飞之易乱主于治。君子之论，且有谓台官不如伶官。至其锡教及于弥侯解愁，其死也，足以愧北面二君者，则忧世君子不能不三嘅于此矣。故吾于晔之编为书如此，使览者不徒为轩渠一噱之助，则知晔之感，太史氏之感也欤！至正六年秋七月序。"（《录鬼簿》《东维子文集》）

二 南戏家

施惠（一云姓沈），字君美，杭州人。居吴山城隍庙前，以坐贾为业。巨目美髯，好谈笑，诗酒之暇，唯以填词和曲为事。有《古今砌话》，编成一集，其好事也如此。（《录鬼簿》）

高明，字则诚，温州瑞安人（《玉山草堂雅集》《列朝诗集》皆云永嘉平阳人）。以《春秋》中至正乙酉第，授处州录事，后改调浙江阃幕都事，转江西行台掾，又转福建行省都事。初方国珍叛，省臣以则诚温人，知海滨事，择以自从。后仍以江西、福建官佐幕事，与幕府论事不合。国珍就抚，欲留置幕下，不从，即日解官，旅寓鄞栎社沈氏，以词曲自娱。明太祖闻其名，召之，以老病辞归，卒于宁海。则诚所交，皆当世名士，尝往来无锡顾阿瑛玉山草堂。阿瑛选其诗，入《草堂雅集》，称其长才硕学，为时名流。其为浙幕部事与归温州也，会稽杨维桢与东山赵汸作序送之。尝有岳鄂王墓诗云："莫向中州叹黍离，英雄生死系安危。内廷不卜班师诏，绝漠全收大将旗。父子一门甘伏节，山河万里竟分支。孤臣尚有埋身地，二帝游魂更可悲！"又尝作《乌宝传》（谓钞也），虽以文为戏，亦有裨于世教。其卒也，孙德旸以诗哭之曰："乱离遭世变，出处叹才难。坠地文将丧，忧天寝不安！名题前进上，爵署旧郎官，一代儒林传，真堪入史刊。"所著有《柔克斋集》。（《辍耕录》《玉山草堂雅集》《东维子文集》《留青日札》《列朝诗集》《静志居诗话》）

徐暅，字仲由，淳安人。明洪武初征秀才，至藩省辞归。尝谓吾诗文未足品藻，唯传奇词曲不多让古人。有《叶儿乐府》〔满庭芳〕云："乌纱裹头，清霜篱落，黄叶林邱。渊明彭泽辞官后，不事王侯。爱的是青山旧友，喜的是绿酒新筮，相拖逗，金樽在手，烂醉菊花秋。"比于张小山、马东篱亦未多逊。有《巢松集》。（《静志居诗话》）

附考：元代曲家，与同时人同姓名者不少。就见闻所及，则有三白贲，三刘时中，三赵天锡，二马致远，二赵良弼，二秦简夫，二张鸣善。《中州集》有白贲，汴人，自上世以来至其孙渊，俱以经术著名，此一白贲也。元遗山《善人白公墓表》次子贲（即仁甫仲父），则陕州人，此又一白贲也。曲家之白无咎，亦名贲，姚际恒《好古堂书画记》"白贲，字无咎，大德间钱唐人"是也。《元史·世祖纪》："以刘时中为宣慰使，安辑大理。"此一刘时中也。《遂昌杂录》又有刘时中，名致。曲家之刘时中则号逋斋，洪都人，官学士，《阳春白雪》所谓古洪刘时中者是也。（此与《遂昌杂录》之刘时中时代略同，或系一人）。世祖武臣有赵天锡，冠氏人，《元史》有传。《遂昌杂录》谓今河南行省参事宛邱赵公，名颐，字子期，其先府君宛邱公，讳祐，字天锡，为江浙行省照磨，此又一赵天锡也。曲家之赵天锡，则汴梁人，官镇江府判者也。马致远，其一制曲者为大都人；一为金陵人，即马文璧（琬）之父，见张以宁《翠屏集》。赵良弼，一为世祖大臣，《元史》有传；一为东平人，即见于《录鬼簿》者也。秦简夫，一名略，陵川人，与元遗山同时；一为制曲者，即《录鬼簿》所谓："见在都下擅名，近岁来杭者也。"张鸣善，一名择，平阳人（或云湖南人），为江浙提学，谢病隐居吴江，见王逢《梧溪集》；一为扬州人，宣慰司令史，则制曲者也。元代曲家，名位既微，传记更阙，恐世或疑为一人，故附著焉。

中国的戏曲集

郑振铎

我们研究中国戏曲史时，觉得有一件事是可惊异的：便是中国戏曲发达的迟缓。希腊的戏剧产生极早。其余各国，戏剧作家也都出现在文学史的初期。独中国则迟至金、元之时始有剧本的产生。他们的发达所以会这样迟缓，大概是因为"文以载道"的正统文学观支配人心太坚牢了之故。所谓正统派的文人，大概都不屑去做剧本，即在元、明杂剧传奇流行极盛的时候，这班文人还是很看不起他们，还是以他们为游戏的非正当的作品。因此剧本及戏曲集一类的书，流传下来的很不多。现在且把我所见过的戏曲选集，举其较为重要者列下（个人的戏曲集不录）：

（一）《元人百种曲》（即《元曲选》）明臧晋叔选。明刊本，商务印书馆影印本。此书为许多元人杂剧选本里最完备的一部。

（二）《元人杂剧选》明万历间息机子刻。此书共选杂剧三十种。近有石印本《元曲大观》出版，即此书的翻印本。

（三）《盛明杂剧》此书共有二集。共选杂剧六十种。近武进董氏有翻印本。

（四）《古名家杂剧》明陈与郊编。共选元明人杂剧四十种。

（五）《新续古名家杂剧》亦陈与郊编。

（六）《杂剧新编》清邹式金编。此为清代杂剧的选本。共有三十四种。

（七）《杂剧十段锦》武进董氏影印本。

（八）《六十种曲》明毛晋汲古阁刻。此书共选自高则诚《琵琶记》以下传奇六十种。为中国戏曲集里的极重要的一部书。

（九）《纳书楹曲谱》清叶堂订。乾隆辛亥刊。此为演习歌唱用的选本，所有说白俱被删去；除汤临川"四梦"外，其余传奇都只选三五出。

（一〇）《缀白裘》清钱思沛撰。此书坊刻本很多，选传奇里常演奏的几出戏（大约每部传奇都只选一二出）。

（一一）《暖红室汇刻传奇》现代贵池刘氏辑刊。自《董西厢》以下已刊者有三十余种。

（一二）《赐书台汇订曲谱》亦为刘氏所刊。此书与《纳书楹》同性质，为供实演者之用。

论关汉卿的杂剧

郑振铎

关汉卿是一位大诗人，也是一位大戏曲作家。他所写的许多杂剧，都是很好的诗剧。今所知的关汉卿所创作的杂剧，凡六十七本：

（一）《唐明皇启瘗哭香囊》（亡）（有辑本，见《关汉卿戏曲集》九二五页）

（二）《风流郎君三负心》（亡）

（三）《老女婿金马玉堂春》（亡）

（四）《太长宫主认先皇》（亡）

（五）《请退军勾践进西施》（亡）

（六）《徐夫人雪恨万花堂》（亡）

（七）《诈妮子调风月》（存）

（八）《甲马营降生赵太祖》（亡）

（九）《金银交钞三告状》（亡）

（一〇）《刘盼盼闹衡州》（亡）

（一一）《邓夫人哭存孝》（存）

（一二）《荒坟梅竹鬼团圆》（亡）

（一三）《担水浇花旦》（亡）

（一四）《曹太后死哭刘夫人》（亡）

（一五）《薄太后救周勃》（亡）

（一六）《宋上皇御断鸳鸯簿》（亡）

（一七）《包待制三勘蝴蝶梦》（存）

（一八）《鲁元公主三啖赦》（亡）（明钞本《录鬼簿》作《三吓吓》）

（一九）《吕无双铜瓦记》（亡）

（二〇）《风雪狄梁公》（亡）

（二一）《风雪贤妇双驾车》（亡）

（二二）《柳花亭李婉复落娼》（亡）

（二三）《唐太宗哭魏征》（亡）

（二四）《晏叔原风月鹧鸪天》（亡）

（二五）《关大王单刀会》（存）

（二六）《吕蒙正风雪破窑记》（亡）

（二七）《双提尸鬼报汴河冤》（亡）

（二八）《开封府萧王勘龙衣》（亡）

（二九）《赵盼儿风月救风尘》（存）

（三〇）《闺怨佳人拜月亭》（存）

（三一）《杜蕊娘智赏金线池》（存）

（三二）《关张双赴西蜀梦》（存）

（三三）《醉娘子三撇嵌》（亡）

（三四）《隋炀帝牵龙舟》（亡）

（三五）《望江亭中秋切鲙》（存）

（三六）《温太真玉镜台》（存）

（三七）《月落江梅怨》（亡）

（三八）《屈勘宣华妃》（亡）

（三九）《武则天肉醉王皇后》（亡）

（四〇）《汉元帝哭昭君》（亡）

（四一）《钱大尹智勘绯衣梦》（存）

（四二）《丙吉教子立宣帝》（亡）

（四三）《楚云公主酢江月》（亡）

（四四）《翠华妃对玉钗》（亡）

（四五）《感天动地窦娥冤》（存）

（四六）《介休县敬德投唐》（亡）

（四七）《刘夫人救哑子》（亡）

（四八）《金谷园绿珠坠楼》（亡）

（四九）《钱大尹智宠谢天香》（存）

（五〇）《汉匡衡凿壁偷光》（亡）

（五一）《没兴风雪瘸马记》（亡）

（五二）《窦滔妻织锦回文》（亡）

（五三）《董解元醉走柳丝亭》（亡）

（五四）《白衣相高凤漂麦》（亡）

（五五）《风流孔目春衫记》（亡）（有辑本，见《关汉卿戏曲集》九二七页）

（五六）《终南山管宁割席》（亡）

（五七）《藏阄会》（亡）

（五八）《晋国公裴度还带》（存）

（五九）《秦少游花酒惜春堂》（亡）

（六〇）《孙康映雪》（亡）

（六一）《萱草堂玉簪记》（亡）

（六二）《状元堂陈母教子》（存）

（六三）《升仙桥相如题柱》（亡）

（六四）《刘夫人庆赏五侯宴》（存）

（六五）《包待制智勘鲁斋郎》（存）

（六六）《尉迟恭单鞭夺槊》（存）

（六七）《孟良盗骨》（亡）（有辑本，见《关汉卿戏曲集》

九二八页）

以上是综合了几个本子的《录鬼簿》《太和正音谱》以及《元曲选》等书的记载写录下来的。若合之世传的《西厢记》第五本，也是他写的话，则他所写的杂剧一共有六十八本了。但在这六十八本里，可能有少数是误入他的名下的，也可能有极少数是一名两见的重复本子。无论如何，关汉卿写了六十本或六十本以上的杂剧是无可置疑的。在中国戏曲史上，还有谁有他那么大的气魄，能够写出六十本以上的剧本来呢？很可惜的是，在他的六十七本杂剧里，今存者仅有十八本。如果我们能够完全见到他的全部剧本，那么，对于他的思想和作风会有更好的更全面的了解。像（九）《金银交钞三告状》，一定是一部很深刻的讽刺剧，不幸而失传，这便使我们对于关汉卿的讽刺剧不能进行探讨了。但即就今存的十八个剧本而论，对于他的创作的成就也还可以有相当程度的认识。我们现在分三部分来分别地研究他的悲剧、喜剧和历史剧。

一 关汉卿的悲剧

关汉卿所写的悲剧，最足以代表他的作风，并且能够反映出他对于元代的黑暗统治的愤恨和对于被损害、被侮辱的受压迫的无可控诉的小人物的同情和热爱。

他在这里表现出一位真正的伟大的诗人和戏曲家的正义感和正直的性格。他看见不平不公的事件，凄楚悲痛的活生生的故事的产生，痛心疾首，痛哭流涕，既无法当场救全或保护或平反那些负屈含冤的小人物，便带着愤怒和难平的激动的心情来把那些故事写到他的剧本里去，而使之不朽，使之传播得更广、更远，发生更深、更大的影响。这样的悲剧乃是以作者的血和泪来写下的。我们读着，也不禁地泪落如泉。想来在当初舞台演出的当儿，会是怎样地令观众悲痛、愤怒和哭泣啊。这样的悲剧，乃是属于中国文学史上最可珍贵的遗产之列的，也是属于整个人类的最优秀的作品之列的。

现存的关汉卿所写的悲剧有：一、《感天动地窦娥冤》，二、《包待制智勘鲁斋郎》，三、《包待制三勘蝴蝶梦》，四、《刘夫人庆赏五侯宴》，五、《郑夫人苦痛哭存孝》。如果把《关张双赴西蜀梦》和《钱大尹智勘绯衣梦》也算上，则共有七本之多了。

他的悲剧，首先当然要指出《感天动地窦娥冤》。这是一部最能感动人的大悲剧。到今天，还以各种不同的戏剧形式来反复地重演这个故事，也同样地能够感动人、吸引人。但最能使我们读之生愤恨不平之意的，当然还是关汉卿的这本原作。

《感天动地窦娥冤》写的是，在楚州地方，有一个寡妇蔡婆婆，以放高利贷为生。她有一个孩儿，年长八岁。有秀才窦天章的，去年借了她五两银子，到了今年却要还她十两。因为没法还银子，就以他的女儿端云，给了她作童养媳。这时，端云是七岁，天章就上朝应举去了。过了十三年，端云已和蔡婆的儿子结了婚。不幸她丈夫又死去。只有婆媳二人，相依为命。蔡婆仍以放高利贷为生。有一个赛卢医的，欠下了她的银子。蔡婆去讨还。赛卢医却诱她到城外无人处，要用绳子勒死她。恰好被张驴儿和他的父亲撞见救下了。张父强迫蔡婆嫁给他。如不依他，也要勒死她。蔡婆只好应允，和他们一道回家。这时，窦端云，即窦娥，已经二十岁，她丈夫也已经亡过三年。她的身世是那末凄惨：

[油葫芦] 莫不是八字儿该载着一世忧！谁似我无尽休，便做道人心难似水长流。我从三岁母亲身亡后，七岁与父分离久，嫁的个同住人，他可又拔着短筹。撇的俺婆妇每都把空房守，端的有谁问，有谁僽。

想不到蔡婆归来时，却带来了两个男子汉同回。窦娥反对她婆婆嫁给张公，没有成功，蔡婆反而劝她也嫁给张驴儿为妻，被窦娥严正地拒绝了。张驴儿却一心一意地想要窦娥为妻。（以上第一折）不久，蔡婆害病，张驴儿去买药，却去赛卢医那儿，讨得一服毒药，要想药死那婆子，那妮子好歹就会随顺他了。窦娥替她婆婆做了一碗羊肚汤，被张驴儿把毒药放在汤里。蔡婆让张公先吃。他吃下汤就死去。张驴儿却诬指是窦娥害死的，问她要官休私休。官休是拖她到官司，告她药死公公的罪犯，私休是与他做了老婆，便饶了她。窦娥立即严辞拒绝。张驴儿便拖她见官去。（以上第二折）楚州州官是一个昏庸无比、贪酷无能的人，"告状来的要金银"。他听了张驴儿一面之辞，就把窦娥拷打，打昏了过去，又喷水醒回。

[感皇恩]呀，是谁人唱叫扬疾，不由我哭哭啼啼。我恰还魂，才苏醒，又昏迷。捱千般打拷，见鲜血淋漓。一杖下，一道血，一层皮。

这是多末残酷的情景！但窦娥有她的坚贞不屈的性格，任怎样也不肯招认。州官道："既然不是你，与我打那婆子。"窦娥为了救护她婆婆，就只好屈招了。州官命把她下在死囚牢里，到来日押赴市曹典刑。窦娥愤恨地说道：

[尾声]我做了个衔冤负屈没头鬼，不走了你个好色荒淫漏面贼！想青天不可欺，冤枉事天地知。争到头，竞到底，到如今说甚的。冤我便药杀公公，与了招罪。婆婆，我到把你来便打的，打的来怎的？若是我不死，如何救得你。

她以自我牺牲的崇高精神来救全她婆婆。到了第二天，窦娥被提出处刑。她怎能不呼冤喊屈呢？

[正宫端正好]没来由犯王法，葫芦提遭刑宪。叫声屈动地惊天，我将天地合埋怨：天也！你不与人为方便。

她要刽子手走后街，不走前街。"前街里去只恐怕俺婆婆见。"她怕她婆婆见了伤心。但她婆婆还是来了。窦娥是"啼啼哭哭，烦烦恼恼，怨气冲天。我不分说，不明不暗，负屈衔冤。"她告监斩官，要丈二白练挂在旗枪上。若刀过处头落，一腔热血休落在地下，却飞在白练上。如今是三伏天道。下三尺瑞雪，遮了窦娥尸首。着这楚州亢旱三年。这时天色阴了，果然下起雪来。窦娥死了，她的血都飞在丈二白练上去。楚州自此大旱三年。（以上第三折）三年之后，窦天章做了两淮提刑肃政

廉访使之职,到了楚州来。他寻访蔡婆家,不曾寻着,老是思念着她的女儿端云。一夜,看案卷疲倦,伏定书案歇息。窦娥的鬼魂特来托一梦与他,把这案情详细的告诉他:

〔雁儿落〕你孩儿是做来不曾做来,则我这冤枉无边大!我不肯顺他人,着我赴法场。不辱我祖上,把我残生坏。

她盼望她父亲,

〔尾声〕你将那滥官污吏都杀坏,敕赐金牌势剑吹毛快。与一人分忧,万民除害。……后将文卷舒开,将俺屈死的于伏罪名儿改。

第二天天明后,窦天章将审问窦娥的官吏和蔡婆、张驴儿、赛卢医等都提上来。将张驴儿、赛卢医杀了,将官吏罢职除官。蔡婆则到窦府养老。(以上第四折)这悲惨的故事就这样"大快人心"地结束了。像这样的结束,虽然使观众大大地出了一口怨气,却并没有减弱这大悲剧的效果。观众明白地知道,那冤枉的事例是常见,窦娥罪的改正和昭雪却是偶然的,也许只是在戏台上所能见到的吧。

《包待制智勘鲁斋郎》写鲁斋郎是一个花花太岁,嫌官小不做,嫌马瘦不骑,惯常劫掠老百姓家的财物,无人敢惹他。他是什么样身份的人呢?像这样的人物,在别一个时代是很少有的。所以,我们的作者虽把这悲剧发生的时代作为宋朝,其实却乃是元代所惯常发生的真情实事。鲁斋郎有一天见到一家银匠铺里有一个好女子,她原来是银匠李四的妻房。鲁斋郎强行将她夺去。李四到郑州大衙门里告他,遇到六案都孔目张珪。张珪听见鲁斋郎的名字,唬得一跳,说道:"提起他名儿也怕。你不如休和他争,忍气吞声吧。"李四只好走了。

是清明时候,家家上坟祭扫。鲁斋郎到郊野外踏青,想遇到一个生得好的女人。张珪带了他妻去上坟,被鲁斋郎遇见了,就喜爱上了她,悄悄地对张珪说道:"把你媳妇明日送到我宅子里来。"张珪怎么敢违抗他呢?但"几曾见夫主婚,妻招婿"的事呢?岂料"今日个妻嫁人,夫做媒",竟发生了呢?正是:"平地起风波二千尺,一家儿瓦解星飞。"只好在第二天就把他妻送到鲁斋郎家中去了。这时,他已厌倦了银匠李四的妻,就将她赏赐给张珪了。恰好李四来访他,却遇见了他自己的妻。张珪知道了情由,就将妻还给李四,他自己到华山出家为道士。过了十年,包拯奏知天子,说有一个鱼齐即,苦害良民,强夺人家子女,犯法百端。天子就着包拯斩之。第二天,他要宣那鲁斋郎时,却已被斩了。原来包拯在鱼字下边添个日字,齐字下边添个小字,即字上边添一点,就此变了鲁斋郎的名字,才得斩了他。张珪方才还了俗,重新和他的妻团圆。包拯道:"则为鲁斋郎倚势欺人,把人妻强占为亲,被老夫设计斩首,方表出百姓艰辛。"为什么鲁斋郎的案件那么难以处理呢?为什么非改名便不能杀了他呢?这就够说明他究竟是一个什么样的角色了。

《包待制三勘蝴蝶梦》写的是另外一个"权豪势要"的凌虐老百姓的故事。这个人名叫葛彪。他打死人不偿命。有一天,有王老头儿上街替孩子们买些纸笔,却误撞葛彪马头,被他活活的打死了。王婆婆和她的三个孩子王大、王二、王三,知道了这消息,连忙到长街上收尸。三个孩子遇见了葛彪,就拿住他,也把他打死了。王婆婆道:"一壁厢碜可可停着老子,一壁厢眼睁睁送了孩儿。可知道福无重受日,祸有并来时!"这案子解到开封府,说是弟兄三人打死平人葛彪。"小县中百姓怎敢打死平人"呢?所谓"平人"正指的是和"百姓"不同身份的一种人物。这不是一个特殊阶级是什么?和鲁斋郎是一个模子里出来,乃是当时横行无忌的一个阶级,即占统治地位的蒙古贵族。把"平人"作为"蒙古人"在当时的一个"阶级"的称号,想来是不会错的。因为他们弟兄三人打死的是一个"平人",案情便显得特别重大。他们三人和王婆婆都争先认罪,都说是自己打死的。包待制要把王大拿去偿命,王婆婆却说他糊涂。她道:"则是我孩儿孝顺。不争杀坏了他,教谁人养活老身?"他又教着第二的偿命,王婆又说他糊涂,她道:"则是第二的小厮会营运生理。不争着他偿命,谁养活老婆子?"包拯更决定将第三

的拿去偿命。王婆婆不说什么了。包拯猛然想起，说道："争些着婆子瞒过老夫。这两个小厮必是你亲生的，这一个小厮必是你乞养过房螟蛉之子。"王婆婆说道："那小的一个是我的亲儿，这两个，我是他的继母。不争着前家儿偿了命，显得后尧婆忒心毒。"包拯深为这个贤母所感动，想起：刚才昼寐，梦见一个蝴蝶坠在蛛网中，一个大蝴蝶来救出他。次者亦然。后来一小蝴蝶亦坠网中，大蝴蝶虽见不救，飞腾而去。他心存恻隐，救小蝴蝶出离罗网。他就立心要救这小的之命。在王婆婆到监狱里送饭的时候，王大、王二都被释放走了，却对她说，要将小的盆吊死，替葛彪偿命。"明日早墙底下来认尸。"第二天，王婆婆和王大、王二来认尸，不料包拯却以偷马贼赵顽驴来代替王三死去，而将王三也释放出狱来。

这个悲剧主要是描写女主角王婆婆的感情与理智的斗争。王三是她的亲生子。她为了在理智上要救护她丈夫的前妻的二子，不能不牺牲她自己的亲生子，但在感情上，她是不能没有留恋的。这场斗争是很激烈的。这样的矛盾心理的描写简直入骨三分，动人之至。但在描写监狱的黑暗与恐怖以及葛彪的狠凶处，也不是不着力。这悲剧应该是属于世界上最好的悲剧之列的。

《刘夫人庆赏五侯宴》写当时地主们欺骗和压迫百姓的凶暴的情况极为深刻。封建社会的主要矛盾在当时应该仍是地主和农民之间的矛盾。我们在这个悲剧看得十分明白。潞州长子县有妇人李氏，嫁的夫主是王屠。生了一个孩儿王阿三之后，王屠便下世了。家中一贫如洗。李氏要将这孩儿卖去，埋殡他父亲。地主兼放债为生的赵太公见了她，便叫她典身三年，到他家里抱养他的没了娘的孩子。不料赵太公生了恶心，本来是典身，却被他改做卖身文书，永远地在他家使唤。一月之后，有一天，他叫李氏抱了两个孩子出来看。赵太公道："怎生我的孩子这等瘦，偏你的孩子这般将息的好。妇人好无礼也！"便动手殴打李氏，且要想摔死李氏的孩子。李氏苦苦地哀求着他：

［金盏儿］你富的每有金珠，俺穷的每受孤独，都一般牵挂着他这个亲肠肚。我这里两步为一蓦，急急下街衢，我战钦钦身刚举，笃速速手难舒，我哭啼啼搬住臂膊，泪漫漫的扯住衣服。

这一场话真是一字一泪，泪与血交流着。她道："员外可怜见！便摔杀了孩儿，血又不中饮，肉又不中吃，枉污了这答儿田地。员外，则是可怜见！"赵太公便逼她丢弃了她的孩子。在大雪天，她抱着王阿三，走向荒郊野外。她将那孩儿放在地上，哭一回去了。她行数十步，可又回来，抱起那孩儿来又啼哭。恰好被沙陀大将李嗣源见了，他便收养了王阿三为子，改名为李从珂。十八年后，李从珂长大成人，也做了将官，和其他四位武将一同打败了王彦章。他做殿后，缓缓而回。这时，赵太公的儿子赵脖揪也已长成。赵太公有病在身，便挑拨他儿子，说李氏是买来的，并将当初"将那好奶与他养的孩儿吃，将他无乳的奶来与你吃，因此折倒的你这般瘦了"那样的谎话也说了。赵太公死后，赵脖揪虐待她更为凶狠。又是一个大雪天，好冷天道，她在井边打水，却将那吊桶落在井里去了。她不敢回家去。到家里又是打，又是骂。她横了心，要在井边寻个自缢。恰好李从珂领兵经过，救下了她，并命兵士打捞水桶出来给了她。她见李从珂活像她的儿子王阿三，看看又啼哭起来。从珂问其原因，她便说出十八年前把王阿三给了李嗣源为子的事。李从珂暗地疑心，怀疑他自己就是那个王阿三。不然，为什么和他生的同年同月同日同时呢？这时李克用封他们五将为侯，克用的妻刘夫人设一宴庆贺他们，名唤做五侯宴。可是李从珂回来得最晚，并且一回来就向李嗣源询问收养王阿三的事。嗣源和刘夫人不得已而实说了出来："则这个王阿三可则便是你。"从珂便领了百十骑人马，去认他母亲去。那时，赵脖揪正在百般凌虐李氏，每天要她打一百五十桶水饮牛，嫌她不够数，便将绳子来，吊起这婆子来，直要打死她便罢。她是那样地惊慌失措啊！

［双调新水令］则听的叫一声拿过那贱人来，我见叫叫吖吖，大惊

小怪。狠心肠的歹大哥，欺侮俺无主意的老形骸。也是我运拙时乖，舍死的尽心儿奈。

但有谁来救她呢？有，有！李从珂刚刚领了众军赶来，救下了李氏，母子方才相认。他把赵脖揪杀了，与母亲换了衣服，坐上车儿，一同上京。它的情节有些像《白兔记》里的李三娘的故事，但较之更为残酷耳。

《邓夫人苦痛哭存孝》是一个历史剧，也是一个悲剧。李克用有十三个义子，号为十三太保，其中一个是李存孝，英勇无敌。他本名安敬思，是一个牧童出身。他的妻邓夫人乃是他主人家的女儿。在全剧里，李存孝不是主角，主角却是他的妻邓夫人。他的不幸的遭遇和心情，都由邓夫人的嘴里吐露出来。这是很奇特的写法，恰也正是"杂剧"由"诸宫调"转变而来，还未脱尽"叙事诗"的歌唱方式之处。克用的两位义子李存信、康君立老是妒忌存孝，想害他。有一天，假传克用之命，要各个义子都恢复本名。存孝信以为真，便改为安敬思。不料李存信、康君立却在克用面前诉说李存孝心怀怨恨，所以改名，想要造反。克用大怒，便欲起兵讨之。他的妻刘夫人连忙阻劝，由她自己去把存孝带来，辨明是非。当存孝到来时，克用正在大醉，糊里糊涂便命将存孝车裂了。第二天醒来时，明白了一切，便也将李存信、康君立车裂了，为存孝报仇。

《关张双赴西蜀梦》也是一个历史剧，但同样地，也是一个异常凄楚的悲剧。刘备终日夜地思念着关羽和张飞，但他们一个在荆州，一个在阆州，均先后的被杀害了。张飞和关羽的鬼魂，同到西蜀托梦给刘备，要他为他们二人报仇雪恨。张飞做了鬼，还是很勇猛的，但毕竟是鬼，不是人了。他进宫时，却难得进去。

［倘秀才］往常真户尉见咱当胸叉手，今日见纸判官趋前退后。原来这做鬼的比阳人不自由！立在丹墀内，不由我泪交流，不见一班儿故友。处处对照着生前与死后，"原来咱死了也么哥"，他到这时才猛省着自

已是死了。他见到了刘备。

[倘秀才]宫里向龙床上高声问候，臣向灯影内凄惶顿首。躲避着君王，倒退着行。只管里问缘由，欢容儿抖擞。

最后，方向刘备把被害的事说明了。在这里把张飞的性格和他在骤然间改变了生死的不同境地时的感情的变化描写得十分深入。像这样地对照着写生与死的间隔和不同的景况，在别的剧本里似乎还很少见到过。这便构成了凄楚无比的悲剧的场面。

《钱大尹智勘绯衣梦》写王闰香与李庆安指腹成亲。后来，李家穷了，王家有悔亲之意。一天，王闰香在花园里见到了李庆安，向他说："今夜晚间收拾一包袱金珠财宝，着梅香送与你。"要他来娶她。那天晚上，梅香拿着一包袱到花园里，却被一个贼杀了。李庆安来时，在死了的梅香身上绊了一跤，染了一手鲜血。他被捉到官里去。糊涂的官把他屈打成招。钱可新除开封府尹，才判明了这案件，把真正的杀人犯裴炎捉到，而将李庆安释放了。王员外这时才肯将王闰香嫁给了李庆安为妻。

此外，关汉卿写的悲剧还很多，像《唐明皇哭香囊》《屈勘宣华妃》《武则天肉醉王皇后》《汉元帝哭昭君》《金谷园绿珠坠楼》等，因为它们都已经佚去不传，所以不能在这里加以讨论。如果它们都还存在的话，我们对于关汉卿的悲剧一定会有更全面的研究的。

就在上面七部悲剧看来，关汉卿的悲剧有几个特点。

第一，他是在思想和感情的深处，同情于不幸的被压迫、被损害、被侮辱的小人物的。那些小人物在过去的文学创作里是极少成为主人翁的。我们看，窦娥、银匠李四、王婆婆、王屠的妻李氏，以至李庆安，哪一个不是封建社会里最常见到的小人物呢。他们是生长于人民当中的小人物，像他们那样的负屈含冤的悲剧是经常地产生的。像那样地为人民作喉舌的悲剧，怎能不深入人民之间，而为他们所喜闻乐见呢。像那样地和人民的痛苦、冤抑打成一片的悲剧，以至那些悲剧的写作者关汉卿，乃是属于人民自己的，乃是和广大人民群众共呼吸、同血脉的。

第二，在关汉卿的悲剧里，所揭露的坏人坏事，主要是属于统治阶级或特权阶级的。官吏总是那么贪污而昏庸，坏人总是那末肆无忌惮地欺压和剥削善良。他口诛笔伐的矛头永远地指向着统治阶级和压迫农民的地主等等。不论是赵太公，是王员外，是鲁斋郎，是葛彪，是张驴儿，是所有的昏官污吏，他们一出现在舞台上，就会令人发指。在这里，善与恶是和黑与白一般的分明。但实际生活里，恶人们却又常常地占上风。窦娥诉说道：

［滚绣球］有日月朝暮显，有山河今古监。天也，却不把清浊分辨，可知道错看了盗跖、颜渊。有德的贫穷更命短，造恶的享富贵又寿延。天也！做得个怕硬欺软，不想天地也顺水推船。地也！你不分好歹难为地，天也！我今日负屈衔冤哀告天，空教我独语独言！

这一席话便是老百姓们所要同声诉说着的，也便是符合于实际生活里所发生、所出现的真情实况。

第三，在关汉卿的悲剧里，还有一个特点，是：善人最后是得到了伸雪，恶人结果是遭到了应得的罪罚。连已被杀了的窦娥和已被车裂了的李存孝，也都得到了报仇雪恨。这样的处理，会不会削弱或减少悲剧的效力呢？想来是不会的。他的每一个悲剧，其发生的过程都是十分悲惨和残酷的，已能令观众泣不自禁，愤恨不已，从那些悲惨故事里，会联想到日常发生的许多真情实事，甚至还有比那些悲剧更加凄惨的。是不是会永远地是悲剧，是永远地无可挽回，无可补救呢？在实际生活上可能是那样，可是也可能会出现偶然的情况。我们的作者便把可能出现的偶然情况，作为实际上应该产生的事例来处理了。这样的作者想象中的比较圆满的结局，是更会激起观众的与实际生活相对比的不平与不满的效果的。"大快人心"的结局是只能在舞台上出现的，而且，也只可能在宋代，在有了像包拯、钱可那样的公正贤明的官的时候方会出现的。这不足够说明在那个时代的反面的黑暗无比的实际情况么？像包拯、钱可那样的贤明的官难得遇到，有的作者们便把想象中的报仇雪恨的事，寄托于英雄们，像梁山泊里的李逵、燕青等英雄们的身上。那样的处理方法也是一种偶然性的。但在关汉卿的悲剧里，却不曾出现过梁山泊的英雄们。可能他是早期的作家，《水浒》故事在那时候还未曾广泛、普遍地流传，所以，不曾为他所运用。在实际上，梁山英雄们下山来为负屈衔冤的老百姓们报仇雪恨的事，同样地和偶然出现了一二位像包拯、钱可那样的贤明的官一样的"千载难逢"。像这样地"过屠门而大嚼"的聊且快意之举，在效果上，只有增加而不会减少观众的悲愤的心情和悲惨的气氛的。

我们读了关汉卿的悲剧，可以看到他是如何现实地反映出中国封建社会所造成的许许多多的必然性的悲剧的故事，特别可以知道，在蒙古时代，那样的一个封建社会里的畸形时代，在地主和农民的主要矛盾之外，还要加上一层民族矛盾。他写这些矛盾与冲突，把他们具体化了，又正确，又鲜明，又生动。他的这些悲剧不仅是一个时代的镜子，也是长期的封建社会所产生的几千年的镜子。他的深入浅出，一点也不做作的笔调，把那些故事不朽了，而他的悲剧同样地是不朽的。

二 关汉卿的喜剧

关汉卿不仅善于写悲剧，也善于写喜剧。他的才能是多方面的。他写悲剧就能叫你泪落满面，心酸难忍，他写喜剧又能让你像吃甘蔗，从头到尾，越吃越甜，一层层地深入，一处处地让你笑个痛快，以他的无比的智慧，让你也增长了不少可宝贵的智慧。看他在山穷水尽之处，怎样地又出现一番柳暗花明之景的，便可以明白喜剧是难于下手，更难于有美好的成就的。

他的喜剧是那样地轻盈活泼、爽脆可喜啊。像绝早的清晨，太阳光刚露出一丝红彩的时候，碧水涟涟的池塘里，红的白的荷花，在绿茸茸的荷叶的清香丛里，轻微地卜卜有声地彼争此竞地张放了它们的花瓣；而玫瑰的小花朵，经过了一夜的蓄精养锐的休息，这时也正莹然有光，

娇艳非凡地向着朝曦，开放它们的红色的唇吻。我们仔细地读了他的喜剧就可以明白这些譬喻，不是徒然的赞颂。

今存的关汉卿的喜剧有：一、《温太真玉镜台》，二、《钱大尹智宠谢天香》，三、《赵盼儿风月救风尘》，四、《诈妮子调风月》，五、《闺怨佳人拜月亭》，六、《望江亭中秋切脍旦》，七、《杜蕊娘智赏金线池》，共七本。这七本喜剧都是无瑕的杰作，简直没有败笔。

《温太真玉镜台》是一个老故事了。晋代的温峤是一位有名的人物。他有个从姑刘氏，生女倩英，年长十八岁。温峤接了他们到京居住。他这时已丧偶，一见倩英，便钟上情。她是那么娇美，"但风流都在她身上，添分毫便不停当"。刘夫人要温峤教她弹琴写字，那是他求之不得的事。他沉醉在她的美丽的丰神里。刘夫人要温峤为倩英保一门亲事。他说，有个学士，"年纪和温峤不多争，和温峤一样身形，据文学比温峤更聪明，温峤怎及他豪英"。夫人便应允了。温峤就将玉镜台作为定物。等到官媒去说亲时，原来那学士就是温峤他自己。倩英很不愿意地嫁给了他。结婚后，不许温峤走近她。她说："若近前来我抓了你那脸。教他外边去。"两个月来，他总不得亲近她，尽管他"百纵千随""满面儿相陪笑"。他说：只要她"与些好气呵，我浑身儿都是喜"。但倩英总不答理他。两个月之后，有王府尹设下鸳鸯会，请他们赴会，要在筵宴之间，教他们两口子和合。在这会上，会做诗的，学士金钟饮酒，夫人插金凤钗，搽官定粉。做不出诗来的，学士瓦盆里饮水，夫人头戴草花，墨乌面皮。这时候，倩英方才着急起来，要温峤做出诗来；在这时候，她方才唤他一声丈夫。温峤果然吟出诗来。他和他夫人从此团圆。

《钱大尹智宠谢天香》里的钱大尹，就是上面《钱大尹智勘绯衣梦》里的钱可。他做着开封府尹，有一个友人柳永，游学到此，留恋着上厅行首谢天香。有一天，柳永要上京应举去，向钱大尹谢行，再四地以谢天香为托。他走后，钱可唤了谢天香来唱词。他为谢天香的娇艳和聪明所感动，使她乐案里除了名字，与他做个小夫人。她怎敢违抗他呢？她叹道：

［尾声］罢，罢！我正是闪了他闷棍着他棒，我正是出了挈篮入了筐，直着咱在罗网！休摘离，休指望，便似一百尺的石门教我怎生撞！便使尽些伎俩，千愁断我肚肠，觅不的个脱壳金蝉这一个谎。

她到了钱大尹相公宅内，又早三年光景，把那歌妓之心消磨尽了，但钱大尹却始终不曾和她亲近。有一天，钱大尹对她说，要拣个吉日良辰，立她做小夫人。这时，柳永一举状元及第，知道钱可娶了谢天香，大为不满。钱大尹坚请他赴宴，并叫谢天香出来陪酒。这两位旧日情人相见的情景是很狼狈的，各有千般言语，万种情思，却没能倾诉出来。柳永酒也喝不下去。钱可到了这时才将那谜底揭开，原来他智娶谢天香，完全是为了成全柳永。说明了之后，他们一对情人乃喜悦异常地团圆了。

《赵盼儿风月救风尘》在关汉卿的喜剧里是最著名的一本，的确，它当得起是十分隽秀的一部迷人的喜剧。许多写妓女的戏曲，不是写得凶狠无情，像《玉玦记》，就是写得情意十分深厚，像《绣襦记》或《曲江池》，但很少把妓女的被侮辱、受损害的心理写得真切地深入地的。关汉卿所写的妓女却不同，她们是入情入理的平常的女人。假如有什么不同于良家妇女之处，只是为了她们是被损害、受侮辱得最深最切的小人物。对于她们的描写很少有像关汉卿那么给予以同情的。他对于赵盼儿，对于谢天香，对于杜蕊娘，全都是如此。他写赵盼儿对安秀才说的话道：

［油葫芦］姻缘簿全凭我共你，谁不待拣一个聪俊的，他每都拣来拣去转一回。待嫁一个老实的，又怕尽世儿难相配；待嫁一个聪俊的，又怕半路里相抛弃。遮莫向狗溺处藏，遮莫向牛屎里堆。忽地便吃了一个合扑地，那时节睁着眼怨他谁。

安秀才因为他的所爱的妓女宋引章要嫁给周舍，便托赵盼儿去劝她。赵盼儿明知周舍不是一个好东西，便去劝宋引章不要嫁他。那知宋引章执

迷不悟，一心只恋着周舍，为的他能够做小伏低，体贴十分。赵盼儿再三劝阻她不听。她便嫁了周舍。那知一过门，周舍的态度便大变，先打了她五十杀威棒，还道："我手里有打杀的，无有买休卖休的。"宋引章托人带信给赵盼儿，要她去救她。赵盼儿设下一计，打扮得十分动人，到了周舍住的地方郑州去。她住在一家客店，着人去唤周舍来。周舍见了她，想起当初"破亲"的事，便有忿恨之心。但赵盼儿娇媚地向他说，当初她见了他时，不茶不饭，一心待要嫁他，不料他却娶了宋引章，所以，特意地要"破亲"。如今好意将车辆鞍马奁房来找他，却受到他的如此的冷遇，便欲拦回车儿，要回转家去。周舍听了，便留下了她。赵盼儿道："你休出店门，只守着我坐着。"周舍道："就守着你坐一两年也成。"过了两三天，宋引章寻找了来，假意地大闹一番。赵盼儿道："好呀，你在这里坐着，却叫你媳妇来骂我这一场。拦回车儿，我回转家去。"周舍便答应休了宋引章，娶她为妻。但他也狡猾得很，怕"弄的尖担子两头脱"，便要她说下个誓，还要送酒、送羊、送红罗给她下定。但她早已预备下了，在车上有十瓶酒，有熟羊，也有一对大红罗。她说道："争什么，你的便是我的，我的就是你的。"周舍回家，就写了休书给宋引章。她是逃得性命出了这恶霸的家门了。这里，周舍却到客店里娶赵盼儿，不料她也已经走了。周舍才知道着了她道儿，连忙追赶了去。他见赵盼儿和宋引章同行着。他要宋引章回家，骗得休书到手，却把它咬碎了，还对赵盼儿道："你也是我的老婆。"她道："我怎么是你的老婆？"他道："你吃了我的酒来。"她道："是我车上的十瓶好酒。"他道："你可受我的羊来。"她道："我自有一只熟羊，怎么是你的？"他道："你受我的红定来。"她道："我自有大红罗，怎么是你的？"周舍无言可答，却迫着宋引章跟他回家。赵盼儿笑吟吟地说道："咬碎的休书是假的，真的休书在我这里呢。"周舍大怒，便扯了她们二人去告官。官却将不安本业的周舍杖六十，而将宋引章断给安秀才为妻。这喜剧的故事，像剖蕉似的，层层深入，而且奇峰突起，常像是打了死结，却不料却是个活结，很轻松地便解开了。赵盼儿这样地愚弄恶人，是足以使观众快意怡情的。

《诈妮子调风月》是一本以婢女为主角的喜剧。一个大官家里，来了一个小千户，夫人便唤婢女燕燕去伏侍他。燕燕见了那年轻的小舍人，便爱上了，十分殷勤小心的伏侍着。

［哪吒令］等不得水温，一声要面盆，恰递与面盆，一声要手巾，却执与手巾。一声解纽门，使的人无淹润，百般支分。

小千户也爱上了这娇艳多情的小女子。他们很快地便相恋着。清明时节，全家都去郊外踏青，燕燕却留在家里。她喝了些酒，和女伴们蹴着秋千，但一心记挂着小千户，急忙忙地回到书院里来。

［粉蝶儿］年例寒食，邻姬每斗来邀会。去年时没人将我拘管收拾，打秋千，闲斗草，直到个昏天黑地。今年个不敢来迟，有一个未拿着性儿女婿。

他却已经在书院里坐着了，没情没绪地不奈烦着。燕燕问他："吃饭么？"他也不应。燕燕猜是在郊外去逢着什么邪祟，或者，是不是因为她微微喘息，衣衫不整，起了疑心。但当她替他更衣时，却把一块手帕落在地上了。燕燕连忙拾起手帕，紧紧地追问道："哥哥撇下的手帕是阿谁的？"她一时间愤妒交集，开始对他的信心动摇了。

你养着别个的，看我如奴婢，燕燕那些儿亏负你！

她是那样地失望伤心，像一块火红的热铁，一下子落在冷水里。

我枉常受那无男儿烦恼，今日知有丈夫滋味。

她是那样地痛愤难忍：

出门来一脚高，一脚低，自不觉鞋底儿着田地。痛怜心除他外谁根前说，气夯破肚，别人行怎又不敢提。

她又自悔、自怨、自艾地说道：

呆敲才敲才休怨天，死贱人贱人自骂你。……这的是折桂攀高落得的！

她是那样地烦恼着。"短叹长吁，千声万声。倒枕捶床，到三更四更。"小千户入得她房门，再三的央告她，对月说誓。她哄得他出房门，却紧闭了门，"铺的吹灭残灯"，任他百般求告，都不答理。他便含怒而去。

第二天，夫人命燕燕向小姐去说亲。她说，不会。夫人怒说，她是个能言快语的人，一说准能合成，为什么不去？她只好去了。她见小姐一说就许，十分懊恼，要着几句话，破了这门亲。她说道："小姐，那小千户酒性歹。"却被小姐骂了一顿。她恨道："说得他美甘甘枕头儿上双成，闪得我薄设设被窝里冷。"

到了他们结婚的日子，燕燕为新娘梳妆插戴，却恶毒地诅咒着。被他们发觉了。问起缘由，她方才诉说她和小千户的一段恋爱经过。夫人允许她也嫁给小千户为第二夫人，她心愿才偿。这故事很简单，没有什么大风波，大曲折，只是写一个少年婢女的恋爱经过，却把这个婢女燕燕的热烈的感情，爽直而勇敢的性格，写得淋漓尽致，大起大伏，尽情地爱，尽情地恨，尽情地诅咒。热爱着的时候，她是那样的全心全意地恋着她的情人。失恋的时候，她又是那样地一心一意地自怨自艾，并且愤恨得像野火烧山，一发不可复止。有谁曾经像关汉卿似的写过这么一个有血有肉，有感情，而且敢于愤恨，敢于诅咒的婢女呢？《西厢记》里的红娘要是和燕燕比较起来，红娘便要显得不是一个有血、有肉、有感情的人物，而只是一个"撮合山"的陪衬的脚色而已。

《闺怨佳人拜月亭》写金代的一个城市，为外来侵略者攻破，许多人家都落荒逃难。有王瑞兰的，与她母亲相失，只好跟随一个书生蒋世隆同行。他们在一家客店住下。蒋世隆生了病。恰好王瑞兰的父亲经过，认出了她，便硬生生的逼她抛下她生病的丈夫和他同去。这是多么惨苦的场面。

［乌夜啼］天哪！一霎儿把这世间愁都撮在我眉尖上，这场愁不许堤防！……咱这片霎中如天样，一时哽噎，两处凄凉。

她到了她父亲官衙里，母亲也在着，还多了一个她母亲在路上遇到的女子蒋瑞莲，她成为她的义女。她虽然生活得舒服，却老是想念着那染病的男儿，未知他此时是死是活。她对着残春，恹恹如有所思。瑞莲说她，是想念男人吧。她道："你这个小鬼头春心儿动也！"但到了深夜间，她却在后花园里烧夜香。她祝祷道："这一炷香愿爸爸减削了些狠恶心肠，这一炷香祝俺那抛下的男儿健康。"她向明月深深地拜道："愿天下心厮爱的夫妇永无分离，教俺两口儿早得团圆。"瑞莲却从暗里出来说破了她，她只好将她和蒋世隆的事从头诉说一番。瑞莲听了，却哭泣起来。她大为疑心，说："我哭，是为了怨感，你哭，却为甚的？你莫不是俺男儿的旧妻妾？"瑞莲说，世隆是他哥哥。二人便更加亲近了。

过了一时，朝廷开科取士，蒋世隆中了文状元，王瑞兰的父亲将她嫁给了他。原来新人便是旧人。他们二人彼此都不满意，她道："我常把伊思念，你不将人挂恋！亏心的上有青天。"她又道：

［胡十八］我便浑身上都是口，待交我怎分辨。枉了我情脉脉，恨绵绵，我昼忘饮馔夜无眠。则兀那瑞莲便是证见，怕你不信后，没人处问一遍。

这时，世隆才和他妹子瑞莲重遇。经过妹子的说明，二人方才和好重圆了。他妹子也嫁给武状元为妻。

这有名的《拜月亭》故事，后来在南戏的《拜月亭记》里有了更详尽的发展，但其骨架，乃至其中的若干"绝妙好辞"，却都是关汉卿此剧所有的。

《望江亭中秋切鲙》写一个寡妇谭记儿，生得美貌非凡，常到白姑姑的尼庵里攀话。她丈夫死了三年光景。这三年里，她是"日暮愁无限"。"这愁烦恰便似海来深，忧和闷却兀的无边岸"。白姑姑有意地要使她嫁给自己的侄儿白士中，便设下一计，使他们二人见面，趁机命她嫁给了他。二人便同到潭州赴任去。有一个杨衙内的，是花花太岁，

街下小民，闻他的名也怕。他闻知谭记儿大有颜色，便欲娶她做个小夫人，不意被白士中先行娶做夫人了。杨衙内怀恨在心，便奏知圣上，说白士中贪花恋酒，不理公事。皇帝便准许他去取白士中首级。士中得到京中家信，知道了这事，愁眉不展。谭记儿见他执着信沉吟不语，还当是他前妻的来信，再三地追问白士中，方才告诉她杨衙内奉旨来取他首级的事。谭记儿道，不妨，有计在此，"着那厮满船空载月明归"。是八月十五日中秋节，杨衙内正对月喝酒，谭记儿却扮做一个卖鱼婆张二嫂，将一尾金色鲤鱼在望江亭上，与杨衙内切脍。杨衙内被她的美色所迷，饮酒甚多，并要娶她做二夫人。她乘机骗取了他的势剑、金牌和文书。他沉酣地熟睡着，她却下船回去了。杨衙内醒来时，才知道不见了势剑、金牌，但他仍到潭州，要拿下白士中。白士中道："你凭什么文书来拿我？"他的文书却失去了。这时，张二嫂来告状，说杨衙内在半江心里欺骗她来。杨衙内方才心慌，说："如今你的罪过我饶了你，你也饶过我罢。"他向白士中要求见他夫人一面。谭记儿出来一见，原来就是那张二嫂。"唬得他半晌价口难言。"只是说道："你好见识，被你瞒过小官也。"正在这时，官府李秉忠来了。他奉命体察这件事，知道杨衙内的罪过，就将他削职闲住，做一个庆喜会，庆赞白士中夫妇团圆。在这本喜剧里，把杨衙内的凶狠好色，谭记儿的聪明有智，写得十分地曲折而逗人欢笑。作者特别着力地写谭记儿，写她做寡妇时的心情，写她见到她丈夫执信沉吟时的猜妒的心情，写她当机立断，怎样地乔装改扮，江上卖鱼，怎样地愚弄杨衙内，和他喝酒吟诗，灌得他沉醉，骗取了他的金牌、势剑和文书，是出色当行的一位有魄力、有胆有智的心意坚强的少年妇人，和他笔下的赵盼儿、谢天香、燕燕等，又自不同。

《杜蕊娘智赏金线池》写一个书生韩辅臣，在济南太守石好问席上，见到了上厅行首杜蕊娘，二人一见钟情，便住到她家里去。半年之后，二人感情更深，一个要嫁他，一个要娶她。只是那虔婆坚执不肯。

石好问二年任满，朝京后，皇帝命他仍为济南府尹。这时，韩辅臣还在济南，并未进取功名去。有一天，他却到石好问那里，告诉杜蕊娘欺负他。在这里，恐怕原来的剧本有些脱落，或错乱处，不知什么原因，他们二人竟有了误会。韩辅臣一去半月不来她家。杜蕊娘疑心他又恋着别人，心里十分不忿。更怕他人闲话，教她怎生见人。

[南吕一枝花] 东洋海洗不尽脸上羞，西华山遮不了身边丑，大力鬼顿不开眉上锁，扬子江流不断腹中愁。闪的我有国难投，抵多少南浦伤离后。爱你个杀才没去就，明知道你雨歇云收，不指望他天长地久。

但她实是深爱着韩辅臣的。他虽离了她眼底，却"忆憎着又在我心头"。只是不知"他在那搭儿续上绸缪"。有一天，她正弹着琵琶散心适闷，韩辅臣来了。她只推看不见。"不见他思量些旧，倒有些意儿相投，我见了他扑邓邓火上烧油，恰便似钩搭住鱼腮，箭穿了雁口。"活画出一个心高气傲的少妇来。任着他百般哀告，她只是不答理他。韩辅臣又到石好问那里去告她。石好问托几个人在金线池上设下酒宴，要为他们两口儿圆和。杜蕊娘来了，先说明要行个酒令，可不许题起韩辅臣的名字。但在不知不觉间，她自己却说出了韩辅臣这名字来。她喝醉了酒，韩辅臣暗地上来扶着她。她一见是他，便喝他靠后，说道："看破你传槽病，捆着手分开云雨，腾的似线断风筝。"韩辅臣见她真个不顺从，便又到石好问那儿去告她。这次石太守却以失误了官身的罪名，提了她来，准备大棍子要责打她。她道："可着谁人救我哪？"正遇见韩辅臣在那里，便揣着羞脸儿哀告他。韩辅臣道："你随了我么？"她道："我随顺了你。"石好问便出十两花银给她母亲，则今日便着杜蕊娘嫁了韩辅臣。他们两口儿"从今后称了平生愿"。

在这七本喜剧里，正像他的好几本悲剧，剧中的主角全都是女子。有的是年轻的宦门少女，像刘倩英；有的是被贱视、被侮辱的妓女们，像谢天香，像赵盼儿，像杜蕊娘；有的是在官家做婢女的，像燕燕；有的是在热恋中而突然离别了她丈夫的少妇，像王瑞兰；有的是有智有勇

的年轻夫人，像谭记儿，没有一个不写得好。她们不是同一性格的。有的是温柔懦弱，没法反抗家庭的或社会的压迫的，像谢天香和王瑞兰。但他更着力写的乃是热情充溢，像春天的花朵似的，浑身是力，是爱，是火，自恃年轻貌美，心高气傲，相恋时，万种娇柔，失意时凶猛得活像母狮，燕燕和杜蕊娘就是那样的人物。还有一类妇女，那是世间所少有的，像赵盼儿和谭记儿，智勇双全，胆量无比，能将凶狠恶辣的淫棍，惩治得服服贴贴，难以反抗。还有，像刘倩英那样的少女，她受到了欺骗，虽成了婚，也还不甘屈伏，不肯服从。这倒是不乏见的例子。这七个主人翁，被我们的作者写来个个生气勃勃，各有不同的口吻、性情和行为。虽出身相同的，却各有不同的面貌。从前画家有一套底稿，凡画美人便都是鹅蛋脸，细眉小口，千人如一。但在这里，作者所写的美貌佳人，才是千篇不一例！一扬眉，一顾盼，一开口，一举步，便都是各有神情，各有体态，各有颠倒人的地方。光说是"美"，是完全笼统的不切合现实的赞叹。那"美"，是有千千万万的不同呢。我们在这里，不能不歌颂作者绘写人物的工细和真实，而且，也是深入地、创造性地表状明白，毫不模糊不清。

就在这些喜剧里，他也是那末深刻地描写着那个黑暗时代，那些受压迫、被侮辱的小人物，和他自己是怎样地对于他们表示深切的同情啊。

三　关汉卿的历史剧及其他

关汉卿也写不少历史剧。现在存世的，除了上举的悲剧《西蜀梦》和《哭存孝》之外，还有《关大王单刀会》《尉迟恭单鞭夺槊》《山神庙裴度还带》。

《关大王单刀会》是关汉卿最有名的一个历史剧，到今天我们还能在舞台上见到。很早以来，"三国"的故事便成为民间所喜爱的历史题材。像关羽那样的英雄人物，乃是喜爱正直不欺的爽直的英雄的中国人民所崇拜的。人民的喜怒好恶的倾向，把这位英雄更加"神"化了，更加"神话"化了。

我们的作者对于像这样的神话似的英雄人物是很着力地来描状的。谁说我们的作者只善于写妇女而不善于写男子呢？他是以千钧之力来写这个勇猛的英雄关羽的，连在他左右的人物，像周仓、关平也都有了生气。曾有人说，读了《水浒传》里武松醉打蒋门神的一段，连酒店里的空缸空瓮也都被震撼得嗡嗡有声。在这里，我们读到，"大江东去浪千叠"的一段独唱，还不同样地像听到大江的水在滚滚地流着，而勇猛的英雄的豪气更有甚于江水的浩淼地急流么？

我们看，关汉卿是怎样地处理这位勇猛的英雄的？这剧本的第一折写东吴大夫鲁肃，设下三计，要想请关羽过江赴宴，就此索取荆州。他若不与，便埋伏兵丁，一拥而出，将他捉下，将他去换来荆州。鲁肃请乔公商议此事。乔公力言不可，并赞扬关羽的英勇事迹一番。第二折写鲁肃又去访问隐士司马徽，商酌索取荆州事。司马徽说起关羽是盖世英雄，勇猛难近，也劝他息了此心。鲁肃还是不听。终于如计行事，遣人去请关公过江赴宴。第三折写关羽在荆州接得鲁肃的邀请，便决定过江赴宴。他的儿子关平以为宴无好宴，劝他不要去。这里，乃是从关羽自己口里，说出他自己的英雄事迹，豪迈心情。他无所畏惧地上船赴宴而去。第四折是剧中最高的顶点，写关羽到了江东赴宴。鲁肃说起索还荆州事。关羽大怒，以大义折服了他，并劫持了他，要他送自己上船，回到了荆州。这剧本千言万语，密云不雨，烘烘托托地写尽关羽的勇猛，然后才使关羽出场来，然后方以最后一折，写赴宴的事。表面上看来，前三折仿佛是多余的。但这样衬托地描写着，正是"将军欲以巧胜人，盘马弯弓故不发"的伎俩，才显得出最后一折的效果更大更好。现在舞台上还能照原本演出的，有此剧的第三折（名《训子》）和第四折（名《刀会》）。那些，便是关汉卿的所能照原样上演的仅存的两折了。一部十三世纪的剧本还能照原样上演、还能听得到关汉卿写的原来的歌词，那不是一件很大的幸运的事么？

《尉迟恭单鞭夺槊》，有的研究者以为即是《介休县敬德降唐》一剧。但这剧所述的故事，和《敬德降唐》显然不同。《敬德降唐》所写的应该是尉迟恭早年的英勇事迹和他知道刘武周已死，方才肯投降于唐的事。这个《单鞭夺槊》写的却是敬德降唐以后发生的事。他的投唐经过，只是在剧前楔子里草草叙明一下而已。为什么会把二剧混作一剧呢？主要是因《太和正音谱》所著录的关汉卿的剧本名目，只有《敬德降唐》一剧而无《尉迟恭单鞭夺槊》一剧之故。还有的戏曲研究者，将《单鞭夺槊》和尚仲贤所作的《三夺槊》混而为一。按尚仲贤所作的《三夺槊》，今存于《元刊杂剧三十种》里，和《单鞭夺槊》是完全不同的另一个剧本。故我们仍以此剧归之关汉卿。在作风上，和关汉卿的也颇为相同，是同样地朴素而有力，曲折而生动。

《单鞭夺槊》的主人翁是李世民。他初得尉迟恭投降，心中十分之喜，他亲自去奏知李渊，"将敬德将军的牌印来"。不料他刚一离开，三将军李元吉就想起尉迟恭曾经打他一鞭，打得他吐血的事，要想报仇。他唤了尉迟恭来，说他想带领本部人马还山后去，便将他下牢，要害他性命。徐茂功闻知这个消息，连忙去追赶李世民回营来。世民回来，证实了尉迟恭并无二心。元吉说，他逃走时，是被元吉自己捉了回来。但当场表演时，敬德却单人独马，将元吉的槊夺来，并叫他坠马。事情是十分明白了，尉迟恭的冤屈是伸雪了。恰好王世充的前部先锋单雄信来索战。李世民和段志贤去看洛阳城，被单雄信追赶得走投无路。徐茂功恰巧跑来，揪住雄信，叫世民逃命。雄信拔出剑来，割袍断义。茂功只好回营求救兵去。在这危急的时候，尉迟恭骤马而来，大喝一声，如雷动的响亮。他用单鞭打败了单雄信，打得他吐血而走，并夺得他的枣槊。这场凶猛的战争，在剧本里又从"探子"的口里，重新渲染了一番，以加重地形容尉迟恭的勇猛，其手法和《关大王单刀会》颇为相同。

《山神庙裴度还带》是一个流传颇广的故事。唐裴度微时，一贫如洗，到汴梁去投他的姑丈王员外。他姑丈劝他休读书，去做买卖吧。他愤怒而去，住在一个山神庙里，而寄食于白马寺。有一天，天上纷纷扬扬下着一场好大雪。他到白马寺吃斋，和长老闲话时，遇见一个相者赵野鹤，决定裴度明日不过午，便要一命归阴。裴度大怒而归。这时，洛阳韩太守因被冤陷狱中，要追还赃款三千贯。已还了二千贯，尚有一千贯无法还出。他女儿韩琼英到邮亭上卖诗救父。遇李文俊，怜其遭遇，赠以玉带，可值千贯。琼英因大雪，到山神庙中暂避。天色晚了，急忙回家，却遗忘了玉带在庙里。裴度回庙时，拾得这玉带，就想还给那遗带之人。第二天，天一亮，韩夫人和琼英就到庙里寻找玉带不见，皆欲寻个自尽。裴度连忙出来阻止并将玉带还给她们。当裴度送她们出庙的时候，山神庙忽然地倒塌了，但他却幸免于祸。他又到白马寺。赵野鹤一见到他，便大惊，说他阴骘文耳根入口，不仅不死，久后必然拜相。这是因为他救了人命之故。这时韩夫人也寻踪而来。她丈夫叫她把琼英许给裴度为妻。裴度要上京应举。白马寺长老赠给他路费，方得成行。后来，韩太守的冤伸雪了，升做参知政事，裴度也一举状元及第。他就招裴度为婿。他家结起彩楼，由琼英抛绣球儿招新状元。这绣球儿打中了裴度，他却不肯就婚，说，自己有了妻室。问他的妻是何姓名时，原来就是韩琼英。他们便结了婚。这时，白马寺的长老和赵野鹤都来找他，他设宴款待他们。他的姑丈王员外夫妇也来贺喜。裴度却不答理他们。经过长老的说明，原来白马寺的斋食和上京的路费全都是王员外托他供给裴度的。这时，裴度方才恍然大悟，而深感王员外的恩意。"方信道亲的原来则是亲。"

还有《状元堂陈母教子》一剧，《录鬼簿》也说是他所作。在他的所有的悲剧、喜剧、历史剧等里面，这本杂剧是最驽下的了。只是再三地铺叙着贤母教子成名的事，情节很简单，也很平庸，对白尤为陈腐。可能那对白是后人加添的，故显得很不调和，而曲文还是相当地隽秀的。北宋时，有陈氏老母生了三个儿子，陈良资、陈良叟、陈良佐和一

个女儿梅英。她盖了一座状元堂，要儿子们个个成名。后来，陈良资中了状元回家，第二年，陈良叟也中了状元回家。只有陈良佐在第三年并没有中状元，而中状元的却是王拱辰。她将女儿梅英招王拱辰为婿。她独对第三个儿子陈良佐责备甚厉，不让他夫妇二人上门。陈良佐因此再去上朝求官应举去，果然也得到了头名状元。这一家，共是四个状元。贤母着他们四人亲自抬着兜轿，去见寇莱公，他是奉了圣旨，对他们加官赐赏的。这本杂剧很像是一本"庆贺"的戏曲，那当然是不会写得好的。我很怀疑，这个剧和上面的《山神庙裴度还带》都不像出于关汉卿的手笔，他们的风格和题材，以至于思想内容，和关汉卿的其他各剧是那样的不相同。譬如将《陈母教子》里的陈母和《蝴蝶梦》里的王母比较起来，王母写得是那么生动有力，写她的理智与感情的冲突的矛盾心理是那末深刻而真切；而陈母的心理却是不大可理解的，只是追求着儿子们"状元及第"，不知何故。只有在剧首的发现埋金不取和后来的严厉地责备了陈良佐的受了老百姓的一匹蜀锦的二事，足以当贤母之称而无愧。

论元杂剧

龙榆生

杂剧的名称，在北宋时就有了。据孟元老《东京梦华录》卷五《京瓦伎艺》条，就有"般杂剧"的专业艺人，还有"小儿相扑杂剧"的表演者。耐得翁《都城纪胜》说得更为详细。他说：

杂剧中，末泥为长，每四人或五人为一场。先做寻常熟事一段，名曰艳段。次做正杂剧，通名为两段，末泥色主张，引戏色分付，副净色发乔，副末色打诨。又或添一人装孤。其吹曲破断送者，谓之把色。大抵全以故事世务为滑稽，本是鉴戒，或隐为谏诤也。

依据耐得翁这段记载，宋杂剧的初起，虽已有了各种不同角色，担任各项表演，而且有了音乐伴奏，但表演的中心内容，仍是沿袭《史记·滑稽列传》中所举优孟、优旃的故技以及《五代史·伶官传》中所列敬新磨等的作风，所谓"全以故事世务为滑稽"，也就是"谈言微中，亦可以解纷"的遗意。吴自牧《梦粱录》卷二十说到"向者汴京教坊大使孟角球曾做杂剧本子"。那么，北宋时，不但有了实际表演的杂剧，而且有了编好的脚本。可惜这些杂剧本子，现已只字不存了。据周密《武林旧事》卷十所载官本杂剧段数，至二百八十本之多。就它所存的名目看来，南宋官本杂剧使用大曲、法曲、诸宫调、词曲调的共有一百五十多本，可见它的音乐关系，与北宋专主滑稽者有所不同。但这两者决不是全无交涉的东西。由说滑稽故事构成剧本的内容，由借用各种曲调构成

唱词中的音乐，这正是发展成为元杂剧的必由道路。其间错综复杂的发展过程，因为史料不够，也就不容易弄得清楚。

元杂剧有一定的体段和一定的曲调，由宋大曲和诸宫调的叙事体，一变而为代言体，树立了戏剧的独立规模。每一剧本，例分四折，每折使用同一宫调的曲牌若干支成为一个整套，韵脚也要同部到底。如果四折之间有说不尽的情书，就可以插进一段楔子。楔子有放在四折最前面的，也有插在中间的，尽可灵活使用。在现在的元杂剧中，只有纪君祥的《赵氏孤儿》，共有五折。至于王实甫《西厢记》的二十折，则是用五本合成。这上面所说的一些规矩，是构成元杂剧的主要条件。明、清以来的杂剧作家，也都是遵照这些规矩的。

杂剧的构成，有动作，有说白，有歌唱。表示动作的术语叫做"科"，两人对话叫做"宾"，一人自说叫做"白"。整个剧本的重点，属于歌唱一门，有末本、旦本之分。每折都由主角一人担任歌唱到底。除末（生）、旦外，其他角色都只有说无唱。元剧角色的名目很多：末有正末、外末、冲末、二末、小末；旦有老旦、大旦、小旦、旦俫、色旦、搽旦、外旦、贴旦等，也有简称外和贴的。这一切，王国维的《宋元戏曲考》，讲得相当详尽，这里就不多说了。

元统治者把全国人民划分为蒙古人、色目人（西域各民族）、汉人（金辖区的汉人和契丹、女真、高丽、渤海人）、南人（南宋辖区的汉人和其他各族人）四等，尤其贱视南人，把他们叫做"蛮子"，给以多方面的迫害。那些蒙古贵族不但高据统治地位，对人民极尽压迫榨取的能事，而且惯于利用他们的"鹰犬"放所谓"羊羔儿息"的高利贷；更有所谓"权豪势要"的特殊势力，如什么"衙内"之类，无恶不作。这就不免激起有心人的义愤，借着历史故事来暗讽"世务"，反映这民族矛盾和阶级矛盾中的种种现实。这就是元杂剧蓬勃发展的主要内容。由于元统治者对汉人和南人的歧视，他们的知识分子除极少数因为善于逢迎爬上相当职位者外，一般都找个到相当的出路。相传那时还曾就广大人民的社会地位和职业关系，区分为若干等级，有"八娼、九儒、十丐"之说，把知识分子放在最下贱的一级。所有聪明才智之士，抑郁无聊，就只好转移目标，与勾栏中人打交道去，或者索性加入那些勾栏中人物所组织的"书会"，替他们编写剧本，作为谋生的一种方法。这样迫使中国历来为统治阶级服务的士人，不得不放下架子，深入群众，了解群众心理，学习群众语言，创作崭新的一种文学形式，借着勾栏中的艺人搬上舞台表演，用来博取观众的同情。我们只要检查一下元杂剧作家，一般都是没有什么政治地位的，甚而连姓名都不为人们所知道，那他们所处的环境和创作的动机，也就可想而知了。

杂剧，是在城市中成长和发展起来的，也曾受到过统治阶级的欣赏。有如杨维桢《元宫词》所说：

开国遗音乐府传，白翎飞上十三弦。大金优谏关卿在，《伊尹扶汤》进剧编。

又兰雪主人《元宫词》所说：

《尸谏灵公》演传奇，一朝传到九重知。奉宣赍与中书省，诸路都教唱此词。

这关汉卿所写的《伊尹扶汤》，曾经进入宫廷，鲍天佑写的《尸谏灵公》，曾被皇帝下令各地演唱，固然可以说明杂剧曾和宫廷发生过关系；明代开国皇帝朱元璋，也曾有"亲王之国，必以词曲千七百本赐之"（李开先《小山乐府序》）的传说。但这些情况，并不能据以贬损元杂剧的价值。至于现存的《元曲选》，虽然臧晋叔序文中有"录之御戏监"的说法，有些对统治阶级不利的东西，免不了要受到删改，变换面目；但明代的御戏监，绝不会为前朝隐讳。而且借古讽今，一样可以反映现实。元杂剧中所反映的社会情况，是能激发人们的民族意识和对统治阶级的反抗的。当然其中有一部分宣扬迷信，表现消极厌世思想的作品，是应该予以批判淘汰的。

王国维把元杂剧作家，分作三个时期，兼及作家的生长地域。第一

期属于蒙古时代，也就是从蒙古军侵入中原到统一全中国的初期。这一期的作家，几乎全是北人，而大都（今北京市）人就有十九名之多，包括关汉卿、王实甫、马致远诸杰出作家在内。从这里可以看出，这一崭新的体裁，是在特殊环境下产生的。由于一批落拓文人和勾栏中的艺人们发生了交往，进一步替他们编写剧本，作为表演的资料，而为了迎合市民阶层心理，不得不熟悉下层社会的生活情况，运用一些群众口语，并把大都语作为标准语言，因而能够长期在北方普遍流行，为观众所喜闻乐见。周德清的《中原音韵》，就是根据这些初期作家的作品加以归纳，来定十九部韵的。南宋灭亡以后，北方作者很多移住临安（今浙江杭州），南方作家也骤然大盛。但除宫天挺、郑光祖、乔吉外，没有多大成绩可观。这种新生事物，一经脱离了原生土壤，也就很快趋于腐朽没落了！

关汉卿是元杂剧的首要作家。据臧晋叔说他"至躬践排场，面傅粉墨，以为我家生活，偶倡优而不辞"（《元曲选》序）。再证以他自己所写的《不伏老》散套，他可能是一个专业的剧作家，并兼演员和导演。单就现存的作品来看，它们的题材，有的是采用历史故事，如《单刀会》《西蜀梦》之类；有的是表现当时的社会矛盾和民族矛盾，如《窦娥冤》《鲁斋郎》《救风尘》《蝴蝶梦》《望江亭》之类；有的是专写男女风情，如《谢天香》《金线池》《诈妮子》《拜月亭》之类。这三类中，以第二类最富于现实主义精神。它反映了封建社会的黑暗残酷，还生动地塑造了富有强烈反抗精神的窦娥和机智顽强的谭记儿等典型形象。它的语言，是朴素自然的，是生动泼辣的。且看窦娥在刑场时的一段唱词：

〔鲍老儿〕念窦娥伏侍婆婆这几年，遇时节将碗凉浆奠。你去那受刑法尸骸上烈些纸钱，只当把你亡化的孩儿荐。婆婆也！再也不要啼啼哭哭，烦烦恼恼，怨气冲天。这都是我做窦娥的没时没运，不明不暗，负屈衔冤。

　　[耍孩儿] 不是我窦娥发下这等无头愿，委实的冤情不浅。若没些儿灵圣与世人传，也不见得湛湛青天。我不要半星热血红尘洒，都只在八尺旗枪素练悬。等他四下里皆瞧见，这就是咱苌弘化碧，望帝啼鹃。

　　[二煞] 你道是暑气暄，不是那下雪天，岂不闻飞霜六月因邹衍？若果有一腔怨气喷如火，定要感的六出冰花滚似绵，免着我尸骸现。要什么素车白马，断送出古陌荒阡。

　　[一煞] 你道是天公不可期，人心不可怜，不知皇天也肯从人愿。做什么三年不见甘霖降，也只为东海曾经孝妇冤。如今轮到你山阳县。这都是官吏每无心正法，使百姓有口难言。

　　[煞尾] 浮云为我阴，悲风为我旋，三桩儿誓愿明题遍。（做哭科，云：婆婆也！直等待雪飞六月，亢旱三年呵！）（唱）那其间才把你个屈死的冤魂这窦娥显。

这是何等凄惨怨愤、激昂沉痛的诉状！使听者为之落泪，为之扼腕，为之激起反抗的情绪。在《望江亭中秋切鲙》一剧中，谭记儿扮作张二嫂骗取了杨衙内的金牌、势剑之后，她向她的丈夫白士中（那时任潭州地方长官）告状时唱：

　　[双调新水令] 有这等倚权豪贪酒色滥官员，将俺个有儿夫的媳妇来欺骗。他只待强拆开我长挽挽的连理枝，生摆断我颤巍巍的并头莲。其实负屈衔冤，好将俺穷百姓可怜见。

她在告完状后，改了妆，以白夫人的身份转身出来，唱：

　　[沉醉东风] 杨衙内官高势显，昨夜个说地谈天。只道他仗金牌将夫婿诛，恰元来击云板请夫人见。只听得叫呀呀嚷成一片，抵多少笙歌引至画堂前。看他可认得我有些面善。

她在一切计划胜利完成时，表现出何等的从容得意。接着和杨衙内相见，唱：

　　[雁儿落] 只他那身常在柳陌眠，脚不离花街串。几年闻姓名，今日逢颜面。

〔得胜令〕呀！请你个杨衙内少埋怨。唬得他半晌只茫然。又无那八棒十枷罪，只不过三交两句言。这一只鱼船，只费得半夜工夫缠。俺两口儿今年，做一个中秋八月圆。

把一个无恶不作的杨衙内，摆布得无计可施，只得认输服罪。作者要揭发黑暗面，却以嘲弄手法写来，何等灵活机巧，引人入胜！

关汉卿是现实主义作家。他在我国文学史上和世界文坛的地位，是已经肯定的了。以历史故事做题材的，还有白朴（仁甫）的《梧桐雨》和马致远的《汉宫秋》，也是最负盛名的。《汉宫秋》写的是昭君和番的故事。剧中人痛骂了那一批昏庸腐化的朝臣，而把昭君写成投江自杀，故意改变历史事实，这就表露了作者的民族思想，不是泛泛的历史剧可比。且看汉元帝送别昭君时的几段唱词：

〔雁儿落〕我做了别虞姬楚霸王，全不见守玉关征西将。那里取保亲的李左车，送女客的萧丞相？

〔得胜令〕他去也不沙架海紫金梁，枉养着那边庭上铁衣郎。您也要左右人扶持，俺可甚糟糠妻下堂？您但提起刀枪，却早小鹿儿心头撞。今日央及煞娘娘，怎做的男儿当自强！

〔梅花酒〕呀！俺向着这迥野悲凉，草已添黄，兔早迎霜，犬褪得毛苍，人搠起缨枪，马负着行装，车运着糇粮，打猎起围场。他，他，他，伤心辞汉主；我，我，我，携手上河梁。他部从入穷荒，我銮舆返咸阳。返咸阳，过宫墙；过宫墙，绕回廊；绕回廊，近椒房；近椒房，月昏黄；月昏黄，夜生凉；夜生凉，泣寒螀；泣寒螀，绿纱窗；绿纱窗，不思量！

〔收江南〕呀！不思量，除是铁心肠。铁心肠，也愁泪滴千行。美人图今夜挂昭阳，我那里供养，便是我高烧银烛照红妆。

〔鸳鸯煞〕我煞大臣行说一个推辞谎，又则怕笔尖儿那伙编修讲。不见他花朵儿精神，怎趁那草地里风光？唱道伫立多时，徘徊半晌，猛听的塞雁南翔，呀呀的声嘹亮，却原来满目牛羊，是兀那载离恨的毡车半坡里响。

它刻画了这个懦弱皇帝的悲痛心情，语气越转越紧，尤其是《梅花酒》一曲，繁音促节，使读者不免为之荡气回肠，低回不尽。《梧桐雨》是写唐明皇和杨贵妃的故事，替洪升的《长生殿》传奇打下了基础。它把白居易《长恨歌》中"秋雨梧桐叶落时"一句话，演化成为下面一段唱词：

〔蛮姑儿〕懊恼，窨约，惊我来的又不是楼头过雁，砌下寒蛩，檐前玉马，架上金鸡，是兀那窗儿外梧桐上雨潇潇。一声声洒残叶，一点点滴寒梢，会把愁人定虐。

〔滚绣球〕这雨呵，又不是救旱苗，润枯草，洒开花萼。谁望道秋雨如膏，向青翠条，碧玉梢，碎声儿必剥，增百十倍歇和芭蕉。子管里珠连玉散飘千颗，平白地瀽瓮番盆下一宵，惹的人心焦。

〔叨叨令〕一会价紧呵，似玉盘中万颗珍珠落。一会价响呵，似玳筵前儿簇笙歌闹。一会价清呵，似翠岩头一派寒泉瀑。一会价猛呵，似绣旗下数面征鼙操。兀的不恼杀人也么哥！兀的不恼杀人也么哥！则被他诸般儿雨声相聒噪。

〔倘秀才〕这雨一阵阵打梧桐叶凋，一点点滴人心碎了。枉着金井银床紧围绕，只好把泼枝叶做柴烧，锯倒。

这对杨妃死后、明皇移居西内时的寂寞无聊情绪，刻画得异常细致。明皇的晚景，不但丧失了心爱的杨妃，还要受儿子（肃宗）的闷气，无异度着幽囚生活，一肚子的牢骚，除掉埋怨无情的梧桐秋雨外，也就没有什么可说的了。这下面还有三支曲子，也是描写听雨心情，一气到底。可惜铺张得太过些，也不免"掉书袋"的习气。马致远、白朴诸人赶不上关汉卿，这大概是原因之一吧？

王实甫的《西厢记》，在元人杂剧中，是一个规模最大的剧本。它一直盛行了好几百年，影响到各地方剧种和说唱文学。它在中国和世界剧坛的评价，都是很高的。有人说它是王实甫和关汉卿的合作。两人生

在同一时代，又同为大都人，不论是王作关续，或者关作王续，都属可能。我们不必费很多心力去考证。崔、张恋爱故事，从《董解元西厢记》，进一步发展成为王实甫的《西厢记》杂剧，无论在结构上、词藻上，都更趋于完整。它的描写手法，是十分巧妙的。且看第二本第四折莺莺听琴时的那段唱词：

[天净沙]莫不是步摇得宝髻玲珑？莫不是裙拖得环佩丁冬？莫不是铁马儿檐前骤风？莫不是金钩双鞚，吉丁当敲响帘栊？

[调笑令]莫不是梵王宫，夜撞钟？莫不是疏竹潇潇曲槛中？莫不是牙尺剪刀声相送？莫不是漏声长滴响壶铜？潜身再听在墙角东，原来是近西厢理结丝桐。

[秃厮儿]其声壮，似铁骑刀枪冗冗。其声幽，似落花流水溶溶。其声高，似风清月朗鹤唳空。其声低，似听儿女语，小窗中，喁喁。

[圣药王]他那里思不穷，我这里意已通，娇鸾雏凤失雌雄。他曲未终，我意转浓，争奈伯劳飞燕各西东：尽在不言中。

他用许多比喻来摹写琴声，使它形象化。这比白居易《琵琶行》的刻画琵琶声调和韩愈《听颖师弹琴》诗的描写琴音，更加丰富多彩。

郑光祖是第二期的作家。他和关汉卿、马致远、白仁甫并称元杂剧四大家。他写的《倩女离魂》，也是一个被人重视的剧本。且看那个魂已跟王文举去京应试后的倩女，卧病在床，仿佛患了精神病似的。梅香把她扶了起来，她唱着：

[中吕粉蝶儿]自执手临歧，空留下这场憔悴。想人生最苦别离。说话处少精神，睡卧处无颠倒，茶饭上不知滋味。似这般废寝忘食，折挫得一日瘦如一日。

[醉春风]空服遍瞑眩药不能痊，知他这腌臜病何日起？要好时，直等的见他时，也只为这症候因他上得，得。一会家缥缈呵，忘了魂灵；一会家精细呵，使着躯壳；一会家混沌呵，不知天地。

[迎仙客]日长也愁要长，红稀也信尤稀，春归也奄然人未归。我则道

相别也数十年，我则道相隔着几万里。为数归期，则那竹院里刻遍琅玕翠。这把一个患相思病的深闺少女描画得多么深刻细致！

这四大家之外，还有写《李逵负荆》的康进之，前面已略略谈过了。在整个剧本中，他把李逵这样一个贫农出身者的高贵品质，以及他那见义勇为而又勇于认错的英雄气概，都很形象地刻画出来了。且看李逵自听了王林说起他那女儿被假宋江劫去做压寨夫人的话之后，回至到聚义堂上，见到宋江，不由分说地破口大骂，随口唱着：

［正宫端正好］抖擞着黑精神，扎煞开黄髭髯，则今番不许收拾。俺可也摩拳擦掌，行行里按不住莽撞心头气。

［滚绣球］宋江唻，这是甚所为，甚道理？不知他主着何意，激的我怒气如雷。可不道他是谁，我是谁。俺两个半生来岂有些嫌隙？到今日却做了日月交食。不争几句闲言语，我则怕恶识多年旧面皮，辗转猜疑。

［滚绣球］俺哥哥要娶妻，这秃厮（指鲁智深）会做媒。原来个梁山泊有天无日。就恨不斫倒这一面黄旗。你（指吴用）道我忒口快，忒心直，还待要献勤出力。则不如做个会六亲庆喜的筵席。走不了你个撮合山师父唐三藏，更和这新女婿郎君，哎你个柳盗跖，看那个便宜？

［叨叨令］那老儿（指王林），一会家便哭啼啼在那茅店里，他这般急张拘诸的立。那老儿，一会家便怒吽吽在那柴门外，他这般乞留曲律的气。那老儿，一会家便闷沉沉在那酒瓮边，他这般迷留没乱的醉。那老儿，托着一片席头，便慢腾腾放在土炕上，他这般壹留兀渌的睡。似这般过不的也么哥，似这般过不的也么哥！他道俺梁山泊，水不甜，人不义。

［黄钟尾］那怕你指天划地能瞒鬼，步线行针待哄谁？又不是不精细，又不是不伶俐。下山寨，到那里，李山儿，共质对。认的真，觑的实，割你头，塞你嘴。非铁牛，敢无札，既赌赛，怎翻悔？莫说这三十六英雄，一个个都是弟兄辈。（李对宋江云）我伏侍你！我伏侍

你！一只手揪住衣领，一只手搭住腰带，滴留扑摔个一字阔脚板，踏住胸脯，举起我那板斧来，觑着脖子上可叉！（唱）便跳出你那七代先灵，也将我来劝不得。

你看这一段泼辣而朴素的语言，是何等凛凛有生气！我们要把群众口头语提炼成为有民族风格的文学语言，是值得不断地向元杂剧中这样的例子学习的。

元杂剧刻意反映现实的作品，有些是出于不太知名的作家或者竟是无名氏。例如石君宝的《魔合罗》、李直夫的《虎头牌》、张国宾的《合汗衫》、无名氏的《生金阁》《货郎旦》《陈州粜米》等，对当时的黑暗社会，给与了严峻的鞭挞。例如《陈州粜米》第一折中，张懒古对那克扣银米的贪官污吏们唱道：

〔仙吕点绛唇〕则这官吏知情，外合里应，将穷民并。点纸连名，我可便直告到中书省。

〔混江龙〕做的个上梁不正，只待要损人利己惹人憎。他若是将咱习蹬，休道我不敢掀腾。柔软莫过溪涧水，到了不平地上也高声。他也故违了皇宣命，都是些吃仓廒的鼠耗，咂脓血的苍蝇。

这揭露得何等痛快！但终于被小衙内将紫金锤把这老头儿打死了！在暂时苏醒的时候，他还唱着：

〔村里迓鼓〕只见他金锤落处，恰便似轰雷着顶，打得来满身血逬，教我呵怎生扎挣？也不知打着的是脊梁？是脑袋？是肩井？但觉得刺牙般酸，剜心般痛，别骨般疼。哎哟，天哪！兀得不送了我也这条老命！

这把那批所谓豪强势要的蛮横和残酷，血淋淋地展现在读者的眼前，怎不激起人民的公愤？最后由包待制（拯）奉圣旨到陈州，查明判断，才为人民吐了一口气。这清正廉明的包待制，在彼时广大人民的心目中，恰是唯一的救星呢！

在《货郎旦》一剧中，有张三姑唱的《转调货郎儿》，用九段曲子连说带唱地叙述了李彦和一家遭难情事，是十分动人的。节录如下：

（副旦做排场敲醒睡科，诗云）烈火西烧魏帝时，周郎战斗苦相持。交兵不用挥长剑，一扫英雄百万师。这话单题着诸葛亮长江举火，烧曹军八十三万，片甲不回。我如今的说唱，是单题着河南府一桩奇事。（唱）

[转调货郎儿] 也不唱韩元帅偷营劫寨，也不唱汉司马陈言献策，也不唱巫娥云雨楚阳台，也不唱梁山伯，也不唱祝英台。（小末云）你可唱什么哪？（副旦唱）只唱那娶小妇的长安李秀才。

（云）怎见的好长安？（诗云）水秀山明景色幽，地灵人杰出公侯。华夷图上分明看，绝胜寰中四百州。（小末云）这也好，你慢慢地唱来。（副旦唱）

[二转] 我只见密臻臻的朱楼高厦，碧耸耸青檐细瓦。四季里常开不断花，铜驼陌纷纷斗奢华。那王孙士女乘车马，一望绣帘高挂，都则是公侯宰相家。

（云）话说长安有一秀才，姓李，名英，字彦和。嫡亲的三口儿家属：浑家刘氏，孩儿春郎，你母张三姑。那李彦和共一娼妓叫做张玉娥作伴情热，次后娶结成亲。（叹介，云）嗨！他怎知才子有心联翡翠，佳人无意结婚姻。（小末云）是唱得好，你慢慢地唱咱。（副旦唱）

[三转] 那李秀才不离了花街柳陌，占场儿贪杯好色。看上那柳眉星眼杏花腮，对面儿相挑泛，背地里暗差排。抛着他浑家不睬。只教那媒人往来，闲家擘划。诸般绰开，花红布摆，早将一个泼贱的烟花娶过来。

（云）那婆娘娶到家时，未经三五日，唱叫九千场。（小末云）他娶了选小妇，怎生和他唱叫？你慢慢的唱者，我试听咱。（副旦唱）

[四转] 那婆娘舌刺刺挑茶斡刺，百枝枝花儿叶子，望空里揣与他个罪名儿。寻这等闲公事。他正是节外生枝，调三斡四。只教你大浑家吐不得咽不得这一个心头刺。减了神思，瘦了容姿，病恹恹睡损了裙儿

祍。难扶策，怎动止。忽的呵，冷了四肢。将一个贤会的浑家生气死。

（云）三寸气在千般用，一旦无常万事休。当日无常埋葬了毕，果然道：福无双至日，祸有并来时。只见这正堂上火起，刮刮咂咂，烧得好怕人也。怎见得好大火！（小末云）他将大浑家气死了，这正堂上的火，从何而起？这火可也还救得么？兀那妇人，你慢慢地唱来，我试听咱。（副旦唱）

〔五转〕火逼得好人家，人离物散，更那堪更深夜阑。是谁将火焰山，移向到长安？烧地户，燎天关，单则把凌烟阁留他世上看。恰便似九转飞芒，老君炼丹，恰便似介子推在绵山，恰便似子房烧了连云栈，恰便似赤壁下曹兵涂炭，恰便似布牛阵举火田单，恰便似火龙鏖战锦斑斓。将那房檐扯，脊梁扳。急救呵，可又早连累了官房五六间。

（云）早是焚烧了家缘家计，都也罢了；怎当的连累官房，可不要去抵罪。正在仓皇之际，那妇人言道："咱与你他府他县，隐姓埋名，逃难去来。"四口儿出的城门，望着东南上慌忙而走。早是意急心慌情冗冗，又值天昏地暗雨涟涟。（小末云）火烧了房廊屋舍，家缘家计都烧的无有了。这四口儿可往哪里去？你再细细地说唱者，我多有赏钱与你。（副旦唱）

〔六转〕我只见黑黯黯天涯云布，更那堪湿淋淋倾盆骤雨！早是那窄窄狭狭、沟沟堑堑路崎岖，知奔向何方所？犹喜的潇潇洒洒、断断续续、出出律律、忽忽噜噜，阴云开处，我只见霍霍闪闪电光星烂。怎禁那萧萧瑟瑟风，点点滴滴雨，送的来高高下下，凹凹凸凸，一搭模糊！早做了扑扑簌簌、湿湿漉漉，疏林人物。倒与他妆就了一幅昏昏惨惨潇湘水墨图。

（云）须臾之间，云开雨住。只见那晴光万里云西去，洛河一派水东流。行至洛河岸侧，又无摆渡船只，四口儿愁做一团，苦做一块。果然道：天无绝人之路。只见那东北上，摇下一只船来。岂知这船不是收命的船，倒是纳命的船。原来止是奸夫与那淫妇相约，一壁附耳低言：

"你若算了我的男儿，我便跟随你去。"（小末云）那四口儿来到洛河岸边，既是有了渡船，这命就该活了。怎么又是淫妇奸夫预先约下，要算计这个人来？（副旦唱）

［七转］河岸上和谁讲话？向前去亲身问他。只说道奸夫是船家，猛将咱家长喉咙掐，磕搭地揪住头发。我是个婆娘，怎生救拔？也是他合亡化，扑冬的命掩黄泉下；将李春郎的父亲，只向那翻滚滚波心水淹杀。

（云）李彦和河内身亡。张三姑争忍不过，比时向前，将贼汉扯住丝绦，连叫道："地方，有杀人贼，杀人贼。"倒被那奸夫把咱勒死。不想岸上闪过一队人马来。为头的官人怎么打扮？（小末云）那奸夫把李彦和推在河里，那三姑和那小的，可怎么了也？（副旦唱）

［八转］据一表仪容非俗，打扮的诸余里俏簇，绣云胸背雁衔芦。他系一条兔鹘，兔鹘海斜皮，偏宜衬连珠，都是那无瑕的荆山玉。整身躯也么哥缯，髭须也么哥着鬈胡。走犬飞鹰，架着雕鹘。恰围场过去，过去，折跑盘旋，骤着龙驹，端得个疾似流星度。那风流也么哥，恰浑如也么哥，恰浑如和番的昭君出塞图。

（云）比时小孩儿高叫道："救人咱！"那官人是个行军千户，他下马询问所以，我三姑诉说前事。那官人说："既然他父母亡化了，留下这小的，不如卖与我做个义子，恩养的长立成人，与他父母报恨雪冤。"他随身有文房四宝，我便写与他年月日时。（小末云）那官人救活了你的性命，你怎么就将孩儿卖与那官人去了？你可慢慢地说者。（副旦唱）

［九转］便写与生时年纪，不曾道差了半米。未落笔花笺上泪珠垂，长吁气呵软了毛锥，恓惶泪滴满了端溪。（小末云）他去了多少时也？（副旦唱）十三年不知个信息。（小末云）那时这小的几岁了？（副旦唱）相别时恰才七岁。（小末云）如今该多少年纪也？（副旦唱）他如今刚二十。（小末云）你可晓得他在哪里？（副旦唱）恰便似大海内沉石。（小末云）你记得在哪里与他分别来？（副旦唱）俺在那

洛河岸上两分离，知他在江南也塞北？（小末云）你那小的有什么记认处？（副旦唱）俺孩儿福相貌，双耳过肩坠。（小末云）再有什么记认？（副旦云）有，有，有。（唱）胸前一点朱砂记。（小末云）他祖居在何处？（副旦唱）他祖居在长安解库省衙西。（小末云）他小名唤做什么？（副旦唱）那孩儿小名唤做春郎身姓李。

在定型的杂剧中，插进这一大段说唱形式，是非常出色的。它的每一支曲子，可以自由换韵，与一般杂剧唱词规定每折自成一套、全押同部韵脚到底的，面目全然不同。从它的开场白和第一段唱词看来，当时以卖唱谋生活的女叫花，也得学会一套特殊形式的说唱词：有儿女风情，也有历史故事。这是研究曲艺发展史者所应加以重视的。

元杂剧多以本色语擅胜场，也就是采集人民口头语言，给以加工提炼，使其有抑扬抗坠的节奏，用来表演各个不同角色的心理活动和种种社会情态，恰如其分地刻画出来。这类文学语言，是值得我们借鉴的。

明人也爱写杂剧。但比起元初作家来，就觉得前者朴素自然，后者不免矫揉造作，相差太远了。其间较为出色的作家的作品，如康海的《中山狼》、徐渭的《四声猿》，是值得一提的。《中山狼》骂尽了一批忘恩负义、人面兽心的坏人，也提示了对敌斗争不能存有丝毫仁慈的道理。且看它最后一折东郭先生的唱词：

［雁儿落］俺为他冲寒忍肚饥，俺为他胆颤心惊碎。把他来无情认有情，博得个冷气淘热气。

等到老丈人把狼骗进囊里，缚了起来，教东郭先生赶紧抽出佩刀，把狼杀掉。东郭先生还是这样说：

丈人！只都是俺的晦气。那中山狼且放他去罢！

那老丈人拍拍掌，笑了起来，一边说：

这般负恩的禽兽，还不忍杀害他。虽然是你一念的仁心，却不做了愚人么？

东郭先生不胜感慨地说：

丈人！那世上负恩的尽多，何止这一个中山狼么？

接着又唱：

　　［沽美酒］休道是这贪狼反面皮，俺只怕尽世里把心亏。少什么短箭难防暗里随，把恩情翻成仇敌，只落得自伤悲。

　　康海是一个豪放派的散曲作家。徐渭才华超迈，对戏曲也有深入的了解。但杂剧到了元末、明初，已成强弩之末，虽有豪杰之士，也就很难超出前人。所以讲到这一行，自然只有元初期的作家才是值得学习的。

论明清传奇

龙榆生

　　"传奇"这一名称和它的实质有过多次变化。唐人把短篇小说叫做传奇；宋、元人的诸宫调和杂剧，在当时也都有过传奇的名目。王国维在《宋元戏曲考》的《余论》中考证得很详细。把剧本的篇幅较长者称作传奇，与杂剧对立，是在明代开始。清乾隆间，黄文旸编《曲海总目》，分宋、元以来剧本为杂剧、传奇两类；这传奇的名称，才专为大本戏曲所独有。但在王国维著《曲录》中又把董解元《西厢》和王伯成《天宝遗事》两本诸宫调以及王实甫《西厢记》五本杂剧，都归入传奇类，是不很妥当的。

　　一般研究传奇剧本的，首先总得数到高则诚的《琵琶记》。则诚是永嘉平阳（今浙江温州）人，而永嘉实为南戏的发源地。祝允明《猥谈》说："南戏出于宣和之后，南渡之际，谓之温州杂剧。"到了元代，南戏和北杂剧并行。高则诚写《琵琶记》，当在元至正十六年（公元1356年）以后。它和所谓四大传奇的"荆、刘、拜、杀"，时代相差不远。《琵琶记》写的是赵五娘和蔡伯喈的故事。在第一出的下场诗中有"有贞有烈赵贞女，全忠全孝蔡伯喈"的句子，宣扬了封建道德，是该批判的。但它的结构和描写手法，艺术性是相当高的。它善于运用朴素的语言，借赵五娘的口，反映出了封建社会无数善良妇女的悲惨命运。例如《糟糠自厌》一出中赵五娘唱：

［孝顺歌］呕得我肝肠痛，珠泪垂，喉咙尚兀自牢嗄住。糠呵！你遭砻被舂杵，筛你，簸扬你，吃尽控持。好似奴家身狼狈，千辛万苦皆经历。苦人吃着苦味，两苦相逢，可知道欲吞不去。

［前腔］糠和米本是相依倚，被簸扬作两处飞。一贱与一贵，好似奴家与夫婿，终无见期。丈夫，你便是米呵！米在他方没寻处。奴家恰便似糠呵！怎的把糠来救得人饥馁？好似儿夫出去，怎的教奴供膳得公婆甘旨？

［前腔］思量我生无益，死又值甚的？不如忍饥死了为怨鬼。只一件，公婆老年纪，靠奴家相依倚。只得苟活片时。片时苟活虽容易，到底日久也难相聚。漫把糠来相比。这糠呵，尚兀自有人吃。奴家的骨头，知他埋在何处！

还有《祝发买葬》一出中赵五娘唱：

［梅花塘］卖头发，买的休论价。念我受饥荒，囊箧无些个。丈夫出去，那堪连丧了公婆！没奈何，只得剪头发资送他。呀，怎的都没人买？

［香柳娘］看青丝细发，看青丝细发，剪来堪爱，如何卖也没人买！这饥荒死丧，这饥荒死丧！怎叫我女裙钗，当得恁狼狈？况连朝受馁，况连朝受馁！我的脚儿怎抬？其实难捱。

［前腔］往前街后街，往前街后街，并无人睬。我待再叫一声，咽喉气噎，无如之奈！苦！我如今便死，我如今便死。暴露两尸骸，谁人与遮盖？天哪，我到底也只是个死！将头发去卖，将头发去卖。卖了把公婆葬埋，奴便死何害！

这些话写来都相当真实，只是用韵很杂，大概夹了不少方音吧？再者它在另一环境中的描写，却又风流旖旎，采藻缤纷。例如《中秋望月》一出中，蔡伯喈和牛小姐递唱：

［念奴娇引］（贴上）楚天过雨，正波澄木落，秋容光净。谁驾玉轮来海底？碾破琉璃千顷。环佩风清，笙箫露冷，人在清虚境。（净、

丑）真珠帘卷，庾楼无限佳兴。

〔念奴娇序〕（贴）万里长空，见婵娟可爱，全无一点纤凝。十二阑干光满处，凉浸珠箔银屏。偏称，身在瑶台，笑斟玉斝，人生几见此佳景？（合）唯愿取年年此夜，人月双清。

〔前腔〕（生）孤影，南枝乍冷。见乌鹊缥缈惊飞，栖止不定。万点苍山，何处是修竹吾庐三径？追首，丹桂曾攀，嫦娥相爱，故人千里漫同情。（合）唯愿取年年此夜，人月双清。

〔古轮台〕（净）闲评，月有圆缺阴晴。人世上有离合悲欢，从来不定。深院闲庭，处处有清光相映。也有得意人人，两情畅咏。也有独守长门伴孤另，君恩不幸。（丑）有广寒仙子娉婷，孤眠长夜，如何挨得更阑寂静！此事果无凭。但愿人长久，小楼玩月共同登。

〔馀文〕（众）声哀诉，促织鸣。（贴）俺这里欢娱未罄。（生）他几处寒衣织未成。

把这几段清丽辞句与赵五娘唱的朴素语言相比，恰恰映出两种不同环境、两种异样心情。王世贞说得好："则诚所以冠绝诸剧者，不唯其琢句之工，使事之美而已。其体贴人情处，委曲必尽，描写物态，仿佛如生，问答之际，了不见扭造，所以佳耳。"（《艺苑卮言》）在南曲传奇中，《琵琶记》自有其存在价值。近人多据陆游《小舟游近村舍舟步归》诗："斜阳古柳赵家庄，负鼓盲翁正作场。身后是非谁管得，满村听说蔡中郎。"认为这故事是南宋以来民间的说唱文学，高则诚不过在集体创作的基础上，予以加工，改编为传奇而已。这说法，也是合乎情理的。

四大传奇中的《荆钗记》为明宁王朱权作，《刘知远》即《白兔记》为无名氏作，《拜月亭》即《幽闺记》为元末施惠（君美）作，《杀狗记》为明初徐畛（仲由）作，并见汲古阁刊《六十种曲》中。《幽闺记》演的是金、元间蒋世隆和他的妹子瑞莲以及王尚书的女儿瑞兰，遭兵乱散失，最后终得团圆的故事。因全本内有《幽闺拜月》一出，所以又叫《拜月记》。它是沿袭关汉卿《拜月亭》杂剧写成的。且看它的《相泣路歧》一折：

［渔家傲］（老旦）天不念去国愁人助惨凄，淋淋的雨若盆倾，风如箭疾。（旦）侍妾从人皆星散，各逃生计。（合）身居处华屋高堂，但寻常珠绕翠围，那曾经地覆天翻受苦时！（老旦）孩儿，天雨淋漓，人迹稀走。两条路不知往哪一条去？

［剔银灯］迢迢路不知是哪里？前途去，安身何处？（旦）一点点雨间着一行行凄惶泪，一阵阵风对着一声声愁和气。（合）云低，天色傍晚，子母命存亡兀自尚未知。

［摊破地锦花］（旦）绣鞋儿，分不得帮和底，一步步提，百忙里褪了跟儿。（老旦）冒雨荡风，带水拖泥。（合）步难移，全没些气和力。

试把这几支曲子与关作《拜月亭》杂剧中的一支曲子作个比较：

［油葫芦］分明是风雨催人辞故国，行一步，一叹息。两行愁泪脸边垂。一点雨间一行凄惶泪，一阵风对一声长吁气。啦！百忙里一步一撒。嗨！索与他一步一提。这一对绣鞋儿分不得帮和底。稠紧紧、黏软软，带着淤泥。

我觉得关作更是简练有力。但在舞台上的命运，施本却长远得多。南、北曲互为消长，是和社会风气有着不可分割的关系的。

明代最杰出的传奇作家，当推汤显祖。显祖生当弋阳腔衰微之后，昆山腔渐盛之时。他创作了《紫箫记》《紫钗记》《还魂记》《南柯记》《邯郸记》等五本传奇；后四本又合称《玉茗堂四梦》。他是不太拘守声律的，尝说："余意所至，不妨拗折天下人嗓子。"（见王骥德《曲律》）王骥德也说过："临川（汤为江西临川人）尚趣，直是横行，组织之工，几与天孙争巧；而屈曲聱牙，多令歌者龉舌。"（同上）与汤显祖同时的作家，有吴江沈璟，恰是特别考究声律的。两人立于相对地位，而在传奇剧本上的成就和作品演出的盛况，沈是远远赶不上汤的。显祖当时写了这许多本传奇，究竟用的什么腔来演唱，现在

已经不易查考。据他写的《宜黄县戏神清源师庙记》："南则昆山之次为海盐，吴、浙音也。其体局静好，以拍为之节。江以西弋阳，其节以鼓，其调喧。至嘉靖而弋阳之调绝，变为乐平，为徽青阳。我宜黄谭大司马纶闻而恶之。自喜得治兵于浙，以浙人归教其乡子弟，能为海盐声。大司马死二十余年矣，食其技者殆千余人。"（《玉茗堂文集》卷七）从这一段文章中，可以看出显祖是爱好海盐腔的；而那时宜黄一带的演剧艺人，以唱海盐腔为专业的竟达千人以上。那么，汤作传奇的演出，主要怕是用的海盐腔吧？在徐渭的《南词叙录》里，说到当时各种腔调的流行区域："今唱家称弋阳腔，则出于江西，两京、湖南、闽、广用之；称余姚腔者，出于会稽，常、润、池、太、扬、徐用之；称海盐腔者，嘉、湖、温、台用之。惟昆山腔只行于吴中，流丽悠远，出乎三腔之上，听之最足荡人。"照徐渭的说法，弋阳腔在当时流行的广远和影响的重大，简直没有任何剧种比得上它；但汤显祖却说"至嘉靖而弋阳之调绝"，这不是怪事吗？文化交流，一切都在不断地变。弋阳腔出于江西，移植于两京、湖南、闽、广，而江西的弋阳腔反而早告断绝，同时却输入了海盐腔。昆山腔大约出于明成化以后（即公元1465年之后），而它的创作者魏良辅，原籍豫章（今江西南昌），寄居太仓南关。说不定他所创的新腔，还是从弋阳腔的基础上，结合昆山地方原有的腔调发展起来的。余怀《寄畅园闻歌记》说："南曲盖始于昆山魏良辅。良辅初习北音，绌于北人王友山，退而镂心南曲，足迹不下楼者十年。当是时，南曲率平直无意致。良辅转喉押调，度为新声，疾徐、高下、清浊之数，一依本宫。取字齿唇间，跌换巧掇，恒以深邈助其凄戾。吴中老曲师如袁髯、尤驼辈，皆瞠乎自以为不及也。"（《虞初新志》卷四）梁辰鱼的《浣纱记》，就是第一部用昆山腔演出的。至于《还魂记》的排入昆腔，曾被沈璟改换字句，引起作者的不满。原来南曲对声律方面，是比较自由的。据徐渭《南词叙录》："永嘉杂剧兴，则又即村坊小曲而为之，本无宫调，亦罕节奏，徒取其畸农、市女顺口可歌而已。"显祖致力于元杂剧，打的基础很深。但他是南方人，当然要受南戏的影响。他所以不太考究声律，是不以声害辞，不以辞害意，神明变化于规矩绳墨之中，而不被声律所束缚。《四梦》所以盛行，自有它的独特所在。

汤显祖的五本传奇，以《牡丹亭还魂记》流传最广，影响最大。梁廷柟《曲话》说："《玉茗四梦》《牡丹亭》最佳，《邯郸》次之，《南柯》又次之，《紫钗》则强弩之末耳。"《牡丹亭还魂记》演的是柳梦梅和杜丽娘的恋爱故事。作者在《牡丹亭记题词》中说："情不知所起，一往而深。生者可以死，死者可以生。生而不可与死，死而不可复生者，皆非情之至也。"他塑造了一个具有个性解放思想以与封建婚姻制度相对抗的杜丽娘的形象。由于杜丽娘富有这种反抗精神，以致环绕在她身边的封建人物，包括她的父亲杜宝和那由她父亲找来的迂腐先生陈最良，都不能阻遏她的"一往而深"的爱情。由生而死，由死返生，构成凄丽奇幻的格局，细致而深刻地反映了剧中人那种强烈追求个性解放的反封建思想。它的感染力的强大，是从关汉卿、王实甫以来，没有任何人的作品比得过的。尽管它有不少"拗嗓"的字句，但在昆腔中仍不断演出，直到现在，还为听众所欢迎。且看它的《惊梦》一出：

［绕地游］（旦上）梦回莺啭，乱煞年光遍。人立小庭深院。（贴）炷尽沉烟，抛残绣线，恁今春关情似去年。

［步步娇］（旦）袅晴丝吹来闲庭院，摇漾春如线。停半晌整花钿，没揣菱花，偷人半面，迤逗的彩云偏。（行介）步香闺怎便把全身现？

［醉扶归］你道翠生生出落的裙衫儿茜，艳晶晶花簪八宝填。可知我常一生儿爱好是天然？恰三春好处无人见，不提防沉鱼落雁鸟惊喧，则怕的羞花闭月花愁颤。

［皂罗袍］原来姹紫嫣红开遍，似这般都付与断井颓垣。良辰美景奈何天，赏心乐事谁家院。（合）朝飞暮卷，云霞翠轩；雨丝风片，烟

波画船。锦屏人忒看的这韶光贱。

［好姐姐］（旦）遍青山啼红了杜鹃，荼蘼外烟丝醉软。春香呵，牡丹虽好，他春归怎占的先？（贴）成对儿莺燕呵。（合）闲凝眄，生生燕语明如剪，呖呖莺声溜的圆。

［隔尾］（旦）观之不足由他缱，便赏遍了十二亭台是枉然，到不如兴尽回家闲过遣。

这是杜丽娘带着春香游花园时的几段唱词，把一个深闺少女的曲折心情和妍美姿态，都很细致地描画出来了。再看它的《寻梦》：

［江儿水］（旦）偶然间心似缱，梅树边。这般花花草草由人恋，生生死死随人愿，便酸酸楚楚无人怨。待打并香魂一片，阴雨梅天，守的个梅根相见。

［川拨棹］（贴）你游花院，怎靠着梅树偃？（旦）一时间望眼连天，一时间望眼连天，忽忽地伤心自怜，（泣介）（合）知怎生情怅然？知怎生泪暗悬？

这是杜丽娘在梦见柳梦梅后，重到花园，追寻梦境时唱的。她的深情一往，就把生死置之度外，只要称得自己的心愿，那便受尽千般酸楚，也都无所谓了。

整本的《还魂记》，以《惊梦》《寻梦》《写真》《诊祟》《闹殇》五出，描写从生到死；以《魂游》《幽媾》《欢挠》《冥誓》《回生》五出，描写从死到生。它那结构的精密，语言的生动，是早有定论的。这里只略举一鳞片爪而已。

梁辰鱼的《浣纱记》，演的是吴、越兴亡故事，把范蠡、西施作为中心人物，在昆曲中也很流行。据朱彝尊说："伯龙（辰鱼字）雅擅词曲，所撰《江东白苎》，妙绝时人。时邑人魏良辅，能喉转音声，始改弋阳、海盐为昆腔。伯龙填《浣纱记》付之。"（《静志居诗话》）从这段话里，可看出这本《浣纱记》是昆剧最初演出的一本传奇，也就难怪它的影响之大。但比起汤显祖的《还魂记》来，是大为逊色的。且看

《放归》一出中勾践夫妇及范蠡的唱词:

[鹊桥仙]（小生扮勾践上）春雷地奋，愁云风卷，寒暑人间流转。年年梁燕一回家，笑几载不归的勾践。（贴扮夫人）江山不改，容颜全变。试问愁眉深浅？（生扮范蠡）一朝羁鹤透笼飞，还又到蓬莱宫殿。

[甘州歌]（生）钱塘云水连。见片帆东渡，顺流如箭。江山依旧，只有那世故推迁。酸辛须记尝粪耻，劳苦休忘养马年。你浮苦海，涉大川，千重浪里得回船。身虽辱，志要坚，虎头燕颔岂徒然？

像勾践这样一个"卧薪尝胆"的英雄人物，在忍辱放归之后，竟与范蠡只唱出这样几句歌词来，便显得十分软弱无力。其他亦不过有些清丽的辞藻而已。

此外，明代传奇，还有张凤翼的《红拂记》、徐复祚的《红梨记》、梅鼎祚的《玉合记》、苏复的《金印记》，邵璨的《香囊记》、陆采的《明珠记》和《南西厢记》、汪廷讷的《种玉记》、周朝俊的《红梅记》、屠隆的《昙花记》、单本的《蕉帕记》、高濂的《玉簪记》、孙仁孺的《东郭记》、阮大铖的《燕子笺》和《春灯谜》、吴炳的《绿牡丹》和《情邮记》，都是比较优秀的作品。《玉簪记》和《燕子笺》，在昆剧和其他剧种中，现在还常演出。《玉簪记》演的是宋代女贞观尼陈妙常和书生潘法成（必正）的恋爱故事，其中《寄弄》一出，是非常有名的。

[懒画眉]（生）月明云淡露华浓，欹枕愁听四壁蛩。伤秋宋玉赋西风。落叶惊残梦，闲步芳尘数落红。

[前腔]（旦）粉墙花影自重重，帘卷残荷水殿风。抱琴弹向月明中。香袅金猊动，人在蓬莱第几宫？

[前腔]（生）步虚声度许飞琼，乍听还疑别院风。凄凄楚楚那声中，谁家夜月琴三弄？细数离情曲未终。

[前腔]（旦）朱弦声杳恨溶溶，长叹空随几阵风。仙郎何处入帘栊？早是人惊恐，莫不是为听云水声寒一曲中？

接着，两人各弹琴一曲，并吟琴曲：

（生）雉朝雊兮清霜，惨孤飞兮无双。念寡阴兮少阳，怨鳏居兮彷徨。——《雉朝飞》

（旦）烟淡淡兮轻云，香霭霭兮桂阴。叹长宵兮孤冷，拖玉兔兮自温。——《广寒游》

这同调对唱的形式，本来就安排得很好，加上清艳的词藻，更是切合剧中人身份。再如《姑阻》一出：

［月儿高］（旦）松梢月上，又早钟儿响。人约黄昏后，春暖梅花帐。倚定栏干，悄悄的将他望。猛可的花影动，我便觉心儿痒。呸，原来又不是他！那声音儿是风戛帘钩声韵长，那影子儿是鹤步空庭立那厢。

［前腔］（生）梦回罗帐，睡起魂飘荡。才见云窗月，心到阳台上。静掩书斋，月下门偷傍。三春花信曾有约，七夕渡河人又来。（下）

（老旦上）欲觅闲消息，须教悄地来。夜深人不见，书馆把门开。……必正侄儿在哪里？（生上）忽听得花间语，把小鹿儿在心头撞。姑娘拜揖。（老旦）书到不读，却往哪里行走？（生）在亭子上乘凉。为爱闲庭风露凉。（老旦）为何这等慌张？（生）失候尊前心意忙。

在潘必正正待悄悄赴约的紧要关头，却被他的姑妈老尼姑遇着了，弄得非常狼狈。这两支曲子，对剧中人的心理刻画也是相当成功的。

总之，明代剧作家，最喜搬弄词藻。尤其是江南人的作品，更斤斤于声律的苛求，只讲排场，脱离现实。昆曲的卒归衰歇，与剧本的文句艰深，内容空泛，确是不无关系的。

清初传奇，共推"南洪北孔"为两大作家。孔尚任的《桃花扇》借秦淮歌女李香君和复社文人侯方域的恋爱故事，反映南明统治阶级的腐朽，招致了亡国的惨祸，是富有爱国主义思想的一个好剧本。作者的朋友顾彩在序文中说："可以当长歌，可以代痛哭。"这样一本历史剧，也可以说是前无古人的。它写得最沉痛的，要算第三十八出的《沉江》。史可法在固守扬州、兵败援绝之后，走到扬子江边，听了一个从南京逃出的老赞礼说起南京的混乱情形，他绝望了，准备投江自杀，一面唱着：

[普天乐] 撇下俺断蓬船，丢下俺无家犬。叫天呼地千百遍，归无路，进又难前。那滚滚雪浪拍天，流不尽湘累怨。胜黄土，一丈江鱼腹宽展。摘脱下袍靴冠冕。累死英雄，到此日看江山换主，无可留恋！

接着就跑向滚滚怒涛中去了。恰巧侯朝宗和吴应箕、陈贞慧也来到了江边，向老赞礼问明了这事，大家向着衣冠拜哭了一会，合唱：

[古轮台] 走江边，满腔愤恨向谁言！老泪风吹面。孤城一片，望救目穿。使尽残兵血战。跳出重围，故国苦恋。谁知歌罢剩空筵！长江一线，吴头楚尾路三千，尽归别姓。雨翻云变，寒涛东卷，万事付空烟。精魂显，《大招》声逐海天远。

[余文] 山云变，江岸迁。一霎时忠魂不见，寒食何人知墓田！

就在这淋漓慷慨的痛哭声中，结束了朱明三百年的天下！最后，两位艺人苏昆生、柳敬亭分作渔、樵，隐迹栖霞山中。先由柳敬亭编了一首叫做《秣陵秋》的弹词，全用七言歌行体，唱出了对南明倾覆的沉痛心情。接着苏昆生编成一套叫做《哀江南》的北曲，用弋阳腔唱：

[北新水令] 山松野草带花挑，猛抬头秣陵重到。残军留废垒，瘦马卧空壕。村郭萧条，城对着夕阳道。

[驻马听] 野火频烧，护墓长楸多半焦。山羊群跑，守陵阿监几时逃？鸽翎蝠粪满堂抛，枯枝败叶当阶罩。谁祭扫？牧儿打破龙碑帽。

[沉醉东风] 横白玉八根柱倒，堕红泥半堵墙高。碎琉璃瓦片多，烂翡翠窗棂少。舞丹墀燕雀常朝。直入宫门一路蒿，住几个乞儿饿殍。

[折桂令] 问秦淮旧日窗寮，破纸迎风，坏槛当潮，目断魂消。当年粉黛，何处笙箫？罢灯船端阳不闹，收酒旗重九无聊。白鸟飘飘，绿水滔滔。嫩黄花有些蝶飞，新红叶无个人瞧。

〔沽美酒〕你记得跨青溪半里桥，旧红板没一条。秋水长天人过少。冷清清的落照，剩一树柳弯腰。

〔太平令〕行到那旧院门，何用轻敲，也不怕小犬哰哰。无非是枯井颓巢，不过些砖苔砌草。手种的花条柳梢，尽意儿采樵。这黑灰是谁家厨灶？

〔离亭宴带歇指煞〕俺曾见金陵玉殿莺啼晓，秦淮水榭花开早。谁知道容易冰消！眼看他起朱楼，眼看他宴宾客，眼看他楼塌了。这青苔碧瓦堆，俺曾睡风流觉。将五十年兴亡看饱。那乌衣巷不姓王，莫愁湖鬼夜哭，凤凰台栖枭鸟。残山梦最真，旧境丢难掉。不信这舆图换稿！诌一套《哀江南》，放悲声唱到老。

这一套凭吊兴亡的唱词，着眼在"不信这舆图换稿"七个字，唤醒了多少爱国人士的民族意识！这个剧本，所演的都是真人真事，穿插结构，煞费经营，它在戏曲史上的地位，是不会动摇的。

洪升写的剧本很多：杂剧有《天涯泪》《青山湿》《四婵娟》；传奇有《回文锦》《回龙记》《锦绣图》《闹高唐》《节孝坊》等。最成功的作品，要数《长生殿》。《长生殿》演的是唐明皇（李隆基）和杨贵妃（玉环）的故事。作者费了十多年的时间，大改了三次才定稿，连名称也由《沉香亭》改作《舞霓裳》，最后才定作《长生殿》。这个剧本，借历史故事揭露了封建统治阶级的腐朽荒淫生活，有的地方也隐藏着一些民族意识及对劳动人民的同情心。在《进果》一出中，有一个老农夫唱道：

〔十棒鼓〕田家耕种多辛苦！愁旱又愁雨。一年靠这几茎苗，收来半要偿官赋，可怜能得几粒到肚！每日盼成熟，求天拜神助。

这为两千年来呻吟在封建剥削制度下的农民，吐出了多少苦水！在《骂贼》一出中，借乐工雷海青的口，大骂了那一批附逆求荣的士大夫：

〔上马娇〕平日价张着口将忠孝谈，到临危翻着脸把富贵贪。早一齐儿摇尾受新衔，把一个君亲仇敌当作恩人感。咱，只问你，蒙面可羞惭？

而且对安禄山有"恨子恨泼腥膻莽将龙座潜，癞虾蟆妄想天鹅啖"的辱骂。这对入关不久的清王朝，确有一些冷嘲热讽的弦外之音。作者的潦倒终身，是与他这种潜伏的民族意识有着不可分割的关系。至于整个剧本的布局遣词，安排得异常妥帖，所以在昆剧中一直到现在还在演出。其中的《弹词》一出，由流落江南的梨园老伶工李龟年，用《九转货郎儿》把天宝遗事作了一个总结。他唱着：

〔三转〕那娘娘生得来仙姿佚貌，说不尽幽闲窈窕。真个是花输双颊柳输腰，比昭君增妍丽，较西子倍风标，似观音飞来海峤，恍嫦娥偷离碧霄。更春情韵饶，春酣态娇，春眠梦悄。总有好丹青，那百样娉婷难画描。

〔四转〕那君王看承得似明珠没两，镇日里高擎在掌。赛过那汉宫飞燕倚新妆。可正是玉楼中巢翡翠，金殿上锁着鸳鸯。宵偎昼傍，直弄得个伶俐的官家颠不刺、懵不刺，撇不下心儿上。弛了朝纲，占了情场，百支笔写不了风流帐。行厮并，坐厮当。双，赤紧的倚了御床，博得个月夜花朝同受享。

〔五转〕当日呵，那娘娘在荷亭把宫商细按，谱新声将《霓裳》调翻。昼长时亲自教双鬟。舒素手，拍香檀，一字字都吐自朱唇皓齿间。恰便似一串骊珠声和韵闲，恰便似莺与燕弄关关，恰便似鸣泉花底流溪涧，恰便似明月下泠泠清梵，恰便似缑岭上鹤唳高寒，恰便似步虚仙珮夜珊珊。传集了梨园部、教坊班，向翠盘中高簇拥着个娘娘，引得那君王带笑看。

〔六转〕恰正好呕呕哑哑《霓裳》歌舞，不提防扑扑突突渔阳战鼓。划地里出出律律、纷纷攘攘奏边书，急得个上上下下都无措。早则是喧喧嗾嗾、惊惊遽遽、仓仓卒卒、挨挨拶拶出延秋西路，銮舆后携着个娇娇滴滴贵妃同去。又只见密密匝匝的兵，恶恶狠狠的语，闹闹炒炒、轰轰割割，四下喳呼。生逼散恩恩爱爱、疼疼热热帝王夫妇。霎时间画就了这一幅惨惨凄凄绝代佳人绝命图。

〔七转〕破不刺马嵬驿舍，冷清清佛堂倒斜。一代红颜为君绝，千秋遗恨滴罗巾血。半棵树是薄命碑碣，一抔土是断肠墓穴。再无人过荒凉野，莽天涯谁吊梨花谢！可怜那抱幽怨的孤魂，只伴着呜咽咽的望帝悲声啼夜月。

这把明皇和杨妃的悲欢离合，前后对照起来，隐约地谴责了明皇的荒淫昏聩，对杨妃却寄以无限的同情和悼惜。这是符合历史真实的。

除了这两部作品外，还有李渔的《笠翁十种曲》和蒋士铨的《藏园九种曲》是比较有名的。随着乾隆以后昆腔的逐渐衰落，传奇剧本也就成为尾声了。

《西厢记》的本来面目是怎样的？

——《雍熙乐府》本《西厢记》题记

郑振铎

一

王实甫《西厢记》的本来面目是怎样的？

这句话谁都难能肯定的回答得出来。

我们到现在为止还不曾发现过比万历诸刊本更早的一部王实甫《西厢记》。

从万历诸刊本始，到金圣叹、毛西河、吴兰修诸人刊行他们改定的《西厢记》为止，今所知的已有了不少种的不同的版本——这种不同的版本当然不仅仅一二字、一二句或一二节的文字上的异同而已：

（一）刘龙田刻本　　　　　　　隆庆万历间

（二）金陵富春堂刊本　　　　　万历（未见）

（三）徐文长评点本　　　　　　万历

（四）王伯良校注本　　　　　　万历

（五）陈眉公批评本　　　　　　万历

（六）李卓吾批评本　　　　　　万历

（七）熊氏刊本　　　　　　　　万历（未见）

（八）徐士范刊本　　　　　　　万历（未见）

（九）日新堂刻本　　　　　　　万历（未见）

（一〇）金陵文秀堂刻本　　　　万历

（一一）罗懋登注释本　　　　　万历

（一二）《元本出相北西厢记》　万历

（一三）起凤馆刊王李合评本　　万历

（一四）魏仲雪批评本　　　　　万历

（一五）真本李卓吾批评本　　　崇祯

（一六）汤、李、徐三先生评本　崇祯

（一七）《西厢》六幻本　　　　启祯间

（一八）汤玉茗沈词隐评本　　　启祯间朱墨本

（一九）凌初成刊五剧本　　　　启祯间朱墨本

（二〇）《六十种曲》本　　　　崇祯

（二一）张深之订定本　　　　　崇祯

（二二）延阁主人刊本　　　　　崇祯

（二三）封岳校刻本　　　　　　清初

（二四）金圣叹批评本　　　　　清初

（二五）毛西河批评本　　　　　清初

（二六）吴兰修订定本　　　　　道光

以上二十六种都是现在比较还可以得到或知道其内容的（至于那些曲谱里所收的有曲无白的《西厢》，像《纳书楹》本，像《弦索辨讹》本等等，更有不少，都不在这里举出）。但仅就此二十六种而论，其曲、白差不多没有两种以上是完全相同的。你也动笔改削，我也动笔改削，他也动笔改削，不独金圣叹是一位笔削的大师而已。即以卷帙而论，或二卷（像陈眉公本及《六十种曲》本）或四卷（像封岳本）或五卷（像凌初成本及延阁主人本），已是纷纭得很。若更窥其内容，则或分为二十则，或二十出（像王伯良本、陈眉公本以及诸力劢本），或分为五剧，或五章的（每剧凡四折，像凌初成本及金圣叹本），或分为五卷而折数则仍为二十的（像毛西河本）。全书或有题目正名，或没有题目正名。每剧之后或有题目正名（像王伯良、凌初成诸本），或没有题目正名（像陈眉公、李卓吾诸本）。更是此是彼非，一无定论。你说，我所得的是古本，他也说，我所得的是古本，我也说，我所得的是古本。究竟哪一本是真的古本呢？究竟《西厢记》的本来面目是怎样的呢？

当然在现在我们没有得到万历以前乃至嘉靖，或永乐等等年代以前的《西厢记》的时候，谁都不能肯定的回答这问话。

但是有两点现在可以勉强回答的：

第一，现在所得的这许多本子可以说没有一本是真的古本，或足以表现出《西厢》的本来面目的。

第二，本来面目的《西厢》，依据了我们现在所得的关于元剧的知识及所有的材料，而下手去推测时，约略可以推测得出来。

二

关于第一点，我们现在很可以大胆的说，万历以至崇祯诸《西厢》刊定者所谓"古本""元本"者，本来都不是那末一回事。他们的所谓"古本""元本"都是乌有先生、亡是公之流，原是要假借这一个好听的名义以自便其笔削的。

现在所能得到的真正最古的（或可以说是最邻近于最古的本来面目的）《西厢记》乃是散见于嘉靖时郭勋所辑的《雍熙乐府》里的一部。所可惜的是，郭勋本仅有曲文没有说白，不能算是一部完全的剧本。然即此已尽足以发后来万历、崇祯间诸本之覆矣。

徐文长、王伯良、陈眉公、李卓吾乃至《六十种曲》诸二十折或二十出本的《西厢记》，当然不是古本或元本的《西厢记》——虽然王伯良本曾特地标出"古本校注"云云的一个名目来。他们分为二十折，

或二十出，他们在每折或每出之下，特标以二字（像王伯良本）或四字（像陈眉公本）的剧目，有如明人传奇的格局：

遇艳

投禅

赓句

附斋……（王伯良本）

佛殿奇逢

僧房假寓

墙角联吟

斋坛闹会……（陈眉公本）

这决不是古本或元本的面目。元剧决不会是分为连续的二十折或二十出的，更不会是在每折或每出之前，有二字或四字的所谓标目的。即明初刻本的杂剧，其格局也不是如此。

元刊本的杂剧三十种，每一种的剧文，都是连写到底，并不分折的。明初周宪王刊的《诚斋乐府》三十余种，每一种的剧文，也都是连写到底并不分折的。即宣德本的刘东生《娇红记》，其剧文也便是每卷连写到底，并不分折的。

所以，我们很可以想象，不仅《西厢记》之分为二十折，或二十出为非"古"，非本来面目，即臧晋叔《元曲选》的每剧分为四折或五折，也非"古"，也非本来面目。

杂剧在实际上供演唱之资的时代，人人都知道其格局，且在实际演唱之时，也大都是一次把全剧都演唱完毕的，故无需去分什么折，什么出。全剧原是整个的。直到刘东生的晚年（宣德时代）还是维持着这样的习尚。

杂剧的分折，约是始于万历时代，至早也不能过嘉靖的晚年。嘉靖戊午（三十九年）绍陶室刊本的杂剧《十段锦》，也还不曾有什么分折或分出的痕迹。

　　为什么杂剧的分折，要到万历时代方才实现呢？这是很容易明白的，凡是一种文体或思潮在其本体正在继续生长的时候，往往是不会立即成为分析的研究对象的。到了它死灭，或已成为过去的东西，方才会有更精密的探索与分析。万历时代是"南杂剧"（此名称见于胡文焕的《群音类选》）鼎盛，而"北杂剧"已成了过去的一种文体的时候（且实际上也已绝迹于剧坛之上），所以，臧晋叔诸人，乃得以将它的体裁，加以分析，将它的剧文，加以章句。这情形正和汉代许多抱残守缺的经生们对于周、秦古籍所做的章句的工作，毫无二致。

　　《西厢记》的分折分出，便也是在这样的情形之下实现了的。但因《西厢记》毕竟与其他元人杂剧，略有不同（篇幅特别长），故王伯良、陈眉公诸人，便于分折及分出之外，更于每折或每出之前加以二字，或四字的标目。这使《西厢记》的体式更近于当时流行的传奇的样子，也常因此使后人误会《西厢记》并不是一部"杂剧"。

　　王国维的《曲录》便是这样的把王氏《西厢记》放在"传奇"部的班头，而并不将她与《丽春堂》《贩茶船》《芙蓉亭》等等同列的。

　　王伯良、陈眉公诸本，为了求分折分出的齐整计，总要把《西厢记》分为整数的二十折或二十出。其实，《西厢记》的歌唱，原来决不是这样的分为二十段的。

　　《雍熙乐府》所收的《西厢记》是如底下的样子分散为二十一段的：

　　（一）《点绛唇》　　　游艺中原，脚根无线如蓬转

　　（二）《粉蝶儿》　　　不做周方埋怨杀法聪和尚

　　（三）《斗鹌鹑》　　　玉宇无尘

　　（四）《新水令》　　　梵王宫殿月轮高

　　（五）《八声甘州》　　恹恹瘦损，早是伤神

　　（六）《端正好》　　　不念《法华经》，不礼《梁皇忏》

　　（七）《粉蝶儿》　　　半万贼兵

（八）《五供养》　　若不是张解元识人多

（九）《斗鹌鹑》　　云敛晴空

（一〇）《点绛唇》　　相国行祠寄居萧寺

（一一）《粉蝶儿》　　风静帘闲

（一二）《新水令》　　晚风寒峭透窗纱

（一三）《斗鹌鹑》　　彩笔题诗

（一四）《点绛唇》　　伫立闲阶

（一五）《斗鹌鹑》　　则着你夜去明来

（一六）《端正好》　　碧云天黄花地

（一七）《新水令》　　望蒲东萧寺暮云遮

（一八）《集贤宾》　　虽离了眼前闷

（一九）《粉蝶儿》　　从到京师思量心旦夕如是

（二〇）《斗鹌鹑》　　卖弄你仁者能仁

（二一）《新水令》　　玉鞭骄马出皇都

这次序虽是不依《雍熙乐府》之旧（《雍熙乐府》是以宫调为类的），而是依着《西厢记》的内容的次第，然已可见出浑不是王伯良、陈眉公诸本的二十折或二十出的式样的了。王、陈诸本，虽未必是始分为二十折的祖本（最早是分为二十折的《西厢记》今已不知为何本），不过依着明人分折的规则，本是应该将每一套曲皆分为一折的。何以王、陈诸本或其祖本竟不依惯例将《西厢》分为二十一折，而仅将它分为二十折呢？何以必要将第六段的《端正好》一套"不念《法华经》"云云，并入第五段《八声甘州》一套"恹恹瘦损"云云之中，而不另成一折呢？这是一种不大可了解的错误的布置。大约总是因了要求折数的齐整而始如此的无端的并合了的。

　　崇祯本的沈宠绥的《弦索辨讹》，便是这样的分为二十一折的（将《八声甘州》一套题作《求援》，将《端正好》一套题作《解围》，分为二折）。

后来叶堂的《纳书楹》，收入《西厢记全谱》时，也便是同样的分为二十一段（将《端正好》一套题作《传书》，《八声甘州》一套题作《寺警》的分开，各作一折）。

以上是最足注目的后来的变异，很容易使我们看出决不会是"古本"或"元本"的真实面目。

三

就在天启、崇祯之际，也已有人明白王、陈诸本的式样，并非《西厢记》的"本来面目"了，于是即空观主人凌初成，便自称得到一种周宪王刊行的《西厢记》。这本《西厢记》分为五剧，每剧各有题目正名，又各分为四折。《端正好》一套，则放在第二剧第一折之中，而题着"楔子"二字，表示不入四折正文之例。他相信，这个式样，乃是《西厢记》的本来面目。

其实，即空观主人的所谓周宪王本《西厢记》，据我看来，也便是"子虚公子"一流的人物。我想，在《西厢记》的版本考上，大约是不会有周宪王刊行的这一本子的。凌初成所谓周宪王本，与王伯良之所谓"古本"，其可信的程度是不相上下的。这都不过是"托古改制"的一种手段而已。

我们在过去的记载里，找不出一点周宪王（朱有燉）曾刊行过《西厢记》的痕迹来。假如有此一本，何以王伯良、徐文长（说是假托的，但也是万历中刊行的）、陈眉公诸本，都从不曾提及一言半语，而直到凌氏的时候方才出现于世呢？

第一个使我们不能相信的，乃是即空观主人本《西厢记》的分剧分折的秩序整然的次第。我在上面已经提过，在万历时代以前，杂剧是没有分折的风气，每一剧都是连写到底的，即周宪王自己刊行《诚斋乐府》也是如此刊印着的。周宪王对于他自己的著作，既然如此，为什么他刊印《西厢记》便又会那样的分剧分折起来了的呢？这是说不通的。凌氏说：

此刻悉遵周宪王元本，一字不易置增损。即一二凿然当改者，亦但明注上方，以备参考。至本文不敢不仍旧也。

——凌本例言

欲盖弥彰，作伪者诚是心劳日拙！

再则，凌氏为要维持着元剧必四折的常例，便把《西厢记》第六段《端正好》"不念《法华经》"一套，作为楔子，不入折数。其实元剧又何尝没有五折的呢（像《元曲选》中《赵氏孤儿》一剧便是五折的）。推凌氏之必以《端正好》一套为楔子者，意中多少总受有王伯良、陈眉公诸本之以此套包纳入上一段《八声甘州》"恹恹瘦损"一套之内的影响。但更重要的理由，却是"近本竟去楔子二字，则此剧多一折，若并前《八声甘州》为一，则一折二调，尤非体矣"（凌氏解证）。这真是聪明一世，蒙懂一时。凌氏难道竟不知道元剧有一剧五折的么？有人说，《端正好》"不念《法华经》"一套，为的是夹在"旦"唱的一卷或一本里，例以元剧每本必须"旦"或"末"独唱到底之惯规，故此套当然是"楔子"，而不能当作一折。但《西厢记》的体裁本来是元剧常例所范围不住的。《西厢记》在一折之中"末""旦"互唱之例甚多，这是元剧所未有的。更不用说是在一卷或一剧之中，未必皆是"旦"唱或"末"唱了。故惠明唱的《端正好》"不念《法华经》"一套，夹在"旦"唱的一卷之中是毫不足异的，不必因此便说他是楔子。如《端正好》一套为楔子，则在第四卷及第五卷中，张生、莺莺、红娘皆各唱一折或二折，这些套曲，究竟这一套是楔子，那一套不是楔子呢？

凌氏为了要证明他所依据的周宪王的本子，确是古本，确是《西厢记》的本来面目，便在卷首引着《点鬼簿》的一项记载：

点鬼簿目录（与周宪王本合）

王实甫

张君瑞闹道场

崔莺莺夜听琴

张君瑞害相思

草桥店梦莺莺

关汉卿

张君瑞庆团圆

凌氏所引的《点鬼簿》，当然便是元钟嗣成的《录鬼簿》。但据我所知，许多本子的《录鬼簿》便从没有一本是具有像凌氏所引的那一项记载的。现在所能得到的《录鬼簿》，有：

（一）明初贾仲明续补本（天一阁旧藏蓝格钞本）

（二）孟称舜《柳枝集》附载本

（三）《楝亭十二种》本

（四）暖红室刻本（据尤贞起钞本刊行）

（五）重订《曲苑》本

（六）《王忠悫公遗书》本

没有一本是具有像凌氏所引的那样的一项记载的。在许多不同本子的《录鬼簿》里，只有这样的一条：

王实甫

崔莺莺待月西厢记

至在关汉卿名下，则更无所谓"张君瑞庆团圆"的一个名目。照常理而论，一部《崔莺莺待月西厢记》也决不会分成五个名目而著录着的。吴昌龄的《唐三藏西天取经》，其篇幅较《西厢记》更长（凡六卷），却也不曾巧立名目，分别记载。且在元剧中同一名目而由二人写成二本者不在少数：

李文蔚

谢安东山高卧（赵公辅次本。盐咸韵）

赵公辅

晋谢安东山高卧（汴本）

武汉臣

虎牢关三战吕布（郑德辉次本）

郑德辉

虎牢关三战吕布（末旦头折。次本）

这是依据暖红室本的《录鬼簿》所举出的两个例，他们都不曾因为是"次本"便巧立名目。所以，凌氏所引的《点鬼簿》云云，又是令人十二分怀疑其真实性的。我相信，像凌氏所引云云的一部《点鬼簿》，世间是不会有的。

这样，凌氏又弄巧成拙，更不得不现出他的作伪的痕迹来了。

凌氏的周宪王本《西厢记》云云，其为伪托，大约是无可质疑的。不过凌氏对于恢复《西厢记》本来面目的努力，却是我们所应该致敬意的。他的这部努力要恢复《西厢记》原状的本子，在后来曾发生了很不少的影响。金圣叹本便是大体依据了凌本而分为五章的；毛西河本也是折衷于凌本而分为五本的（毛本是对于王伯良等本及凌本取折衷的态度，故分为五本二十折）。

凌氏所要恢复的《西厢记》本来面目，除了文字上的种种改正以外，最重要的便是：将历来分为二十折的《西厢记》，变成了五本，五本之后，各有题目正名。这样的一种《西厢记》，当然要较分为二十折或二十出的诸本更近于原来的面目。我们看吴昌龄《西游记》之六卷，刘东生《娇红记》之有上下二卷，则原本《西厢记》当也有分为五卷的可能。

再者凌氏所载的每本题目正名，也并不是没有来历的东西。这样的东西，在分为二十折的徐文长本、王伯良本里亦有之（陈眉公奉及《六十种曲》本等则削去之）。在二十折本《西厢记》里本来是不需要这种题目正名的。然而徐、王本竟有之，则可知他们的来历不是很近的了。

凌本于每本之后（除第五本外），各附有《络丝娘煞尾》一曲，例如，第一本之木：

［络丝娘煞尾］则为你闭月羞花相貌，少不得剪草除根大小。

这种《络丝娘煞尾》，王伯良本虽削去，他本则往往有之。《雍熙乐府》也有之。不过诸本皆无第一本之《络丝娘煞尾》（《雍熙乐府》本亦如此）。故我很疑心，第一本的《络丝娘煞尾》，难保不是凌氏补撰出来，俾可得到整齐划一的格局的。

四

就上文看来，我们已约略的可以知道王实甫《西厢记》的本来面目是怎样的了。总括起来说：

第一，原本《西厢记》当有分为五卷的可能，或竟不分卷，全部连写到底。

第二，假如分为五卷，每卷也当连写到底，并不分为若干折。

第三，原书在现在的本子（即凌本）的每本（除第五本外）之末，皆有题目正名。

第四，原书在现在的本子（即凌本）的每本（除第五本外）之末，皆有《络丝娘煞尾》。第一本之《络丝娘煞尾》当是脱落去的。

第五，第二卷之《端正好》"不念《法华经》"一套，当是很重要的正文的一部分（因为在王伯良、凌初成诸本里，其第二段的题目正名里，皆有莽和尚生杀心一句，可见其地位的重要），决非"楔子"。

第六，更有一点，为上文所未提及者，即《西厢记》的"宾白"的问题。是元剧的宾白，久成为一个讨论的中心。究竟《元曲选》《元人杂剧选》《古名家杂剧选》等等里记载的元剧，其"宾白"是否为元人的原作呢？我们观于《元刊杂剧三十种》里各剧之绝少"宾白"，颇质疑于《元曲选》宾白的真确性。特别在细读了其宾白之后，我们往往觉得"曲""白"太不相称（曲太好，白太庸腐）。故时时有了"宾白"不出元人手笔之疑。——周宪王刊《诚斋乐府》，每剧标题之下，皆注出"全宾"。此可见当时刊剧，大约皆只刊出曲文，同时并刊"宾白"

者实为绝罕见之事。故《诚斋乐府》不得不特为注出"全宾"二字，以示异于众（关于这个问题，我也另有一文）。《西厢记》的宾白，也与曲文很不相称。有的地方，简直是幼稚浅陋得可笑。（例不胜举，细读自知）——故我以为《西厢记》的宾白，大部分也当是后人的补撰。

我们现在所能想象的王实甫《西厢记》的本来面目，大约是这样。

五

至于曲白的文字上的异同，何者为是，何者为非，更非一时所能讨论得尽，且在没有得到比较"古"的一个本子之前，也没法进行比勘。

我们现在所能得到的一部比较近"古"的《西厢记》，仅只有这里从《雍熙乐府》辑出的一部《西厢记》。《雍熙乐府》刊于嘉靖辛卯（十年）。比现在所得任何种本子的《西厢记》，至少都要早到五十年以上（现在所见各本，大都刊于万历中叶以后）。最可靠的书本乃是最早的本子。这个原则，虽未必皆然，却也不甚与真理相远。我们如果取这个本子和后来的诸本相对读，当可见出其优长之处，且也可以解决了不少文字上的彼此争执之点。

《雍熙乐府》的编者是武定侯郭勋，他是编刊《英烈传》《水浒传》的人，未必不是一位善于笔削者。即在《雍熙乐府》里也曾发现过不少乱改的痕迹（例如，关汉卿的一首咏杭州景的《南吕一枝花》，《雍熙乐府》将其中"大元朝"的"元"字改为"明"字，硬生生把这首很有关系的元初人之作，夺来作为明朝人的文字）。故这部《西厢记》我们也未必相信其完全可靠，或完全与原本的面目无殊。不过我们在没有得到更早的一个本子之前，这一个本子总可算是最近于"古"的一部罢了。

这个本子有好几个很显著的好处。姑举其一。凌濛初本的第五本第四折（他本大率皆然），张生到崔府，见了红娘时，便唱出《庆东原》"那里有粪堆上长出连理枝……这厮坏了风俗，伤了时务"云云，底下便紧接着红娘唱《乔木查》："妾前来拜复；……你那新夫人何处居？比俺姐姐是何如？"这有点不合情理。《雍熙乐府》本，则《庆东原》在《乔木查》之后，先叙红娘见张生埋怨了一顿，然后再提张生之怨愤，正是事理上情节所必然的步骤。

这恰是"古本"胜于"近本"的一例。

西游记杂剧

郑振铎

元人杂剧，每以四折为度，间亦有长至五折者。惟《西厢记》有五剧，凡二十折。这几乎在元剧中是一个例外。然而就近来发现而重印的《西游记杂剧》而观之，则《西厢》五剧相连的体裁，也并不足怪。《西游记》不仅五剧，且有六剧相连合呢。《录鬼簿》中，注明"次本"的亦不少。如李文蔚的《谢安东山高卧》之下，注明"赵公辅次本"，武汉臣的《虎牢关三战吕布》，注明"郑德辉次本"。又，《古今杂剧》所录的尚仲贤的《尉迟恭三夺槊》，与《元曲选》中的《尉迟恭追鞭夺槊》完全不同，且两剧所叙事实系互相衔接的。我颇疑其为一剧而分为二本者。此可见元剧之合二卷、四卷、六卷为一长剧者，虽不是必然的结构，却也并不是罕见的例外。

《西游记杂剧》为吴昌龄所作。结构很弘伟，而叙状则没有王实甫《西厢记》那末样的细腻深入。《西游记》人物太多，历险亦杂，故时有匆匆的草率的写过之弊。不似《西厢》之以崔张为中心，情节简单，易于描写尽致。

《西游记》之分为六卷，颇有一个很整齐的划界在着；当系作者着手写作时，原是这样的经营着的。

第一卷写"之官逢盗，逼母弃儿，江流认亲，擒贼雪仇"等事，是开场的一段，未入西游的正文。

第二卷写"诏饯西行，村姑演说，木叉售马，华光署保"等事。作者尽力铺张玄奘起程时行色的壮伟，以及诸神的决定尽力卫护。

第三卷写"神佛降孙，收孙演咒，行者除妖，鬼母皈依"等事，完全是孙行者的故事，此卷可名为"孙行者卷"。

第四卷写"妖猪幻惑，海棠传耗，导女还装，细犬禽猪"等事，完全是猪八戒的故事，故此卷亦可名为"猪八戒卷"。

第五卷写"女王逼配，迷路问仙，铁扇凶威，水部灭火"等事。作者很着力于写女人国王及铁扇公主的阻挠西游。这两件乃是西游历程中最可注目的大事。

第六卷写"穷婆心印，参佛取经，送归东土，三藏朝元"等事。在这卷里，孙行者们被留在佛土，而玄奘则另由神道们送归。

此剧所述的事实与后来的小说（杨、吴二氏的）颇不相同，然已建立了他们的骨干，较之宋人的《取经诗话》，则已高明得不少了。

此剧中的好几折，曾被选入于《纳书楹》中。我们虽然疑心这些零折与吴昌龄的此剧有些关系，却未能即决定其为吴剧中的文字。今则此剧出版，已证明我们的猜忖是不错的。大约在《纳书楹》编者叶堂的时候，此剧尚是很容易得到的。

叶堂所说的"俗增"的一折《西游》，考之此剧亦未之有；则此剧在当时演唱时，必曾为伶人们所增删过。

读曲杂录

郑振铎

一 《新刻出像音注花栏裴度香山还带记》

明 金陵 富春堂刊本

《还带记》不知作者姓名，富春堂本。卷前题着"豫人谢氏敬所校"，撰者当然不会是谢敬所的。全剧凡五十一"折"，叙唐裴度因还了犀玉带，得为宰相事。裴度字中立，家居闻喜。妻刘一娘甚知妇道。惟她弟刘二郎却常来嘲笑他屡举不中，终身贫苦。度置之不理。同县有恶霸张宗一，广有财产，人皆畏敬，只有里人周方正守正不阿，常去规谏他。宗一心中大忿，屡思陷害。一日，设了一计，见方走过，请他入门闲坐。言语之间，起了冲突。遂自行打毁门扇，说是他率领十余人打毁了的，扭他见官。邻里也诬证是方正打毁的。方正力辩，但被屈打成招，下于狱中。方正只有一女，寡居在家。她日去送饭，父女相对，无法可想。一日，她在街头啼哭，惊动了正在宴会的邹尚书与彭、宪二侍郎。他们叫她进去，问明了始末，很可怜她，便解下一条玉带，两条犀带，命她馈送当道，救父出狱。她取了带到香山寺中祷告菩萨荫庇。裴度恰好也在寺中闲玩。他见妇人去后，遗下玉带一条，犀带二条。追去还她，她已去远。便持了三带归去，欲待第二天再来还她。他回家与夫人说起。夫人也力劝他还带。她失了带，一夜无眠，自怨自艾。裴度清晨便到寺中等她。不久，她果然来了。

度问明原委，便将三带送还了她。她千恩万谢而去。但推官孔昭，清名久著，她无法送带为赂。她见了孔夫人，夫人教她纳带取赎，她父亲果然得以出狱。父女二人，感度还带之恩，同去拜谢。度前者曾被相命的相过，说他之相，注定要饿死。但自还带之后，庭生灵芝九茎，上帝改注他福禄双全。刘二郎闻知此事，暗暗好笑，见财不取，真是呆子。恰好裴旺持了两件旧衣，到刘二郎处当钱，因裴度要赴考，无钱动身。二郎却将二衣没了，勒毁旧帐。旺不得已，只好另外摆布着钱，送了主人动身。裴度上京考试，中了第一名，就除御史之职。他写封家书，请乡里买卖人带了回去。刘一娘自丈夫去后，在家甚是清苦，周方正之女却常送米肉与她。这时闻她丈夫得官，心中大喜，便请刘二郎伴送她赴京。二郎至此，遂易倨傲而为谨慎小心了。他们与度同居在京。不久，淮西吴元济作乱。官兵围攻，四年不克。庭议时，裴度力主征讨。皇帝便拜度为门下侍郎，同平章事，兼彰义节度使，领兵十万，征讨淮西。宰相李逢吉本主和议，见度统兵赴战，心中不悦，便差人暗杀刘氏姊弟二人，以乱度心。被他们发觉，连夜逃出城。刺客急追而去。幸有裴旺夫妇代死，刘氏方得逃脱虎口。中途遇见周方正父女，遂同居于农村中暂避。这里李逢吉却故意使客将这噩耗通知了裴度。度心中悲戚，望空祭奠一番。这客回时，途逢刘氏遣他们至度军的周方正与刘二郎，他又编了裴度已被贼人杀死的大谎。二郎闻知此耗，不别而去，不顾姊姊、周方正自去回报。刘氏闻之，哀痛不已。这里，裴度与吴元济大战，生擒了他，凯旋回朝。

却说当度生辰之时，刘氏备办菲仪，正在祭奠，周方正忽喜容满脸的自外而回。原来他已打听到裴度得胜回朝的消息。刘氏遂收拾了祭席，脱了孝服。方正先去军前，说知原委。度知其妻未死，心中大喜。即着人送夫人回去。度至朝，奉旨将吴元济杀戮于市，裴度则爵晋国

公，入知政事。但度上表，力乞归休。皇帝允之。刘二郎见姊夫又富贵归来，复到姊姊家中趋附。度安享富贵数十年，皆自还带的一件功德上得来。

二　《新刻出像音注薛仁贵跨海征东白袍记》

明　金陵　富春堂刊本

《白袍记》凡四十六"折"，无作者姓名，文字极为古拙，仅能勉强成文而已。一望可知其为出于民间的才人之手，或竟系出于剧团中人之手也难说。剧中人物，以薛仁贵为忠臣，而叙其跨海征东的一件大事，正与《说唐征东传》所载者相同。"昔日唐朝李世民，梦中忽遇白衣人。栽花种柳秦叔保，好打三鞭鄂国公"，这四句"提纲"的下场诗，已略可见全剧的大概。薛仁贵，绛州龙门县人，娶柳金定为妻。他有文武之才，只是遭时不遇，贫困在家。有结义兄弟十人，各自散去安生。

这时，伯济国伯涯太子命昌黑飞献三般宝贝给唐朝，免动干戈。他经过高丽国中，这三般宝贝，皆为高丽的红袍抹利支葛苏文所夺取。葛苏文正欲与唐朝寻仇，无递书之人，便借了昌黑飞的脸，刺字在上道："再三上伏小秦王，来年八月叛唐邦。生擒叔保交战马，活擒敬德祭刀枪。若是投降来拱伏，免我亲身下战场。若道半声言不肯，唐朝改作放牛场。"昌黑飞飞报唐朝。李世民一见他脸上所刺之字，大为震怒，立意要征高丽。并对群臣说，昨夜，他梦见与红袍的人交战被陷，幸有一白袍将救了他。他问白袍将家住在那里。此人答道：他家住夆字绕三绕，三枪点三点。白蛇拦住午门。徐茂公详道：此人必定住在绛州。便命绛州守将张士贵，招军买马，寻访白袍将。

在殿上，秦叔保与胡敬德争为元帅。叔保因举鼎吐血，不能保驾前去。张士贵奉旨招军，无人可用，心中甚闷。薛仁贵穿了白袍来投军。士贵见他武艺甚高，又穿白袍，应了世民之梦，恐将来攻辽有功，夺了他的权柄，便打了他二十板，赶他出去。恰好程咬金运粮经过，便亲自带他去见张士贵。中途遇虎，仁贵竟擒捉住它。咬金大为惊伏。他见了士贵，力荐仁贵。士贵无法，只好收了他为马头军。这时，混天董达作乱，士贵就着薛仁贵去收伏他。董达战败，献上三般宝贝求宥，但仁贵杀了他，留下宝贝自用。这里秦叔保病势沉重，唐皇自去看他。叔保设计，荐了他孩子秦怀玉随征。张士贵带了军兵见驾。唐皇命他摆阵。摆得好的，封他为开路总管，摆得不好，责他罢职。

士贵便命薛仁贵去摆阵。仁贵摆了龙门阵。士贵冒认为他自己摆的。但为胡敬德所吓破。唐皇便命他为拦路总管，薛仁贵为左部先锋。敬德又命士贵去做篇《平辽论》来。士贵愤愤不平，恨煞敬德。他那里会做什么论，结果又是士贵冒了仁贵所做的交上。唐皇大喜，封他为三十六路都总管，二十四路都先锋。敬德依然不信是他做的。他要士贵想出一个过海漫天计，上不观天，下不见水，平平过去之计。士贵无法可想，仍去问仁贵。仁贵又献一计道：要五丈海舡，连环环在上面，装做百花亭，茶房，酒店的样子，且栽着杨柳。信炮三声，平平过去。敬德问士贵道：这计还有师父么？士贵道："不敢，没有师父。"依了这计，将唐皇骗了上船。但海浪甚大，唐皇不安。仁贵又代士贵设计，要唐皇写"免朝"二字，抛入海中，龙王便不来朝。果然，海水便平静下来。但葛苏文又拦在海岸，不准唐兵上岸。仁贵穿着白袍，奋战而前，方得杀退苏文，过了海关。又用仁贵之计，取了凤凰城，为唐皇驻军之所。唐皇要取天山。薛仁贵便奋起神勇，三箭定了天山。但这些功绩，俱为张士贵所冒去。他枉有功勋，不能加赏。

一日唐皇命敬德前去赏军。士贵着忙，急急遣仁贵往二十里外喂马，而以无用的薛延陀冒着仁贵，敬德竟被骗瞒过去。仁贵慨叹自己的功勋为张士贵所埋没。但当他亲近的一个结义的兄弟大为不平，要和他同去见国公胡敬德说明时，他又不肯。他的兄弟强他前去。正要告状，恰好冲见士贵，连忙逃走。敬德恐怕有功没赏，便扮为小军，前后

密探。仁贵愁闷，正在月下自言自叹。被敬德窃听，出来抱住他，要带他去请功。仁贵却挣扎脱了逃去。敬德扯了士贵到唐皇面前理论。士贵说，白袍将见在。便命叫了薛延陀。但敬德知道他并不是昨夜月下自叹的汉子。士贵知道这事有些难处，便向唐皇告病三日。徐茂公算定当日正午，唐皇可见真白袍将。但被秦怀玉身穿孝服，杀进围城所掩。这时，秦叔保已死，他母亲命他去投军立功，故此冲围而去。辽兵火急讨战，士贵又在告病。敬德便亲自出马与葛苏文对阵。苏文让敬德打了三鞭，并不受伤，敬德又惊而退。皇叔大忿，自行出马，却为红袍将葛苏文射倒，险些被擒。亏得白袍将追上，杀退了苏文，救了皇叔。皇叔命他背了去请功。他们到了凤凰山，仁贵怕见本管，先逃回去。皇叔见了唐皇，说起为仁贵所救的事后，便倒地而死。葛苏文气焰大盛，杀得唐军夺路而奔，各不相顾。苏文紧追在唐皇之后，声声叫他投降。唐皇只是没命的奔逃，一时陷在河中淤泥之内，无法逃走。他叫道："有人救得唐天子，锦绣江山均半分。"恰好仁贵飞奔的追过去，救驾出险。葛苏文战他不过，逃入海中，原来是一条龙。士贵闻知此耗大惊，连忙叫薛延陀命仁贵到天山谷口肃清余党，却用火烧谷，将他烧死在内。但他却为太白金星所救。士贵计无所施，遂为唐皇所杀。仁贵则计功论赏，衣锦回家。

三 《新刻出像音注刘汉卿白蛇记》

明 金陵 富春堂刊本

《白蛇记》凡三十六出，郑国轩撰。国轩身世爵里俱未知。富春堂本《白蛇记》题："浙郡逸士郑国轩编集，书林子弟朱少斋校正。"朱少斋无甚重要，国轩则为此戏"编集"之人。或原有旧本，他仅居"编集"的地位也不一定。他自题"浙郡逸士"，则当为浙人而久困科场，未能一第者。

《白蛇记》叙的是：成都、南阳县人刘相，字汉卿，娶妻王氏，有子廷珍，女玉容，弟汉贵，并有继母在堂。汉卿学高才富，甚为同侪秀才们所钦佩。但他的继母张氏颇不贤淑。大叔想挑唆陷害汉卿。诸友约汉卿赴科场，大叔却去张氏面前教唆他几句，不让汉卿赴选，留他在家，设计害他。他与张氏商妥，要叫他到南庄收取帐目。又到街坊上，请个银匠来，做一百两假银子，要交他到徐州做买卖，要叫他因使用假银罪及充军。汉卿正收拾了行李，要别张氏登程，她却将一片大道德压住他，叫他去取租，不要赴选。汉卿不得已而从之。

东海龙王的儿子三太子因骑龙戏浪，淹死良民三千余口，上帝便将他谪贬人间，化为白蛇，往洪山渡口深藏。这白蛇时出窃盗农夫的饭吃，为农夫所捕。汉卿到了南庄，因荒年，只讨了十两白银而归。夜梦一个白衣童子，说他有难，交汉卿救他。汉卿见农夫们捕住了一条白蛇在打，想起了夜梦，便要买它放生。农夫故意的刁难他。他便用白银十两，才得买成。他遂将这蛇放走了。回家后，因此事甚为他继母张氏所责备。张氏乘机要他去做买卖，汉卿又不得已而从之。她仅许他独自前去，且立地逼他即行。所付给的百两银子，却是假的。汉卿毫不知觉。他到了徐州，投到牙行周牙官处贩货。他们发现他所用的是假银子，便拖他当官。汉卿说起此银系继母付与，自己并不知情的事。徐州太守甚为贤明，判他无罪，但将假银入官，货物还原主。汉卿还求得假银二十两，回家为证。

这时，张氏在家，以为汉卿必定事犯经官，重遭刑宪。不料他却安然归来。这使她不免吃了一惊。汉卿对她诉及假银之事，她与大叔串通，硬说所付的并非假银，并要以大叔为证，告他不孝之罪。汉卿无奈，只得扯了一谎，说货物见在船上。走出门去，便欲投河而死。他先到书塾中要见儿子一面。但他的弟弟汉贵，虽为后母所生，却甚明理。他见哥哥悲愤难堪，要借款来代他赔母。汉卿谢之，引了自己的孩子廷珍到河边，嘱咐一番，便投水而死。却为龙宫太子吩咐巡海夜叉救住了他。这里廷珍为了受父之嘱，要侍奉母亲之故，只好啼哭着归家，见母

说明此事。他们正在哀哭之时，张氏闻知，反说投江是假的，要吞了全部家产，赶了他们出去。亏得汉贵力劝，方才许他们住到南庄，耕种为生。

且说救汉卿的龙宫太子，即系汉卿买放的白蛇。他送了夜明珠一个，虾须帘一副，珊瑚树一根给汉卿，叫他上京献宝，必可得官。汉卿将宝献给秦始皇，官封总管。但虽忆家，却不敢归。不知这时，家中又生了一场绝大风波。汉贵买了绵布数匹，上南庄送给嫂嫂。嫂嫂杀鸡供餐。鸡血滴在他衣上。他便脱衣而去，中途为士卒捉去建造长城。张氏见子不归，到南庄去找。寻出血衣，硬派为长媳谋杀。她只好当官屈招，与女一同下监，只留其子送饭。汉卿奉命监造长城，与弟相逢。工程告成，兄弟同归。而家里的张氏，却又叫家丁旺保去杀廷珍。旺保诉知廷珍。他到狱中通知母亲一声，便上京告状。中途遇见荣归的父叔，细诉前事。汉卿立命左右，行文到华阳县，立放王氏母女出狱。他们夫妇相见，如在梦中！汉卿不念旧事，待母如初。张氏也深悔为大叔所愚，几至一家丧散。但一切悲剧，都已过去，如今却是衣锦荣归，合家团圆的了。

四 《新刻出像音注苏英皇后鹦鹉记》

明 金陵 富春堂刊本

《鹦鹉记》凡三十二"折"，不知作者。叙梅妃陷害苏太后事。其事不知是何时代，亦不知从何而来。作者（或编者）在开头便说道："戏曲相传已有年，诸家搬演尽堪怜。无非取乐宽怀抱，何必寻求实事填。"他已为这本无来历的剧情作解嘲了。他又道："苏后梅妃有记，今朝试把腔填。"则苏、梅故事或为旧来相传的小说杂义，至作者始填之为戏曲的。

却说周朝某一位的天子，一向未立正宫，苏、梅二妃，俱承宠幸。丞相潘葛颇忧之。他夫人李氏及了潘有为俱甚贤能。苏妃与梅妃颇相争妒，但梅妃心计甚深。一日，西番可汗进了一只温凉盏，一只白鹦鹉，一条醒酒毡给周王（苏妃的侄苏敬为湘州刺史）。周王大喜，大开宴会，盛款来使。并叫道："宝物暂令司礼监收下。待宫妃有娠者即与收管。"苏妃奏知，已有三个月喜在身。周王益喜，便将三般宝物，命她收管。潘葛丞相乘机奏请立苏氏为后以免中宫久虚。周王允之。苏妃遂立为后。梅妃闻之，大为恼怒，私自请她的两位哥哥进宫商议。她的大哥梅体力劝她安分守己。但她的二哥梅伦却助纣为虐，教她一计。她依计而行。第二天，便去与正宫贺喜。同时，吩咐一内臣假传旨意说，交皇后将西番宝物，令梅妃同玩。饮酒中间，梅妃以言语激她。却将温凉盏打破，鹦哥儿摔死。二人相扭，去奏君王。梅妃说是苏后饮酒大醉，自将宝物坏了，且又以大压小。苏后则说是梅妃所为。周王无法判断。潘葛却请周王命忠直的大国舅梅体来断定。众人都以为国舅不可信，必会帮他的妹妹。但周王道，"不要争，但梅体若说皇后是，我便杀了皇后，若说梅妃是，我便杀了梅妃。我偏杀那是的。"正直的梅体，果然判说皇后是，梅妃非。梅伦捉住了周王前言，劝他杀了王后。周王无可奈何，只得着金瓜武士将皇后押赴午门外缢死。潘葛大叫留人，劝周王将皇后押到他家中赐死。周王从之。

梅体眼见此事，心中大为气愤，便致休归家，不问外事。潘丞相将娘娘请回家中，不忍致她于死。且因她已有孕在身。但必须有一人替死，否则朝廷必将追究此事。李氏夫人遂代替国后而死。全忠又奉命来要苏后头发一辫为信。潘丞相剪下头发给他，全忠命他们速将王后尸身火化。第二天，潘丞相便将李氏火化了。但梅妃并不放心，怕是有人替死。拈了一卦，更知她的死是虚诳的。便要奏知君王，四处去挨拿。但知国王已有悔意，不敢去说，便命梅伦到潘府搜寻。全忠得此消息，忙去通知潘相。潘相将皇后装作平民送到庄上；却将有病的雪姐装作他的夫人，睡在床上。梅伦到府严搜，雪姐却死了。潘相便派定是他惊死的，与他大闹，命孩子痛打他一顿。此事奏知了周王，王命梅伦罚金

为葬费了事。出殡时，潘相将一好妇人装做皇后打扮，坐在轿中，梅伦却来搜轿。潘相说他调戏良家妻小，又打了他一顿。但潘相颇虑事久发露，便请娘娘到湘州她侄儿处暂住。中途，梅伦着人追赶。护送的人忙设一计避过了追者。又有天神保护，将美化丑，才能逃过了这场大难。苏后腹痛，在白马庙生了一位太子。白马娘娘点化她到苦竹林中。因后面似有追兵，她便将他肩头咬破留记，撇他在地自去。

这太子却为斫竹的祝四郎所拾。四郎无子，便将他抚养着。这时苏后已至湘州，暂且安住于她侄儿衙中。十三年之后，祝四郎抚得太子长大。但他性子很不好，十分违拗，便将他质典在张家为小厮。但张员外见他出言不凡，便养他为子，取名张龙，命他读书。同塾之中，有一苏虎，盖即苏太守之子。他们二人结为兄弟。一日，苏虎说起他家有一个皇后娘娘，张龙便与他同去看她。苏后见他面貌言动，与周王一般，便十分生疑。次日，苏虎哄太子脱了衣服，苏后见他肩上所咬的表记尚在，便知道真是她的儿子。苏太守去与张清枢密说知，张枢密便将太子还了娘娘。他们母子于十三年后始复相见，其且喜且悲可知！苏、张二人便将此事始末，上本奏与周王。这时梅妃失宠，周王深悔杀了苏后，致无后嗣，心中郁郁不乐。潘相得了湘州奏本，乘机说动了周王，并说明就里。周王大喜，便命潘相到湘州去迎接娘娘及太子。周王见了太子大喜。苏后复就正宫之位。不久，他便传位于太子。

五　《新刻出像音注唐韦皋玉环记一卷》

明　金陵　富春堂刊本

《玉环记》凡三十四“折”，叙韦皋与玉箫女的“两世姻缘”。盖即元剧《玉箫女两世姻缘》的扩大。作者姓氏无考。剧叙韦皋，字凤翔，京兆远安人。才学甚高，虽有父执李晟、张延赏在朝掌执大权，他却无意于投奔他们。“恐遭达官之慢”。某一天，他约了数友，同上京城应试。但不合试官之意，试时竟把他扠将出去。皋落第之后，郁郁少

欢。有帮闲包知水便带他到平康中散闷。他与妓女玉箫相逢，"说不尽山盟海誓，愿双双永效绸缪"。不久，皋因求官远去，别了玉箫。她誓志要守着他，不再接人，并再三地叮嘱他，后来切莫忘贫贱。皋送了一只玉环给她为表记。但皋命途乖蹇，到了试场，又差过了黄榜限期，试官不容入试。皋自觉无颜，意欲投黄河而死，又不忍负灯窗十载之苦。想起父友张延赏来，便到西川去投奔他。延赏在西川为节度使，威权甚重，只生一女，名琼英，尚未字人。延赏夫人善相，知皋后来必可富贵，便与延赏商议，欲将女儿琼英配给了他。皋推却，不敢承诺。但延赏力促他答应下来。拣个吉日，便成了婚。但玉箫女却在那里苦苦的盼望韦皋的归来。她恹恹成病。病时，又欲践临别之约，寄一幅春容给皋。但他却自别后，一封信也没有给她。他们都说他已变了心，但玉箫始终坚信他是个志诚君子，决不负她。她病体日重。一夜，拿着玉环，连叫韦皋数声，哽咽而亡。

皋虽在西川就婚，心中也无日不在想念着玉箫。他想起临别时，她有紫金扇坠赠他，他有白玉耳环与她。如今归期未卜，后会无缘，心中十分悲感。但皋托着岳父的势力，甚喜招贤纳士。有张纬、范克孝等皆来投奔于他。皋皆收留了他们下来。他见范克孝一貌堂堂，并与他结为兄弟。一日，他们同去打猎，克孝竟打死了一虎。皋因此益敬重他。但延赏风闻韦皋教鹰放犬，扰害乡民，心中不乐。又入了富童儿之谮，便大怒韦皋。张夫人与琼英小姐，也劝皋遣发了来历不明之人，以息谣传。皋不得已，遂与范、张二人说明，送了路费给他们，相别而去。富童儿又生一计，对延赏谣说他因劝乡民不要告韦皋，被他们打了一顿。延赏信以为真，大怒不已。夫人劝他，他反说是夫人误了女儿终身。皋与富童儿折证，打了他一顿，便与妻告别，愤愤的离了西川。范克孝自离了韦皋，便落草为寇，啸聚偻罗，打劫行旅。皋路经山中，与他相遇。克孝要奉他为寨主，但皋力劝他散了偻罗，焚了山寨，同去代州，投奔李令公。克孝从之。李晟招贤好士，无人不见。见故人之子韦皋及

克孝来投奔于他，大喜。

这时，朱泚、李希烈为叛，御驾亲征，陷入重围。李晟命皋与克孝率了五千人马去解围，一战而擒贼功成。晟大喜，命克孝保驾，皋解贼。这里，张小姐在西川却正受着磨折。延赏大病初愈，富童儿潜她诅咒父亲。延赏不察，打了她一顿。有王提领的，闻知张节度小姐甚美，便托富童儿为媒。富童儿一力撺掇延赏许了这头亲事。他们以为韦皋一定不会回来，延赏打迫小姐另嫁，小姐誓死不从。富童儿又生一计，将毒药暗放汤药之中，力说小姐要药死父亲，唆哄延赏，要小姐自吃。但延赏却将小姐差人押到黄河中淹死。夫人哭阻不从。恰好，韦皋因功，已为西川节度使，代延赏之任。路经黄河，救了小姐，夫妇重逢。延赏至此，始知自己知人不明。

不久，圣旨又命皋率军征讨朱泚。副使姜承不敢上战场；他家中有一女年方二十，面貌与玉箫一般无二。他着她出来奉酒。皋一见大惊，举止失措，几欲啼泣。几乎疑心她便是二十年前相与的玉箫。姜承见他举动，大怒，欲与他拼命。但为他官所劝阻。他与韦皋打赌，如皋胜了朱泚，他将小姐送与皋为妾。如皋输了，就与他调用。皋道："就如此。"皋先着人送檄文与朱泚。泚震于皋的威声，惊慌失措，遂议投降，与使臣归朝待罪。皋立了这个大功，姜承无话可说，送了小姐与他为妾。他们听韦皋诉说两世姻缘的经过，皆大为惊叹。这时封赠的圣旨恰到，封韦皋为忠武王，总督兵马，仍镇西川。姜承为节度使，李克孝为副节度使；连守操的玉箫也令有司奖励。张氏、姜氏俱为忠武王夫人。

六 《新刻出像音注花将军虎符记》

明 金陵 富春堂刊本

《虎符记》凡四十"折"，一名《忠孝节义花将军虎符记》。作者是俨然具着道貌的，一开头便对当时的靡靡之曲加以针砭，说道："何处淫词，敢劳妍唱，滂污樽俎！"花将军者，盖即明初的花云，为朱元璋守太平，尽忠而死者。此剧则作花云并未死，为寇所困，直至其子任先锋，出师救父时方才解厄。这当然是有意的要以团圆为结束的。

却说花云，怀远人，随朱元璋攻战，所至有功，官至总管，镇守太平。与他同在衙中者为妻郜氏，子花炜，并妾孙氏。维时，大乱未平，干戈四起，以像太平的新造的孤城，御挡强敌，是很不足恃的。这，花云与太守许瑗、院判王鼎，都是十分明白的。他们怕陈友谅乘机窃发，此城有危，便写本请粮，移文求援。但他们布置未定，陈友谅便星夜以舟师薄之。江水又涨，城垣必坏。花云自誓与城存亡，但颇不放心他的儿子花炜，欲命他夫人与妾带了儿子同归，以免俱亡。但郊圻之外便是战场，出城诚是冒险。他夫人郜氏便决定守节同亡，而妾孙氏则毅然以保孤自任。友谅大兵蔽江而至，城垣又为水冲倒。花云、王鼎、许瑗遂皆为友谅所擒。郜氏闻耗，以虎符缚在孩儿身上，命孙氏抱去逃走。郜氏自己投江自杀。恰好其兄郜士良投亲至此，救了她，同上京畿。

孙氏途遇陈军，连孩儿也同被掳去。友谅深喜花云忠勇，欲劝降了他。花云不从。许、王二人已不屈被杀，但友谅终于不忍杀云，只将他收了监。孙氏被押送到江边，乘夜将孩儿寄养在一只渔船上，自己仍被押着前去。步马水军大元帅常遇春，闻知太平失陷，花云被囚，十分气愤。恰好奉旨征汉。鄱阳一战，杀得陈友谅大败而逃，不敢复出。孙氏也乘贼兵四散之际，逃出虎口。遇见前次的渔船，仍将孩儿抱回。但中途又遇贼兵，被推落江中。亏得雨师推送大木过来，救她出水，沿河飞泊，至于汀洲之上，采莲实以哺儿，与鸥鹭鱼虾为友，历尽了苦辛。幸得雷公指引她到了京畿，至于午门之外。

朱元璋命她至便殿召见。他见了义妾孤儿，为之动容。抱儿膝上，呼为将种。遂命人送他们与郜氏相见。这诚是睡里梦里的事。这一次的相遇，他们那里念想得到！这里花云被囚，求死不得。友谅命张定边婉劝他归降，他仍是执意不从。他得了眼疾，双目昏花。友谅闻之，即送眼药给他。他道："我待死之人，名入鬼箓，以不见为幸。就有妙药，

无所用之。"送药的人只好将原药又带了回去。好几年过去了，孩子花炜已长大成人，入侍东宫讲学。郜氏不放心，命兄弟郜士良去打听花云消息。这时，友谅已为常遇春所射死，其子陈理，意欲兴兵报仇，并欲杀死花云，以雪其忿。他与张定边商议此事，张定边说，花云双目昏花，已成废人，不必杀他。理遂置之。郜士良将此消息回家报告。他们略为安心。

却说花炜受兵法于刘基，甚为英勇，渴想出师救父。基保奏他为先锋。大将仍为常遇春，基则为军师。大兵出发，花炜与陈理交战。理被杀得大败逃回。炜闻知花云囚在武昌牢中，便星夜追赶陈理，围住武昌攻打。张定边至牢中将此信报告花云。云大喜，双目为之爽清。这时，有人来报陈理已被缚送出城。张定边便自刎而死。花炜进城，首至牢中，与父相见，交呈了虎符给他。云命以礼葬了张定边。他们凯旋归来时，众官员奉旨张乐迎接他们。朱元璋遂下谕赠封忠臣，花氏一门，并受封赠。

七 谭友夏锺伯敬先生批评《绾春园传奇》

四海孚中道人编 新安右子居士次

《绾春园》情节不奇，然文辞却甚为隽永可喜。其铸辞造语，在《西厢》《拜月》《还魂》之外，另辟了一个蹊径，一点也不蹈袭他们。读来使我们不忍释手的剧本本来不多，而此剧却是少数可读的剧本之一。全剧凡二卷，四十四出，叙的是元末杨珏与崔倩云及阮茜筠的错合姻缘的事。一错到底，直至最后几出，方才将这道紧结解开了。

却说嘉兴杨珏高才不遇，流落杭州。其友韩梦兰则已得官。他颇慰着珏。杭州西湖上，有威远伯阮翀的，少年英勇，以忤丞相伯颜，解职闲居于自建的绾春园内。翀有一妹茜筠，多才而未受聘。某一个秋天，御史崔固，路过杭州，寄寓于绾春园中。固亦有一女，名倩云，其音恰好与茜筠相同。杨珏在园外闲游，见园门木闭，便信步而入，与崔倩云相遇。两下顾盼有情。倩云临入，以绫帕及琥珀坠儿遗在地上给他，珏大喜过望。第二天再去访她。不料第二天，韩梦兰却拉他去游桐庐、富春，崔氏即以此时离园。而阮翀因伯颜之谗，诬他与苗寇花刺泰交通，谋为内应。元帝命人将阮府围了，除翀本人远贬广东香山县外，余皆被杀无遗。惟茜筠先得了信，偕孟尼姑同逃到扬州，依崔氏家庵以居。

　　杨珏由江上归来时，满拟再去访他所恋的人，却扑了一个空。外间藉藉的传说着阮氏满门被戮的事。珏欲在三百口尸中，寻出小姐的尸来埋，却都已为人所丛焚，无可辨别。珏以此痛哭伤心，卧病不起，万念俱灰，功名无意。然为友人所怂恿，当科举恢复之时，勉强复出一试。果然中了解元。当珏上京会试之时，正朝中情势大变之日。御史崔固既上表痛诋伯颜误国，而由香山令新升御史的韩梦兰，也力为流遣的军犯阮翀辨冤。更有忠直的朝臣数人，相与鼓吹。于是皇帝命将伯颜流放河南。他行至中途，为雷所殛而死。助恶的纳速刺也同死于此。阮翀之冤既雪，复出领军。崔固则出为山东抚臣。崔固上任后，遣人迎眷。因花刺泰攻山东，复派人护眷回扬。这时，翀已遣人接了他的妹子茜筠去。不久，崔固力战而死，扬州也有为寇迫的危险。崔氏母女遂逃避于杭州，仍寄居于空无主人的绾春园中。

　　这时杨珏在京，中了进士。韩梦兰见他侘傺无聊，闻知原因，便力主为他们撮合。到了珏与阮茜筠结婚之夕，他们说起前情，俱不相印，各自诧异，才知原来是弄错了一个人。三载相思，原来用错在别一个人身上，可谓幻极！杨珏闻知崔公死难，扬州又残破，心念崔倩云不知存亡，颇欲去寻她来。后来，他们回到杭州，重住到绾春园去，才得与崔氏母女相见。因了阮氏兄妹的说合，杨珏与崔倩云也并结了婚。

八　《明月环传奇》

西湖居士作

　　《明月环传奇》凡二卷，三十二出。上卷为集艳主人较阅，下卷为

粲花主人较阅。集艳不知何人，粲花盖即吴炳，作《西园记》《疗妒羹》诸传奇者。西湖居士此作，事实只是寻常的才子终于得志，两美并归一夫，丑夫求妻失妹，老夫人羡富欺贫的俗套。但文章则甚隽好，结构则甚紧凑，一望便知其为传奇全盛时代的作品。

却说，寒士石鲸，字鳞侯，才富家贫，仅有一母在堂，夏日尚著冬襦。同时有荆棘的，与鲸有通家之谊，其人则家富而才俭。但有一妹青娥，却甚贤惠多才。他们的父执乔松，辞职闲居于家，有一女罗浮，盛年未嫁。乔大夫便请了石、荆二生来，欲试其才，以定东床之选。石生立成《林下美人赋》。乔大夫大喜。荆生迟迟未能下笔，托辞归后做就献上。当夜，他请妹妹青娥代做《山中高士赋》。青娥则以请石生来家坐馆为交换的条件，荆生允之。

不久，石生便住到荆家书馆中来。在此时之前，乔家奶娘十八姆承乔大夫命，以文房四宝赠石生，小姐并私以明月珠环赠之。恰好为荆生所见。这时，有散仙梅琼英（梅）竹翠奴（竹）及桂子芳（桂）者，见了石生的少俊，青娥的美貌，并起了凡心。梅仙便幻为乔罗浮，竹仙便幻为荆青娥，桂仙便幻为石生，从中勾引，以图私便。而局中人则一点也不明白。先是，假青娥去调戏石生，生不为动，她却题诗于扇而逸。生见诗句不雅，便藏之箱中。梅仙（假的乔罗浮）则留书笺于石生桌上，约他到乔园相会，且持了明月环去。此柬石生未及知，却为荆生所窥见。他私探石生书箱，窃了明月环，欲冒为石生前去。又见了诗扇，不禁大怒，还以为真是他妹妹所写的。同时，竹仙（假的石生）又乘夜去调戏青娥，却也为青娥所坚拒。三仙见事不谐，便飘然归洞，不管其下文如何。

这里，荆生冒着石生之名到了乔园，与小姐相见，小姐却完全不知这回事。十八姆来了，方知这是荆生，不是石生。他们不解明月环何以在他处。荆生却说是石生取来聘他妹妹的。他们欲捉住他，恰好乔夫人封氏也到园中来。荆生匆匆遁去，遗下诗扇。这扇为封氏所拾。封氏正厌石生之贫，有了这个假青娥的赠扇，便执持了一个绝好的把柄。荆生且又用财宝来买她的心。乔大夫中了她的谗言，便不允石生的婚，而欲将罗浮嫁给荆生。荆生归时，石生见失了明月环，与他大闹，休馆而回。荆生大忿，欲逼死青娥。但青娥不久便苏。他却被酆酃使者追去问罪，向他说明前后因果。于是荆生大悟，苏生回来时，便挽友柯月为媒，以妹青娥嫁给石生，并将明月环还了他。同时，乔公也已悟荆生之诈，也挽柯月为媒，将罗浮许给了石生。不久，石生上京应举，中了状元，请假归家完婚。两房妻子同日于归。罗浮与青娥俱不甚悦，赖石生善于调和，遂怡然同居无忤。而不久，朝廷便钦召石生上京为官。

"荣封"的结局，乃是一个老套子，西湖居士也未能免俗而用之。其与众作略异者，则人物类皆是虚假的姓名，或树木名，有似于《草木春秋》一类之作，使人一望便知其非真实的人物。不仅梅、竹、桂三仙为人格化的植物，即乔松也指的是松，罗浮指的是梅，封氏指的是作梗的封姨，至于荆棘之为恶徒，柯月之为媒氏，则更不待说明的了。

九 《上林春传奇》

明 姚子翼作 旧钞本

《上林春》未见全书，仅见到明钞残本一部，凡二十六"折"。实际上全剧已将届团圆，正在结束，则全书恐至多不过三十折或三十二折。此剧以唐武则天的借春催花诗："明朝游上苑，火速报春知。花须连夜发，莫待晓风吹"为纲领，而其中心人物则为安金鉴、金藏兄弟。

却说，武则天临朝称制，大权独揽，大有易李为武的野心。助恶之臣，有来俊臣、周兴诸人。严冬的一日，武后乘着高兴，欲向天公借春三日，遂作一诗，催花速放。果然，一夜之间，百花俱开，惟有牡丹依然不发。武后大喜，自以为天意佑之。群臣也纷纷上表称贺。她因牡丹抗令，遂命移往洛阳，不让其再占上苑的春光。后子庐陵王李哲则以为花开非时，劝武后深当修德以禳之。武后大怒，安置他于房州，又着周

兴为房州刺史，欲以严刑钳制人口。并颁诏天下，示知改姓易元的事。

有房州人安金鉴，金藏兄弟二人，金鉴习儒业，金藏则从事于伶工之事。因此，金鉴大为不满，不准他弟弟入门。金藏不得已，遂依其父执皇甫翁以居。金鉴自有一班逢迎着他的酒肉朋友东方白、西门虎等陪伴着游乐。其妻韩氏屡谏不听。一日，时迫年终，东方白等欲向他借钱，遂在玩江楼上设宴请他。他答应着借钱的事，但嘱他们到他家来取。东方白等说起冬日上苑的异事来。他大为叹息，义现于色，深怨天公的不公。他们请他题扇，他遂题了一诗在扇上，道是："夹城簇锦异争传，感应如斯混混天，逐去六龙谁挽救。借来三日使春先。欲烧玉树投春火，拟代华林作石鞭。自是万花俱贱种，牡丹待放故君前。"他大醉而归。中途跌于雪中，酒犹未醒。恰好金藏有事经过，遇见了他，驼了他回家。但当他醒来时，却不信自己有过跌雪及兄弟驼归之事，立迫着金藏于深夜雪中离开他家。第二天，他因跌雪中寒而病，不能起床。东方白与西门虎恰来向他借钱，为他家老妪痛骂一场而去。他们羞愤交并，以为金鉴故意的不出来见他们，便将金鉴所题之诗扇，投入周兴所设的告密瓯中。

果然，周兴得了此扇，便差人去捉金鉴。金藏正来视兄病，闻知此事，便挺身冒认其兄，被捕而去。周兴逼他供出庐陵王预闻此诗之状，并捕了王来对质。但安金藏抵死不从。武后赐王以匕首，嘱他自杀。金藏取了这匕首，剖腹屠肠，以明王不反。此事深感动了武后，她遂赦了庐陵王，并召了金鉴（即金藏）入京，命太医院医治其伤。这时，徐绩后人英国公徐敬业起兵勤王，杀了武后的使命祭旗。他战无不胜，迎了庐陵王至军。但王不欲以子讨母，力劝他们息兵待罪。敬业不得已从之，偕至房州驻扎。庐陵王即写血表入京，剖白此事。这时，金鉴的病已愈，不悟前非，仍与东方白等交往。其妻及皇甫翁劝之，俱不从。妻遂下堂求去，带了嫁奁同行。以此，金鉴发愤读书，欲雪此耻。东方白等见他不出门，便来讹诈他，说明他兄弟冒名领罪之事。他不得已，嘱老妪张罗了百金给东方白、西门虎二人以求息口。而他自己去了安姓，单名金鉴，上京应举。在举场中，想起兄弟代他认罪，深为不安，便写了"夹城簇锦异争传"那首诗在试卷上，欲出金藏之罪。武后召了他们兄弟来，细问此事。兄弟二人，争欲认罪。武后核对诗扇上及试卷上的笔迹的结果，恍然大悟，知道金藏确是代兄受罪。正在这时，庐陵王的血表已到，上苑宫人，又报牡丹花大放。武后深受感动，便差使迎了庐陵王来，自己退位，而以王为帝，并封金鉴为状元，以金藏为官。兄弟二人荣归故乡。金鉴拜谢助他的恩人。但闻知受恩之源，却仍出于他的妻韩氏。原来韩氏是故意求离，以励他的进取的。于是一切事实都明白，他们复为夫妇如初。在此时之前，东方白、西门虎因争那一百金，已互相残杀而死，而周兴、来俊臣二人也被发交徐敬业手，治以他们自己发明的酷刑。

十　《金刚凤传奇》

张心奇作　旧钞本

《金刚凤》凡二卷，三十出。仅见传钞本，未见刊本。叙的是钱镠的出身与成功。却说唐末的时候，有少年英雄钱婆留的，未知其身世，也无一个亲人在左右，仅为富室看牛牧马，以作生涯。但他膂力绝大，性质刚强，三杯酒下肚，便常常闯祸打人。以此人皆惧之，不大敢和他交往。他在这时，已戏以兵法部勒牧童们，自为大将，赏罚至明。这时，杭州的刺史是李彦雄，他单生一女，小字凤娘，善弄刀剑，深有韬略。一天，彦雄归到后衙，面有忧色。她闻知系为了朝廷起造御勾栏，遣太监到江南各郡采选良家秀女，珍奇玩好之物，以供内庭游乐。

内臣们出来，却借景生情，狐假虎威，一途骚扰不堪。彦雄不欲扰民，又不敢抗旨。以此，闻内臣们将到，心中便忐忑忧戚。凤娘说他以乘机自立，毋为人所算，彦雄不听。钱婆留因身世不明，去问一位老

妪，方知自己的生身父母，并知尚有一姊嫁给徽州吴员外为继室。恰好有人找婆留为钦差的雇夫，他便应募而去。太监们到了杭州，见李刺史一无点缀，心中便大为不悦。婆留喝了几杯酒，到钦差衙中去，他入衙闲逛，见作威作福，坐在上座者乃是一个太监，便大为气忿。与他言语顶撞，便一顿大闹，离衙而去，无人敢阻挡住他。钦差却又以此来加刺史以罪，并痛骂他，嘱他们必须捉到钱婆留。婆留逃难上山，遇见了绝世的猛女铁金刚，其丑无比，其强力也无比。他与她比力，不胜而被捉，几被她所杀。却为她母亲所劝阻。第二天，他们见他爽直，且有异征，便将金刚女许给他为妻。但他定要到徽州去，找他姊姊。金刚女遂赠他银两而别。他中途遇见了"江盗"顾三郎等。顾等闻知他系大闹钦差衙的钱婆留，便大为钦佩，共戴他为领袖。

这时，太监已离杭至平望。婆留率了这些英雄们袭击钦差座船于江中，尽劫所有，并捉了那位钦差为质，以断追兵。中途推他入厕中而去。众人救了钦差太监上来，他狼狈的上京而去。遂诬奏彦雄以许多过失。皇帝命邻郡刺史刘汉宏、董昌二人解押他进京待罪。他的女儿李凤娘却私自定下大计，矫命部下劫杀了天使董昌。彦雄见事已闹大，不得已听了女儿之劝，自立为王。唐兵屡次攻他不克，皇帝遂以南唐主之位封之。这时，钱婆留的通缉，尚在严厉的执行着。他不欲久居群豪中，遂力辞了他们，独至徽州访姊。他经过一村，见贴有缉捕钱婆留的文告，他取下撕了。但为当村保正吴朝奉设计捕得。不料这吴朝奉正是他的姊夫，他款待婆留至为殷勤，但浅见的妇人钱氏，却不认他为弟。有术士葛天民的，出来访真主，使了一计，骗了钱婆留及吴朝奉出外建功立业。他们同投李彦雄麾下。彦雄知道婆留，想起前事，本欲杀害他。闻知钱塘江潮水为患，命他去筑堤坝。如十日不成，即治以军法，不料婆留对潮放箭，潮头竟为之屈，坝功遂成，百姓们大呼万岁。彦雄深异之，遂以女凤娘招他为婿。但金刚女在山久候婆留不至，颇为恼怒。她已连合了顾三郎等，自为寨主。这时闻知婆留娶了凤娘，便率兵下山问罪。她的雄猛，无人可敌。凤娘亲去见她，劝她改装入城。但她改了装后，对着镜一照，见自己如此不堪，便自刎而亡。这时，婆留在外征寇未回。及回，彦雄因衰病，让位给婆留为王。钱王遂大封功臣，并祭祀金刚女，迎接其母入宫奉养。